張中行

著

負暄續話

北京出版集团
北京十月文艺出版社

目 录

辜鸿铭

少半由于余生也晚，多半由于余来也晚，辜鸿铭虽然曾在北京大学任教，我却没见过他。吴伯箫来北京比我早，上师范大学，却见过辜鸿铭。那是听他讲演。上台讲的两个人。先是辜鸿铭，题目是Chinaman，用英文讲。后是顾维钧，上台说："辜老先生讲中国人，用英文；我不讲中国人，用中文。"这是我们在凤阳干校，一同掏粪积肥，身忙心闲，扯旧事时候告诉我的。我没见过，还想写，是因为，一，有些见面之外的因缘；二，他是有名的怪人，对于怪人，我总是有偏爱，原因之一是物以稀为贵，之二是，怪的一部分，或大部分，来于真，或说痴，如果有上帝，这痴必是上帝的情之所钟，我们常人怎么能不刮目相看呢？

辜鸿铭（1857—1930），名汤生，推想是用《大学》"汤之盘铭"语，取字鸿铭，一直以字行，别号有慵人，还有汉滨读易者，晚年署读易老人。籍贯有些乱，追根，粗是福建或闽南；细就所传不同，有说同安的，有说厦门的，还有说晋江的。不追根就没有问题，生于马来亚的槟榔屿，父亲是那里的华侨。一说母亲是西方人。十岁左右随英国布朗夫妇到英国，先后在英国、德国读书，其后还到过法、意、奥等国。肚子里装了不少西方的书和知识。更出色的是通英、法、德、拉丁、希腊等几种语文，尤其英文，写成文章，连英国人也点头称叹，以为有维多利亚时代的味儿，可以比英国的文章大家加来尔、阿诺德等。获得十几个学位，其中一个本土的是宣统皇帝赐的文科进士，也许就是因此而入了《清史稿》。二十几岁回国，巧遇著《马氏文通》的马建忠，得闻东方的书和知识，如所传禅宗六祖慧能之得闻《金刚经》，以为无上妙义尽在其中，于是改读中国旧籍。很快心就降服了，并由内而外，形貌也随着变，蓄发梳辫，戴红顶瓜皮小帽，穿绸长袍缎马褂、双梁鞋，张口子曰、诗云，间或也流利地Yes，No，好辩，好骂人，成为十足的怪物。受到张之洞的器重，二十年，先在两广总督署，后在湖广总督署，都入幕府为幕僚。清末到外务部任职，由员外郎升郎中，再升左丞。清朝退位，政体改为共和，他衣冠不异昔时，表示效忠清室，尤其皇帝。也许以为入国学充四门博士之类不算变节吧，蔡元培校长请他到北京大学教英国文学和拉丁文等，他接受了。这，至少由他看，是割鸡用牛刀，心情的冷漠是可想而知的。其后还到日本讲过学，时间不很长，回国，总算迈过古稀的门槛，戴着瓜皮小帽及其下的发辫，去见上帝了。

我最初知道有这么个怪人，记得是在通县上师范学校时期，看《芥川龙之介集》，其中《中国游记》有一节记作者在北京访问辜鸿铭的事。作者问辜有高才实学，为什么不问世事，辜英语说得急而快，作者领会跟不上，辜蘸唾液在桌上连写一串"老"字。其后我就注意有关这位怪人的材料。道听途说的不少，靠得住的是以下两种。一是他自己说他是东西南北之人，因为生在南洋，学在西洋，婚在东洋，仕在北洋。另一是特别受到外国人的尊重，有"到北京可以不看三大殿，不可不看辜鸿铭"的说法。

这后一种传说想来并非夸张。证据不少。其小者是不少外国上层人士，到中国，访他，在外国，读他的著作。其大者可以举两项：一是丹麦的著名文学评论家勃兰得斯曾著长文介绍他；二是托尔斯泰于1906年10月曾给他写一封长信（收到赠书和信后的复信），表示在忍让、忠恕方面道同的盛意。这种情况有个对穷书生不利的小影响，是买他的著作，既难遇又价昂，因为旧书店收得他的著作，虽然那时候还没有只接待外宾、收外币的规定，却是异代同风，非高鼻蓝睛就不让你看。幸而我有个同乡在东安市场经营书业，我住得近，常去，可以走后门，日久天长，也就买到比较重要的几种。先说英文的，买到三种：一是1901年出版的《尊王篇》，二是1910年出版的《清流传》，三是1922年再版的《春秋大义》（1915年初版）。次要的还有《中国问题他日录》《俄日战争之道德原因》，《论语》《中庸》英译本，英汉合璧本《痴汉骑马歌》，我都没遇见过。中文著作，重要的只有两种，1910年出版的《张文襄幕府纪闻》，我买到了，1922年出版的《读易草堂文集》，我没买到。（1985年岳麓书社出版《辜鸿铭文集》，收以上两种。）买的几种，《春秋大义》扉页有作者赠孙再君的既汉又英的题字，署"癸亥年（民国十二年，公元1923年）立夏后一日"，字颓败，正如其人那样的怪。此外还有介绍他的材料，也有几种。其中一种最重要，是林语堂编的小品文半月刊《人间世》第十二期，1934年出版，后半为《辜鸿铭特辑》，收文章九篇，托尔斯泰的信和勃兰得斯的评介（皆汉译）在内。刊前收照片两幅。一幅是辜氏的半身像，面丰满，浓眉，眼注视，留须，戴瓜皮小帽，很神气，不知何年所照。另一幅是与印度诗人泰戈尔的合影，1924年6月在清华大学工字厅所照，全身，瓜皮小帽，长袍马褂，坐而拄杖，其时他年近古稀，显得消瘦了。1988年岳麓书社出版伍国庆编《文坛怪杰辜鸿铭》，收介绍文章比较多，写本篇之前我也看到。

接着再说一种因缘。记得是40年代初，友人张君约我一同去访他的朋友某某。某某住北京东城，灯市口以南，与灯市口平行的一条街，名椿树胡同，东口内不远，路南的一个院落。我们进去，看到地大而空旷，南行东拐，北面是个小花园。花园尽处是一排平敞的北房，进屋，布局显得清冷而稀疏。我感到奇怪，问主人，他说原是辜鸿铭的住宅。介绍辜鸿铭的文章，有两篇说他住椿树胡同，其中一篇并注明门牌号数，是十八号，只有林斯陶一篇说是住东城甘雨胡同。甘雨胡同是椿树胡同以南相邻的一条街，如果他所记不误，一种可能，是住宅面积大，前有堂室，通甘雨胡同，后有园，通椿树胡同吧？不管怎么样，我一度看到的总是这位怪人的流连之地，虽然其时已经是燕子楼空，能见到空锁楼中燕，也算是有缘了。

因缘说完。言归本人的正传，想由外而内，或由小而大。先说说可以视为末节的"字"，我看也是因怪而坏。《辜鸿铭特辑》收陈昌华一篇《我所知道的辜鸿铭先生》，其中说：

> 中文的字体不十分好，但为了他的声誉的缘故，到台湾时，许多人请他写字，他亦毫不客气的写了。在台湾时在朋友处，我曾亲眼看见他写的"求己"二字，初看时，我不相信是他写的，他自己署名那个辜字中，十字和口字相离约摸有二三分阔，谁相信这是鼎鼎大名的辜鸿铭先生写的呢？

罗家伦在北大听过辜鸿铭讲英国诗的课，写《回忆辜鸿铭先生》，也说"在黑板上写中国字"，"常常会缺一笔多一笔"。我前面提到的《春秋大义》，扉页的题字正可以出来做证，十几个汉字，古怪丑陋且不说，笔画不对的竟多到五个。但是我想，这出于辜氏就再合适不过，因为，如果竟是赵董或馆阁，那就不是辜鸿铭了。

放大一些，说"文"。中文，怪在内容方面，可以不论。英文，表达方面特点很明显，稍看几行，就会感到与流俗的不同。我想，这是有意避流俗，求古求奇。这一点，林语堂也曾提到：

> 辜之文，纯为维多利亚中期之文，其所口口声声引据亦Matthew Arnold, Carlye, Ruskin诸人，而其文体与Arnold

尤近。此由二事可见,(一)好重叠。……(二)好用 I say
二字。

（《辜鸿铭特辑·有不为斋随笔》）

总之是写英文,不只能够英国味儿,而且有了自己的风格。著
文,用本土语,有自己的风格,使熟悉的人一眼便能看出,大不易,
更不要说用外语了。专就这一点说,高鼻蓝睛之士出高价搜罗辜氏著
作,也不为无因了。

再放大,说"性格"的怪。辜氏作古后不久,一位英语造诣也很
深的温源宁用英文写了评介辜氏的《辜鸿铭先生》(后收入 *Imperfect
Understanding* 一书,不久前由南星译成中文,名《一知半解》,由岳
麓书社出版),其中说:

> 他只是一个天生的叛逆人物罢了。他留着辫子,有意卖
> 弄,这就把他整个的为人标志出来了。他脾气拗,以跟别人
> 对立过日子。大家都接受的,他反对。大家都崇拜的,他蔑
> 视。他所以得意扬扬,就是因为与众不同。因为时兴剪辫
> 子,他才留辫子。要是谁都有辫子,我敢保辜鸿铭会首先剪
> 掉。他的君主主义也是这样。对于他,这不是原则问题,而
> 是一心想特殊。……辜鸿铭很会说俏皮话,不过,他的俏皮
> 离不开是非颠倒。所谓是非颠倒,就是那种看法跟一般的看

法相反，可以把人吓一跳。……一个鼓吹君主主义的造反派，一个以孔教为人生哲学的浪漫派，一个夸耀自己的奴隶标志（辫子）的独裁者，就是这种自相矛盾，使辜鸿铭成了现代中国最有趣的人物之一。

对于辜氏的怪，这篇文章描述得有声有色，并能由形而神。不过说到怪的来由，温源宁认为只是求与众不同，就还值得研究。问题在"求"字；如果真像他说的那样，那就凡是多数人肯定的，辜氏应该都持否定态度，或者深入一步说，辜氏的所言所行，并不来于心里的是非，而是来于想反。事实大概不是这样，或至少是，并不都是这样。比如辜氏喜欢骂人，表现为狂，对于有大名的曾国藩和彭玉麟却网开一面，并曾套《论语》的成句说："微曾文正，吾其剪发短衣矣。"

有骂，有不骂，至少他自己会认为，是来于他心里的是非。是非的具体内容可能与常见不同；就辜氏说，是多半与常见不同。这是因为，"他觉得"他有不同于世俗、远远超过世俗的操守和见识。这种信念还固执得近于妄，比如他说，当时中国只有两个好人，一个是蔡元培先生，一个是他自己。因为此外都是坏人，他又没有视而不见、听而不闻的雅量，于是有所见，有所闻，不合己意，就无名火起，不能不一发作为快。发作之委婉者为愤世嫉俗的冷嘲热讽，如：

（1）壬寅年（光绪二十八年，公元1902年）张文襄（张之洞）督鄂时，举行孝钦皇太后万寿，各衙署悬灯结彩，铺张扬厉，费资巨万。邀请各国领事，大开筵宴；并招致军界学界，奏西乐，唱新编《爱国歌》。余时在座陪宴，谓学堂监督梁某曰："满街都是唱《爱国歌》，未闻有人唱《爱民歌》者。"梁某曰："君胡不试编之？"余略一伫思，曰："余已得佳句四，君愿闻之否？"曰："愿闻。"余曰："天子万年，百姓花钱；万寿无疆，百姓遭殃。"座客哗然。

（《张文襄幕府纪闻》卷上《爱国歌》）

（2）近有客自游日本回，据云在日本曾见有未遭秦火之《孟子》原本，与我今所谓《孟子》七篇多有不同。譬如首章，其原本云："孟子见梁惠王，王曰：'叟不远千里而来，仁义之说可得闻乎？'孟子对曰：'王何必仁义，亦有富强而已矣。'"云云。又如"孟子道性善，言必称尧舜"一章，其原本云："孟子道性恶，言必称洋人。"云云。

（同上《孟子改良》）

（3）余谓财固不可不理，然今日中国之所谓理财，非理财也，乃争财也，驯至言理财数十年，其得财者惟洋场之买办与劝业会之阔绅。昔孔子曰："君君，臣臣，父父，子子。"余谓今日中国欲得理财之道，则须添一句曰："官官，商商。"盖今日中国，大半官而劣则商，商而劣则官。此天下之民所以几成饿殍也。

（同上《官官商商》）

发作之直率者为点名的嬉笑怒骂，如：

（4）孔子曰："道千乘之国，敬事而信，节用而爱人，使民以时。"……又忆刘忠诚（刘坤一）薨，张文襄调署两江，当时因节省经费，令在署幕僚皆自备伙食，幕属苦之，有怨言。适是年会试题为"道千乘"一章，余因戏谓同僚曰："我大帅可谓敬事而无信，节用而不爱人，使民无时。人谓我大帅学问贯古今，余谓我大帅学问，即一章《论语》亦仅通得一半耳。"闻者莫不捧腹。

（同上《半部论语》）

（5）张文襄学问有余而聪明不足，故其病在傲；端午桥（端方）聪明有余而学问不足，故其病在浮。文襄傲，故其门下幕僚多伪君子；午桥浮，故其门下幕僚多真小人。昔曾文正曰："督抚考无良心，沈葆桢当考第一。"余曰："近日督抚考无良心，端午桥应考第一。"

（同上《翩翩佳公子》）

（6）丁未年（光绪三十三年，公元1907年），张文襄与袁项城（袁世凯）由封疆外任同入军机。项城见驻京德国公

9

使曰："张中堂是讲学问的；我是不讲学问，我是讲办事的。"
其幕僚某将此语转述于余，以为项城得意之谈。予答曰：
"诚然。然要看所办是何等事，如老妈子倒马桶，固用不着
学问；除倒马桶外，我不知天下有何事是无学问的人可以办
得好。"

（同上《倒马桶》）

像这些，用处世的通例来衡量，确是过于怪，甚至过于狂；如果
换为用事理人情来衡量，那就会成为，其言其人都不无可取，即使仍
须称之为怪物也好。

怪还有更大的，是比性格更深重的"思想"。其中有些近于琐细，
很落后，或说很腐朽，也可以说说。较大的一种是尊君，维护专制。
他自己觉得，这也有理论根据，是只有这样才是走忠义一条路，才可
以振兴中国的政教，保存中国的文明。这显然是闭眼不看历史、不看
现实（包括西方议会制度的现实）的梦话。可是他坚守着，有时甚至
荒唐到使人发笑的地步，如对于那位垂帘听政的既阴险又胡涂的老太
太，他也是尽拥戴吹捧之能事；又如周作人在《知堂回想录·北大感
旧录》中所记，五四运动时期，北大教授在红楼一间教室里开临时会
议，商讨的事件中有挽留蔡元培校长，辜鸿铭发言，也主张挽留，理
由是，校长是学校的皇帝，所以非挽留不可。其次的一种到了家门之
内，他娶妻，为本国的淑姑夫人；纳妾，为日本的蓉子如夫人。还为

纳妾辩护，理由用王荆公的《字说》法，说"妾"是"立女"，供男子疲倦时靠一靠的。有外国女士驳他，说未尝不可以反过来，女的累了，用男的作手靠；手靠不止一个，所以也可以一妻多夫。他反驳，理由是，一个茶壶可以配四个茶杯，没见过一个茶杯配四个茶壶的。这就又是荒唐得可笑，应该归入怪一类。还可以说再其次的一种，有关妇女的脚的，因为欠雅驯，从略。

思想方面还有不琐细的，由现在看，是绝大部分离奇而片面。举其大而总的，是中国什么都好，外国什么都不好。这种怪想法还付诸实行。大举是写，写书，写文章，给西方人看，说西方的缺漏和灾祸如想得救，就只能吸收中国的文明。小活动是骂，据说照例是，看见英国人，就用英语说英国怎么坏，看见法国人，就用法语说法国怎么坏，等等。而所谓中国文明，是指孔子之道，即四书五经中所说。奇怪的是，他觉得，他眼见的多种社会现象（个别人除外），并不异于四书五经中所说，直到男人作八股，女人缠小脚，等等，都是，所以都应该保存，歌颂。

但因此就说他的主张一无足取，似乎又不尽然。例如第一次世界大战开始以后，他写《春秋大义》(英文名直译为《中国人民的精神》)，导言的第一段说（原为英文）：

现时的大战引起全世界的最大注意。我想这战争一定会使有思想的人们转而注意文化的大问题。一切文化开始于制服自然，就是说，要克服、统辖自然界的可怕的物质力量，使它不伤人。我们要承认，现代的欧洲文化在制服自然方面已经取得成效，是其他文化没有做到的。但是在这个世界，还有一种比自然界的物质力量更为可怕的力量，即藏在人心里的情欲。自然界的物质力量给人类的伤害，是远远不能与人的情欲所造成的伤害相比的。因此，很明显，这可怕的力量——人的情欲——如果不能得到适当的调理和节制，那就不要说文化，就是人类的生存也将成为不可能。

以下分几章，介绍中国封建传统的"理想"一面，用意是告诫现代西方的重物质文明，说都错了，要改行中国的孔子之道，把力量用在治心方面，不必多管飞机大炮。他的这种思想，显然是坐而可言，起而难行。事实是，温良恭俭让与飞机大炮战，缩小到身家，"不义而富且贵，于我如浮云"与钱尤其外币战。前者胜利的可能是几乎没有的。但这是必然，未必是应然。即以辜氏的空想而论，我们可以反其道而行，只顾物而不管心吗？如果胆敢理论上承认、行动上甘心这样，或只是不由自主地这样，那就一连串问题，大到"上下交征利"，小到为钱而不惜心与身，都来了。怎么办？如果还想办，我们似乎就应该想想辜鸿铭。他的救世的处方是，要德不要力，要义不要利，要礼教不要货财，总之是要精神文明不要物质文明。这药显然很难服用，因而也就难于取得疗效。但他诊断有病，不错，总可以算作半个好医生吧？我想，如果说这位怪人还有些贡献，他的最大贡献就在于，在举世都奔向力和利的时候，他肯站在旁边喊：危险！危险！

最后总而言之，辜鸿铭的特点是"怪"。怪的言行，有些有佯狂成分，那是大缺点。但有些来于愤世嫉俗，就间或可取，至少是还好玩。如：

（1）有一次他跟胡适说："我编了一首白话诗：监生拜孔子，孔子吓一跳。孔会（指伪道学的孔教会）拜孔子，孔子要上吊。"

（《文坛怪杰辜鸿铭》第3页）

（2）他在一篇用英文写的讽刺文章里说：什么是天堂？天堂是在上海静安寺路最舒适的洋房里！谁是傻瓜？傻瓜是任何外国人在上海不发财的！什么是侮辱上帝？侮辱上帝是说赫德税务司为中国定下的海关制度并非至善至美！

（同上书第17页）

（3）在北京的一次宴会上，座中都是一些社会名流和政界大人物，有一位外国记者问辜氏道："中国国内政局如此纷乱，有什么法子可以补救？"他答道："有，法子很简单，把现在在座的这些政客和官僚，拉出去枪决掉，中国政局就会安定些。"

（同上书第175页）

这虽然都是骂人，却骂得痛快。痛快，值得听听，却不容易听到，尤其在时兴背诵"圣代即今多雨露"的时代。痛快的骂来于怪，所以，纵使怪有可笑的一面，我们总当承认，它还有可爱的一面。这可爱还可以找到更为有力的理由，是怪经常是自然流露，也就是鲜明的个性或真挚的性情的显现。而这鲜明，这真挚，世间的任何时代，总嫌太少；有时少而至于无，那就真成为广陵散了。这情况常常使我想到辜鸿铭，也就不能不以未能在北大红楼见到这位戴红顶瓜皮小帽下压发辫的怪人为不小的遗憾。

张庆桐

这一篇是《辜鸿铭》那一篇带出来的，因为辜鸿铭的经历，其中一件事也为人所乐道，是跟托尔斯泰通过信，张庆桐也跟托尔斯泰通过信，而且比辜鸿铭早一年（辜是公元1906年，张是1905年），又辜是大名人，托翁给他的信不止一处刊录过，给张的信见到的人很少，就算作"大业拾遗"吧，总以费些笔墨，奇文共欣赏为是。但也有不好拿笔的情况，是写，就不能不恬然做一次坐享其成的文抄公。先解释坐享其成。有关张庆桐的情况，我的所知都来自张的著作《俄游述感》，而这本书是我的老友韩文佑兄收藏的。书不厚，前有《自叙》《后叙》，正文只有84页。开本比大32开高一寸，黑色硬布面。四号铅字印，文言，没有标点。无出版处所，推想是自印赠人的。无出版年月，《后叙》末尾说"民国元年十月朔张庆桐序于北京"，可证出版时间为1912年末或1913年初。写书时间较早，因为《自叙》末尾说"丙午（光绪三十二年，公元1906年）四月张庆桐志"，《后叙》开头说"此书藏之箧中几及七年矣"。书第26页后有铜版影印插页四，一为托翁全身像，作农民装束，坐在长木椅上；二三四为托翁与作者信

15

的手迹，字清丽熟练，横行笔直，间有修改处，可见是原稿。文佑兄何时买到，《自叙》题下方有记，是："己卯年二月初一日，二十八年（1939）三月二十一日下午，（北平）鼓楼前地摊。"价钱没记，估计最多一角钱吧。再解释做文抄公，因为四十多年前，文佑兄曾写长文介绍，文题是《俄游述感及其著者张庆桐先生》，副题是《第一位和托尔斯泰通信的中国人》，刊于1946年4月北平《新生报·学术周刊》第三、四、五期（分上、中、下）。

文佑兄文述说张庆桐的经历，到1912年（作《后叙》的时间）为止。当然想知道得多一些，更想见到这位老人以及他珍藏的托翁手迹。文献资料找不到，于是想询之故老。大概是40年代晚期，由我介绍并陪同，访问张效彬先生，因为他在帝俄时代作过远东哈巴罗夫斯克（伯力）的领事。张先生说，他没见过张庆桐，但知道有这么个人，还健在，住在东城，有人曾见他在东城某地散步，有个吴君，在东交民巷苏联大使馆阅览室工作，跟张庆桐有关系，可以去问问。张先生还写了介绍信。文佑兄去了，第一次，吴君说自己年轻，详情要问问家里，第二次，不巧，吴君休假，不记得为什么，以后就没有再去，很遗憾，也就没有见到这位《俄游述感》的作者以及托翁手迹。以致作者的经历，所能知的不过以下一点点。《述感·自叙》开头说："马关定约时，余方游学江阴。"那是青年时期在那里学举业，推想籍贯即使不是（江苏）江阴，也必离江阴不远。年龄呢，《自叙》说，他听从仲兄丹荣（时在天津）的劝告，弃举业，"乃于丙

16

申（光绪二十二年，公元1896年）春赴津，旋入京，五月投考同文馆，习俄文，从私愿也。其时年逾弱冠"。末尾说，"半老书生，请自隗始"。逾弱冠为年过二十，《自叙》作于1906年，假定是取七十为老之义，半老为三十五岁，依传统的虚岁算法，那就是生于1872年（同治十一年），马关定约在1895年，其时他二十四岁，在江阴游学。次年二十五岁，到北京，考入同文馆学俄文。1897年丧母，曾请假半年回南。在馆，受到中国教习王季同、俄国教习柯壁确甫的教导，功课由坏转好。1898年，袁昶管理同文馆学务，冬天考试，1899年，保举成绩好的四人往俄国留学，期限六年，他考取，秋天由上海乘船赴俄，其时他二十八岁。到俄国后，住其时的京城圣彼得堡，先在艺文学堂，后在某大学，共学习六年。其间曾到国内多处游历，并到过国外伦敦、巴黎等处。1906年回国，其时他三十五岁。其后，1907年，他曾往海牙参加万国和平会议，1910年随载涛到日、美、奥、俄等八国（据《清史稿》本纪宣统二年事推知）考察陆军。1912年，他四十一岁，在北京作《述感·后叙》。以后，推想他年仅不惑，通俄语，通中事外事，思想通达，不会甘心在林下作遗老。可是是否这样，以及做了什么，只能"无"闻阙疑了。补说一句，假定张效彬先生说的有人看见他散步是在40年代中期，那他就已经越过古稀，就是不想当遗老也将被人看作遗老了。

写这位遗老，起因是他跟托尔斯泰通过信，那就由通信说起。1904年夏天，他和俄友威西纳及其妹游哇尔加（伏尔加河），然后到西比利（西伯利亚）奥姆斯克威氏家。他说：

> 是行也，余专为译书事。（梁启超著）《李鸿章》一书出版后，俄人多有思译之者，以其略古详今，不但中国数千年大势粗具其中，即五十年来东方近事搜罗殆尽。唯有一二有关大局者，若听俄人直译，遍布全国，则徒伤感情，遗患无已。余乃思先发制人，与威氏同译之。……每日午前译书一小时，午后译书一小时，两月粗毕。乙巳（1905）春，以李书译著版权售于俄《陆军月报》。……且使读余自序一篇，约千余言，大致以文忠（李鸿章）作竿影，详论外交政策本级变动，补偏救弊职在后人，序末以自强作束，冀文忠开通苦心终为后世所见谅。主人读时，连连点首称是。乃议定售价鲁布（卢布）五百元，另得上等纸书二百部。……书成，乃筹广布此书之策，使俄通国皆知。乃分三途：一赠内外权要，一赠报界，一赠诗文巨子。

赠托翁书是由伦敦寄出的，并附他的一封信。信，他自己有译文，是：

> 甲午（1894）中日之役，余愤国势骤落，乃弃旧文，求新学，以平日习闻大彼得之遗事而未得其详，于是决意习俄

文。夫中国土地之广亚于俄，人民之众过于俄，而上下深闭固拒，方之俄，当彼得以前情势殆有甚焉。心常以为，天不欲兴中国则已，苟欲兴之，必有如彼得者以为之主而后可。及居俄数年，读先生之书，则此心更大惊怪。彼得强力变政，勃兴国势，先生精思为文，唱崇民德，相距二百年，伟人并出，何俄得天之独厚也？虽然，我国士大夫通异国文字者鲜，其于西国政治学术，既择焉而不精，语焉而不详。至如俄者，以为专制国，其民当卑之无甚高论，而孰知先生理想之高尚，欧美人莫不心折乎，又孰知我老氏无为之旨，白种中独先生契之最深乎。自满洲铁路成，俄政府进取之念锐且坚，我国民愤且怒，以为俄真虎狼国，不可近，然而俄之人民，政事固不与闻也。窃谓政府人民，当分而为二，后日中俄政府之交，其究竟不可测，而两国人民必当谋所以亲密之道。其道惟何？亦曰通声气而已。是故先生著作苟有人译述一二，传之中国，我国民恍然见山斗在北，必骤兴亲仁善邻之感情，先生其许我否乎？《李鸿章》一书，我国古今政事变迁略具其中，寄呈左右，暇乞一览。

以下是托翁的复信，译文也出于张庆桐之手：

　　承赠书，甚喜；得尊函，尤快。余老矣，生平数与日本人遇，而中国人则未一遇，且亦未因事得与中国人一通声气，余之有愿未偿盖已久也。余亦欧人，虽于中国伦理哲学未敢谓深悉其精蕴，然研究有年，知之颇审；至于孔、孟、老三氏及其诸家学说，更无论矣。（余尤所惊服者，孟氏之辩。）余于中国人，敬之重之，匪伊朝夕，自日俄战祸成而此念更有所增益。此役也，中国人盖有非常之功，非特日本之战胜不足论，且徒见日俄之残忍相杀，演成一恶世界而已。余观中国人，而信人民之美不在强力，不在杀人，而在乎能忍，虽有怒之辱之损害之者乎，其能忍如故，宁人负我，毋我负人，中国人其有焉，是余之所谓中国人之功也。中国人久为欧洲伪耶教人所凌侮，今遇日俄之战，又受种种无道之行为。余以为中国人于此得耶教之微旨，合各国宗教之原理（耶教亦在其中），实远出乎欧洲所谓耶教中人及俄国政府之上。（忆来函中语，分别政府与人民为二，极是。）译书方收到，尚未展诵，然观来函，恐此书宗旨，余与不合。观函中词意，君于中国上下（想书中宗旨亦同），极望有一番之改革。夫所谓改革者何意乎？欲使国家生长发达，得完满之效果耳，此固不能不与之表同意。然使中国为形式之改革，则反将成大错，且有妨乎国家之运命也。（即如欧美之改革，在远识之士视之，决非永远完固之局。）余以为国家改革，当从国民性质中自然生出，自成一特色，虽与

20

别国形式上绝无一相似之处，无害也。中国进化迟缓，天下皆以为中国病，然以较近日耶教中人所得之结果，余以为中国且胜于彼等什佰千万也。盖欧洲所谓耶教中人，实则日处于罪恶之中，以竞争为前提，靡有宁日。若夫俄国人民，占世界上之多数，以农为业者，余以为当别论。余深望俄国将来，人民之组织，别立体裁。中国情形相同，余有同一之希望，中国而不步武日本也，其如天之福乎。余意中国人及别国人，皆当注重于精神之发达，不当注重于机械，精神亡，则机械适足害人而已。来函谓中俄两大国之联合，当从性情上着想，不可专恃外交家之手段或政府中人之团体，余甚以为然。窃谓中俄人民皆务农事者，于共同生计上当脱政府之羁绊，别构形式。今日之所谓种种自由，信教自由，言论自由，政体自由，举皆不足道。余之所重，在真正自由。所谓真正自由者，人民之生活无需乎政府，无一人为其所制，人民之所服从者，唯有最高无上之道德而已。更伸一言，余甚喜与君相交，余之生平著作，君为能译布于中国，则尤所欣幸无穷者也。

　　　　托尔斯脱　俄历一千九百五年十二月初一日

此信之后，张庆桐于1912年10月加一段增注，后一部分说：

托氏生平极推重老氏无为，与我国先民感情甚厚。此书勤勤恳恳，一出于至诚，以重农主义望之于我，尤有深意。托氏于俄历一（千）九百十年十月初七日谢世，生前有人面称其生平著述，托氏答言："此皆不足道。余以为最有价值者，复中国人某一书而已。"愿读者深长思焉。托氏手书，余珍藏之，异日当置之国家博物院中。

不敢辜负"愿读者深长思"的雅意，我想说几句。先说一件关系不大的，"复中国人某一书"，如果托翁确是说过这样的话，而说的时间在1906年10月以后，这中国人某也许指辜鸿铭，因为那封复信篇幅更长，牢骚更多。再说关系大的，是托翁有关中国的印象和意见，都失之理想过多，离实际太远。即如"能忍"，"宁人负我，毋我负人"，就与京剧《捉放曹》中曹公孟德的生活哲学相反，那是"只许我负天下人，不许天下人来负我"。[这不是出于编剧人的编造，因为《三国志》注早已说："宁我负人，无（毋）人负我。"《三国演义》接着说："宁教我负天下人，休教天下人负我。"] 可惜托翁没有多活六七十年，未能到他"敬之重之"的中国来看看大革命，事实是，不少人对于无告者也竟是不能忍，而是"怒之辱之损害之"。在这种地方，文学家常常不如哲学家，如罗素，自然，也因为他不只耳有所闻，还眼有所见，写《中国之问题》，就担心，一个民族，如果自私加愚昧加残忍，那就很可悲。——还是单说理想，托翁的伟大也就在于他有理想，忠于理想，于是他就设想人都会像他那样，那就只留"最高无上之道德"，也可以天下太平，甚至建造西天的净土了。所以，换一个方向看，我们也未尝不可以说，这有如跳高，不是横竿架得太高了，而是我们的本领太低，所以跳不过去。这样躬自厚，我们再读托翁这封信，就会反求诸己，只能说几声惭愧了。

话扯远了，还是回过头来说张庆桐和他的《俄游述感》。由著作看人，我觉得可取之处也不少。其一是忧国忧民，有志。《自叙》说："呜呼！时危矣，半老书生，请自隗始。"这是想有所为。为什么？救民兴国。其二是通中外局势，有见识。如义和团时期，徐（用仪）、许（景澄）、袁（昶）被杀，他同情被杀者，还把袁昶的奏折译为俄文在俄报发表。又《后叙》说："呜呼！往者不可追，来犹可及，东邻之协谋可惧，惧更在不知用间之方；外蒙之携贰可忧，忧更在未尽远交之谊。"可算是有远见。其三是通情达理，不为俗见所囿。如有一处谈到成败生死问题，说："西人凡属公事，有劳劳之，不遽以成败论人。故降将回国，且或敬礼有加，原其心也。中国好责人以死，其实徒死何足贵！"这是把固结于人心的旧传统也看破了。值得慨叹的是，就是这样一位有志的通人，如果没有托翁这一封信，也就与草木同腐了。现在，他自然早已作古；那封信呢，也许如他所说，早已"置之国家博物院中"了吧？但愿如此。

梁漱溟

　　写下这样一个题目，先要说几句请读者不要误会的话。梁先生也属于歪打正着，因受压而名气反而增长的人，近几年西风渐猛，介绍梁先生事迹也成为热门，又他的著作，书店或图书馆的架子上俱在，所以，照史书列传那样介绍已经意义不大；我还要写，主要是想说说我对梁先生的狂妄想法，其间提到梁先生的星星点点，殆等于挂角一将。自知狂妄而还有胆量说，是考虑到，梁先生和我都是出入红楼的北大旧人（他讲六年，我学四年），受北大学风的"污染"，惯于自己乱说乱道，也容忍别人乱说乱道，所以估计，如果梁先生仍健在，看到，一定是"相视而笑，莫逆于心"。可惜我错了，不该晚动笔；或者是他错了，不该急着去见上帝。

　　就由名气增长说起。受压，不只他一个人，自然就说不上稀奇。稀奇的是他不像有些有大名之士，识时务者为俊杰，每次新的运动或新的学习到来，就大作其检讨八股，说过去胡涂，现在受到教育，恍然大悟或又明白一些云云。这里插说一点意思，检讨中说又明白一些的其实是已经彻悟，因为能够鉴往知来，给下次的检讨留有余地；说恍然大悟表示除了根，下次检讨就难于着笔了。言归正传，梁先生就不同，是不只不检讨，反而敢于在大力压之下声言要讲理，纵使不了了之之后也曾闭门思过。这显然失之过于迂阔。但迂阔，其外含有硬，其内含有正，所以可敬；尤其在山呼万岁和"滚下来"之声震天的时候，能够不放弃硬和正，就更加可敬。

就算是挂角一将，既然以梁先生为题，也要说说我和他的一点点因缘。他早年的重要著作,《东西文化及其哲学》，以及近年的一些著作，我粗粗地看了，印象留到下面说。我和他只通过一次信，是40年代后期，我主编一个佛学月刊，当然要约请北大讲佛学的前辈写文章，于是给他写信。记得那时他在重庆，回信说，他不写，也许我的信提到张东荪吧，他说张东荪聪明，可以写。我是受了《红楼梦》第五回"聪明累"曲词"机关算尽太聪明"的影响，觉得他的话含有不敬的意思，所以感到奇怪，或者说，感到这样写的人有些奇怪。最近看报，才知道还有更甚者，是他复某先生信，表明自己不愿意参加什么纪念宴会，理由是某先生曾谄媚某女霸云云。我进一步明白，梁先生于迂阔之外，还太直，心口如一到"出人意表之外"。解放后他来北京，恍惚记得在什么会上见过，正襟危坐，不是寡言笑，而是无言笑，十足的宋明理学家的风度。他住在德胜门内积水潭西的小铜井一号，积水潭西岸是他父亲梁巨川（名济）于民国七年"殉（清）国"投水自杀的地方，卜居于此，不知道是否有悼念的意思。这次住北京，他不再讲佛学，改为"从"政，讲治平，接着就成为顽固不化的代表人物，我当然不便登门。1976年龙年诸大变之后，无妨登门了，又因为无可谈（理由见后），所以就始终没有去看他。直到1988年，母校北大建校九十周年，承纪念文集《精神的魅力》的编者不弃，我写了一篇纪念文章。书出版后送来，一看，文章次序是依齿德排的，居然有梁先生一篇，他生于公元1893年，高龄九十五，荣居榜首。我名列第四，一则以喜，一则以惧。惧的原因是"冯唐易老"，可不在话下。喜呢，是仅仅隔着冰心、冯至两位，可说是间接与梁先生联床了。梁先生这篇《值得感念的岁月》是口述别人记录的，翻腾了北大的一部分老家底，我看了感到亲切；其中多提到蔡元培校长，他心情恭顺，态度谦和，我才知道梁先生原来是也会点头的。

对我的狂妄想法而言，以上是楔子，以下才是正文。梁先生直，追本溯源，近是来于其尊人梁巨川，远是来于天命之谓性。直，必自信，因为直之力要由信来。这自信也表现在学业方面。在这方面，就我深知的许多前辈说，他与熊十力先生和废名先生是一个类型的，都坚信自己的所见是确定不移的真理，因而凡是与自己的所见不同的所见都是错的。这好不好？一言难尽。难，因为显然不能反其道而行，不相信自己之所见。由这种坚往宽松方面移动，近可以移到承认人各有见，远可以移到推想自己的所见也可能错。近是客观所有，但这三位，我推想，是不会用民主的态度看待各有所见的别人的，因为他们坚信自己的所见，并由此推论，别人的不同所见必错。这样，他们的宽松刚移到承认人各有见就搁了浅，自然就永远不会再移动，到推想自己的所见也可能错的地方。而其实，正如常识所常见，所见，不管自信为如何高明，错的可能终归是有的。还是总说这三位，因为惯于多信少疑，至少是我觉得，学业兼表现为品格就长短互见：长是诚，短是不够虚心。但这是大醇小疵，我们理应取大而舍小。

深追一步，正面说梁先生的所见。当然主要还是说我的所见，不能翻腾梁先生的学业家底。这里借用王阳明知行合一的说法，推想梁先生一定相信，他是"行"家，"知"是为他的"行"服务的。我不这样看。比如与北大的另一位，也是多年受大力之压的，马寅初先生，相比，就一眼可以看出有大差别。马先生的眼睛多看"人"，所以虽也悲天，但着重的是悯人。他不停于论，而是以论为根据，想办法。可惜被"人多力量大"的有权威的高论一扫，连人也束之高阁了。梁先生呢，似乎更多的是看"天"，即多想萦回于心中的"理"，虽然不至如宋儒那样，由无极、太极起的一贯形而上，但理终归是理，无论怎样像是明察秋毫，头头是道，却不免于坐而可言，起而难行。我有时甚至想，在眼向外看的时候，至少就气质说，梁先生，与其说近于写《乌托邦》的摩尔，不如说近于写对话集的柏拉图，或者再加一点点堂吉诃德，因为他理想的种种，放在概念世界里似乎更为合适。这是迂阔的另一种表现，由感情方面衡量，可敬，由理智方面衡量，可商。有的，说重一些，至少由效果方面看，还近于可笑。可是很对不起梁先生，我没有去商。责任的一半在我，因为自顾不暇。另一半，我大胆推给梁先生，因为我深知，对于不同的所见，尤其出于后学的，他是不会采纳的。

还可以再往深处追。梁先生以治佛学入北大，出入红楼，所讲仍是佛学。与熊十力先生相似，梁先生也是由释而儒。但改变程度有深浅之别。熊先生张口闭口大《易》，却没有丢掉唯识。梁先生年轻时候信佛，曾想出家，"从"政以后，虽然仍旧茹素，却像是不再想常乐我净方面的妙境，而成为纯粹的儒。与法家相比，儒家是理想主义者，相信人性本善，人皆可以为善。而世间确是有不善，怎么办？办法还是理想主义，比如希望君主都成为尧、舜，臣子都成为诸葛亮、魏徵。希望多半落空，怎么办？理想主义者一贯是坚信，暂时可以落空，最终必不落空。理想主义者总是彻头彻尾的理想主义者。我呢，也许中了老庄和《资治通鉴》两类书的毒，虽然不敢轻视理想主义，却又不能放弃怀疑主义，甚至悲观主义。也渴望治平，而对于如何如何便可以鸡犬超升的妙论，则始终至多是半信半疑。这里，显然，我和梁先生就有了不小的距离。恕我狂妄，在梁先生作古之后还吹毛求疵。我总是认为，梁先生的眼镜是从Good公司买的，于是看孔、孟，好，看人心不古的今人，还是好，直到看所有的人心，都是好。可是就是这样的他眼镜中的好人，集会批判他了，因为他是不隐蔽的孔子的门徒；孔早死了，抓不着，只好批其徒。他不愧为梁先生，恭聆种种殊途而同归的高论之后，照规定说所受教益，还是老一套，就是大家熟知的："三军可夺帅也，匹夫不可夺志。"事过境迁，现在有不少人赞叹了，我则认为梁先生明志，引《论语》还引得不够。应该加什么？显然应该加上另外两句：一句是"道之不行，已知之矣"；另一句是"不可与言而与之言，失言"。这也就可证，梁先生是地道的理想主义者，甚至空想主义者。我则加上不少的怀疑主义甚至悲观主义了。梁先生的地道，可敬，也可怜；我的杂七杂八，大概只是可怜了。

还是专说梁先生。说可怜，是来于同情，因为梁先生是北大的前辈，我的同情心就更盛，有时闭户凝思，甚至还会落一滴两滴同情之泪。落泪，主要不是为他受了屈，是为他迂阔，以至于"滞"的可怜。至于开了门，面前有了别人，那就应该专说可敬。可敬之处不少。有悲天悯人之怀，一也。忠于理想，碰钉子不退，二也。直，有一句说一句，心口如一，三也。受大而众之力压，不低头，为士林保存一点点元气，四也。不作歌颂八股，阿谀奉承，以换取絜驾的享受，五也。五项归一，我觉得，今日，无论是讲尊崇个性还是讲继承北大精神，我们都不应该忘记梁先生，因为他是这方面的拔尖儿人物。

屈指一算，不见张东荪先生已经近四十年，又因为他晚年的行踪迷离恍惚，说夸张一些，在我的记忆中，他简直像是消失了。日前想到他是出于偶然的偶然，一天，为查点什么翻《后汉书》，开卷，碰巧卷数是整数一百，孔融长住的地方，兴之所至，一目一行，就又温习一遍以下这段记事：

> 初，曹操攻屠邺城，袁氏（袁绍）妇子多见侵略，而操子丕私纳袁熙妻甄氏。融乃与操书，称武王伐纣，以妲己赐周公。操不悟，后问出何典，对曰："以今度之，想当然耳。"

曹氏出兵，打胜仗，没收敌方的漂亮妇女是常事。这一次值得大书特书，是因为甄氏不是普普通通的漂亮。怎见得？有下文为证。一是曹丕纳为妃之后，其老弟曹植有幸见到，立即神魂颠倒，但心有余而力不足，只好用"苦闷的象征"的手法，写《感甄赋》(后改为《洛神赋》)，梦想"凌波微步，罗袜生尘"，以过其柏拉图氏的恋爱之瘾。二是时至现代，还有梅氏父子，男扮女装，搬演《洛神》，使无数的多情人为有情人不能成为眷属而慨叹不已。三是曹丕与诸文士欢宴，一阵发神经，让甄氏出见，诸文士都不敢抬头，只有刘公干（名桢）不放过机会，直眼"平视"，因而得罪，被罚做苦工以改造思想。还有其四，是多年之后，山东柳泉居士读史有感，抱不平，写个《甄后》的故事，编入《聊斋志异》，让刘公干的后身与甄氏的仙体"曲尽欢好"。总之是甄氏很美，被曹氏抢去，孔融坚守乃祖"行其义也"的圣道，有气难忍，才说了这样等于痛骂的话。结果呢，再加上其他快言快语，就引来杀身之祸，连孩子也未能幸免。

这使我又想到生存与说话的关系问题。处理得当，不容易，因为安全与快意经常不能协调。多顾安全，有术。一种，可以皆大欢喜，如李白写《清平调》就是这样，即使走了嘴，出现"云雨巫山枉断肠"也不要紧，因为前面有"云想衣裳花想容"罩着，而且全篇没有提寿王醒的事，表示分明是善意。另一种，可以得过且过，是阮籍的办法，只喝酒，不说话。多顾快意就会有麻烦，因为意，可以合时宜，也可以不合时宜，如果不巧而是后者，不再思三思，嘴一张，话出来，就驷马难追了。人，说话，多顾安全还是多顾快意，似乎多半取决于天性。天，高高在上，人力又能怎样呢！如孔融，惯于快言快语，就是吃了得天不厚的亏。我因孔融而想到张东荪，是因为，根据我的印象，他也是惯于快言快语，得天不厚的一位。

张先生是燕京大学教授，我上学时期没听过他讲课。只听过他一次讲演，记得是1931年暑假，在北京大学第二院大讲堂，什么题目忘记了。那是第一次看见他，穿轻丽的长袍，单就这一点看，与胡适之是一流。身材不高，洁白清秀。讲话清脆，有条理，多锋芒。当时的印象，是罗素式的哲学家，冥思之余还有兴趣到大街小巷说长道短。他的著作，我看到一些，都偏于为初学说法，所以也就没有多注意。

开始有交往是40年代后期。那时他住在北京内城西北部的大觉胡同，西口内路北一家的外院，是借住。谁介绍，为什么去，记不清了。他好客，健谈，见面总是上天下地，没有倦容。关心人，所以也谈柴米油盐等身边琐事。几次见面，印象是：人敏快，热情；兴趣广泛，住在东壁图书府却不忘朝市。这不忘朝市的一面，可以褒，是有事业心；可以贬，是不甘寂寞。

像是时间不很长，他就迁到西郊，燕京大学的燕东园。我去过几次。由城内来，不知道有没有近路，还是进学校西门，或说正门。入门，沿未名湖南岸东行，波光塔影，觉得有不少诗意。出个窄小的东门是成府（清人笔记写为陈府村）的蒋家胡同，东口外不远就是燕东园的西门。入门，路北第一座两层的小楼是他的住处。格局比城里好多了，有客厅，外文书很不少。仍然好客，健谈。话题多及时事，评论性的意见多，附和性的意见少，给人的印象是老牌的英国式的自由主义者。

北京解放前后，时势不定，我们的来往断了。传说他曾参与和谈的政治活动，内情如何，不得而知，也不想知道。其后，还有书信往来，大多是我表示问候，他照例回报的。记得只有一次，是他主动写，说是参加一个什么会，与一位新派哲学的名人邻座。那位发言，说了些评论学派的话，其中有：西方形而上学的学者主张事物是不变动的。讲完坐下，他忍不住问，说他孤陋寡闻，不知道西方哪位哲学家说过这样的话，希望指教。那位名人很不好意思，并未答话云云。

其后，建国大典过去，知道他荣任了政府委员。我是怀疑主义派，总担心"一登龙门"，人家会疑为将有所求，于是就连问候信也不再写。又过个时期，断续听到许多传闻：他因什么什么而隐退了；由燕东园的小楼迁到成府一处平房；受保护的优待，不与垣外人交往；等等。这类事不便探询，渐渐也就淡忘了。是60年代末，我到朱元璋的龙兴之地去接受改造，妻室无人照顾，迁到西郊燕园与女儿同住。改造结业，我转为妇唱夫随，也就常常来往于燕园内外。大概是70年代末期，有一天，在燕园东门外，即蒋家胡同西口，我买食品，看见张先生的女儿。她是我的学生，约三十年不见，仍是那样清瘦，也许有什么事，眼直视前方，走得很快。我先是想拦住她，但只是一闪，就想到一言难尽的种种情况，还没来得及决定怎样办，看看，她已经走进燕园东门了。就这样，同张先生的情况的消息也最后告别了。

再其后，我精力日下，在门内比在门外的时候多，闭眼比睁眼的时候多，以致直到现在，对于张先生的桑榆晚景，还是一无所知。——不知道也好。这次是因孔北海之介，又想到他，并联想到生存与说话的关系问题。他还健在吗？依照自然规律，可能性不大了。若然，那他就可以不费力而沉默，安息吧！

叶
圣
陶

　　一再沉吟之后才写下这样一个题目。沉吟，是因为几个月之前已经写了一篇，题目是《叶圣陶先生二三事》，为完成纪念文集编者交下的任务而拿笔的。名二三事，那篇文章开头曾有解说："一是他业绩多，成就大，写不胜写；二是遗体告别仪式印了《叶圣陶同志生平》的文本，一生事业已经简明扼要地说了；三是著作等身，为人，以及文学、教育、语文等方面，足以沾溉后人的，都明摆着，用不着再费辞。"这样说，所谓二三事，是想写史传大事之外的一点零碎，与我个人有关，并且我认为值得说说的。那么，这里又有什么必要再拿一次笔呢？原因有外向的，是对于某某生平那样的送行文（或颂行文），依时代框框，千篇一律，取（所谓）重舍（所谓）轻，我，推测也会有别人，兴趣不大。还有内向的，是以前那一篇，虽然非高文典册，也总是板着面孔写的，喜欢听听闲话的诸君未必愿意看，为了照顾另一方面的读者，就不能不把笔由书斋移到篱下，再闲扯一些。

　　叶圣陶先生是我敬重的师辈，交往近四十年，可说的事很多。所以更宜于闲扯，因为只有闲扯才可以把取轻舍重、挂一漏万的挑剔顶回去。推想叶老有知也会谅解，因为他不只宽厚博大，而且幽默自谦，听到别人讲自己，不管怎样不得体，也总会含笑接受的。但就是这样一个人，上天却不睁眼，——也许是睁眼，那是1988年2月16日，正是旧历丁卯年的除夕，神州大地到处响着鞭炮声，所有的人送旧年，一部分人兼送神，也把他送走了。

我第一次见到叶老是50年代初。知道他这样一位知名之士却早得多，大概要提前二十多年。那是上中学时期，读新文学作品，散文、小说都看，接触的作者不少，其中当然有他。那时候他还不是以字行，所以50年代之前，我只知道他的大名是叶绍钧。印象呢，大概是觉得，如周氏弟兄，一位长枪短剑，一位细雨和风，各有各的风格，好；如郁达夫，有才子气，也确是有才；叶灵凤，以至徐枕亚之流，有时难免如影片中人的哭，眼泪是借什么药之力挤出来的。叶老的风格，以及推想其为人，是平实，用力写，求好，规矩多于自然。现在回想，当时是无知的牛犊不怕虎，傲而近于妄；幸而只是想了想，还不至于贻笑大方。

且说我能与叶老相识，也是时势使然。其先我是在某中学教书，本来，据旁观者清的旁观，我还是站在前列的，而忽然，形势有变，大家（包括教师和学生）快步往前赶，我则原地踏步，落后了，落后的结果当然是被遗弃，幸而有校长陈君的厚意，让我换个地方，于是到叶老的属下去做编辑工作。往谒见是第一次见面，印象与读作品时有不小的差异：彼时只是平实，这次升了级，是厚重恳切，有正统的儒者风。其后交往增多，是共同修润书稿。起初是当面商酌式。这费时间，他忙，其后就改为由我闭门造车，他复阅。不久又刮来推广普通话的风。叶老是既非常重视语文，又非常拥护推广普通话的，可是他的话，跟家乡人说还是吴侬软语，跟一般人说也只能南腔北调。他虽然未必是王阳明的信徒，却一贯知行合一，严格律己。他还常写文章，希望印成铅字，句句是普通话的味儿。这自然不是毫无困难，至少是没有百分之百的把握。他希望我这生在北国的人能够协助。长者所命，义不容辞，但附带个条件，是提出修改意见，请他考虑。他说这样反而费事，不如直接动笔，如果他不同意，就再改回来，也附带个条件，是不限于语言方面，看内容方面有不妥，也动笔，不要客气。我遵命。可是他却很客气，比如有一两处他认为可以不动，一定亲自拿来，请我看，问我同意不同意。我为他的谦虚很不安，请下次不要再这样。他答应，可是下次还是拿来商量。文章发表了，让他的秘书送来一部分稿费。我遵"弟子服其劳"的古训，不敢收，附信奉还。又送来，也附信，说他劳动得了酬，我也劳动，得酬是天经地义。我坚守古训，还是不收。再来信，动了真刀真枪，说再不收，他将理解为我不愿帮忙，那就只好不求了。我无可奈何，只好说收，但附带一个小条件，是不得超过十分之一。他又来信，说核算了，是七分之一，以下说："恕我说句狂妄的话，尊敬不如从命。并且希望，这是为此事的最后一封信。"我看后很感动，也就只好从命，不再为此事写信。稍后，根据这个君子国的协定，还有个后来居上的大举，是为他整理一本《叶圣陶童话选》，仍是我起草，他复阅，定稿。书于1956年出版，我又看一遍，发现第18页《稻草人》那一篇，写牛"扬着头看天"，觉得迁就语音（杨yáng），不顾字面（仰），错了，是受人之托未能忠人之事。幸而不久之后翻阅《红楼梦》，第二十八回写宝玉说完"女儿悲"的酒令，众人都说有理，只有那位呆霸王"薛蟠独扬着脸"，知道这位曹公早已先于我自我作古，心里才安然了。这时候，叶老的普通话本领已经蛮可以过关，因而共同修润文章的工作就心照不宣地结束。

以上是说他的为人，认真，有德。关于德，以前那一篇也曾提到，大致说了以下这些意思。《左传》说不朽有三种，居第一位的是立德。在这方面，就我熟悉的一些前辈说，叶老总当排在最前列。何以这样说？有大道理为证。中国读书人的（指导行为的）思想，汉魏以后不出三个大圈圈，儒道释。掺和的情况很复杂，有的人儒而兼道，或阳儒阴道；有的人儒而兼释，或半儒半释；有的人达则为儒，穷则修道（或道或释的道）；等等。叶老则不掺和，是单一的讲修齐治平的儒；或者更具体一些说，是名副其实的"躬行君子，则吾未之有得"的躬行君子。这也很容易举证。先说常人像是也能做到的，是以多礼待人。只说我亲身经历的，有事，或无事，到东四北八条他的寓所去看他，告辞，拦阻他远送，无论怎样说，他一定还是走过三道门，四道台阶，送到大门外。告别，他鞠躬，连说谢谢，看着我上路才转身回去。晚年，记得两次是他在病中。一次在家里，不能起床了，我们同去三个人，告辞，他伸出两手打拱，并连说谢谢。一次在北京医院，病相当重了，也是同去三个人，告辞，他还是举手道谢。我走到门口，回望一下，他的眼角像是浮着泪。还有常人难于做到的，是50年代前期，一次开人数不很多的什么会，谈到批评和自我批评的问题，他说，这，他只能做到一半，是自我批评；至于批评，别人的是非长短，他不是看不出来，可是当面指摘人的短处，他总是说不出来。这是儒家的"躬自厚而薄责于人"，从某种观点看也许太过时了，但我总是觉得，与一些时代猛士的背后告密、当面揭发相比，力量会大得多，因为能够促使人自重，努力争取不愧于屋漏。

与叶老的交往，中间断了一些年。那是"文革"的大风暴时期，我自顾不暇，还见了一次给他贴的大字报。我很惊讶，像叶老这样的完人，举过，居然也能贴满一堵长席墙。幸而这有如日月之蚀，一会儿就过去。其后，推测是借《庄子》"佚我以老"的常情的光，没听到他也到干校去接受改造的消息。我呢，到干校，改造结业，却因为妻室在都市只是家庭妇女，不得回城，两肩扛着一口，奉命到早已没有一个亲属的故乡去领那一份口粮。大概是70年代中期某年的春天，风暴的力量渐减，我以临时户口的身分在妻女家做客，住西郊，进城去看他。他家里人说，很少出门，这一天有朋友来约，一同到天坛看月季去了。我要一张纸，留了几句话，其中说到乡居，说到来京，末尾写了住址，是西郊某大学的什么公寓。第二天就接到他的信。他说他非常悔恨，真不该到天坛去看花。他看我的地址是公寓，以为是旅店之类，想到我在京城工作这么多年，最后沦为住旅店，感到很悲伤。我看了信，不由得想起《孟子·离娄》篇的话："禹思天下有溺者，由（犹）己溺之也；稷思天下有饥者，由己饥之也。"心里也很悲伤。悲伤，是因为这使我想到水火、圣贤、遇合等等问题。

叶老的宽厚和躬行，据我所知，也表现在家门之内。只说说他的夫人胡墨林女士，她，我也很熟。人于宽厚之外，还加上苏州妇女特有的精干。通文，如对我这样健忘的人有大用的《十三经索引》，就是以她为主力编成的。可惜天不与以寿，于50年代后期因不治之症逝世。叶老很悲痛，写了一些悼亡诗。我分得一份刻印本，觉得风格挚而无华，与潘岳、元稹、纳兰成德等人的气味不一样。我想，这才真是所谓"行有余"，然后"文"。记得叶老说过他们的结合经历，是没有现在年轻人那些花样，但一生感情很好。这话确是实事求是，果然，胡女士逝世之后，叶老就独身度日，依旧平静勤恳，比胡女士晚走了约三十年。

以上说的几乎都是身教方面的，这像是模棱，其实分量很重，如我这心有余而力不足的人就常常感到扛不动。不得已，只是转为说言教。这"言"是借用，实际是指范围大大缩小的语言或语文。这方面的言教，共两类，我听到不止一次。一类是关于行文应该用什么样的语言的，这，很多人都知道，叶老是主张"写话"。他说："写成文章，在这间房里念，要让那间房里的人听着，是说话，不是念稿，才算及了格。"行文用语的问题是个大问题，这里不宜于岔出去多说。

只说叶老这个主张会碰到二难。一种难是认识方面的，尤其近些年，有不少以写作为事甚至以作家自居的，是或有意或无意，以为既然成文，就应该不像话。另一种难是实行方面的，有大量的印成品为证，是写得像话不是算不了什么，而是非常之难。我基本上是叶老的信徒。说基本上，是因为写话之"话"究应何所指，其中还有不少需要进一步研究的问题。这太复杂，与闲话的情调不合，只得从略。另一类是关于行文应该求简的，他说："你写成文章，给人家看，人家给你删去一两个字，意思没变，就证明你不行。"这与用什么语言相比，像是小节，只是求干净利落，不拖泥带水。但是做到也大不易，因为时下的文风是乐于拖泥带水。比如你写"我们应该注意"，也许多数人会认为你错了，因为流行的说法是"我们应该引起注意"。同类的情况无限之多，从略。这情况表明，时下的文里有不少废话废字，而有不少人偏偏欣赏，因而就成为文病。对于文病，叶老是深恶痛绝的。这，有的人也许会说是小题大作。大也罢，小也罢，我觉得，这种恨铁不成钢的苦心总是值得偏爱"引起"的诸君深思的。

闲话说了不少，应该总括一下，是与叶老交往近四十年，受到的教益太多了。惭愧的是感激而未能躬行，甚至望道而未之见。勉强可以自慰的也许只是，还知道感激，还知道望；并且写了纪念文章，不是一篇，而是两篇。

俞
平
伯

俞平伯先生原名铭衡，上大学时候就以字行。他是学界文界的大名人，主要不是因为有学能文，是因为很早就亲近宝、黛，写《红楼梦辨》(解放后修订版名《红楼梦研究》)，有自己的所见，50年代初因此受到批判。那虽然也是宣扬百花齐放时期，可是俞先生这一花，瓣状蕊香都不入时，所以理应指明丑恶，赶到百花园之外。但俞先生于谨受教之外，也不是没有获得。获得来自人的另一种天赋，曰"逐臭"，于是对于已判定为丑恶的，反而有更多的赏玩的兴趣。总之，原来只在学界文界知名的俞先生，由于受到批判，成为家喻户晓了。

以上说的是后话；谈俞先生，宜于由前话说起。依史书惯例，先说出身。至晚要由他的曾祖父俞曲园（名樾）说起。德清俞曲园，清朝晚期的大学者，不只写过《群经平议》《古书疑义举例》一类书，还写过《春在堂随笔》《右台仙馆笔记》一类书；此外还有破格的，是修润过小说《三侠五义》。科名方面也有可说的，中道光三十年（公元1850年）庚戌科二甲第十九名进士，仍可算作常事，不平常的是考场作诗，有"花落春仍在"之句，寓吉祥之意，受到主考官的赏识，一时传为美谈。由科名往下说，他的父亲俞阶青（名陛云）后来居上，中光绪二十四年（1898）戊戌科一甲第三名进士，即所谓探花。这位先生还精于诗词，有《诗境浅说》《乐静词》传世。这样略翻家谱，我们就可以知道，俞先生是书香世家出身，有学能文，是源远所以流长。

俞先生生于光绪己亥（二十五年，公元1899年），推想幼年也是三百千，进而四书五经。到志于学的时候，秀才、举人、进士的阶梯早已撤消，也就不能不维新，于是入了洋学堂的北京大学。读国文系，当时名为文本科国文学门，民国八年（公元1919年，也就是五四那一年）毕业。毕业之后回南，曾在上海大学任教，与我关系不大；以下说与我有关的。

我1931年考入北京大学，念国文系。任课的有几位比较年轻的教师，俞先生是其中的一位。记得他的本职是在清华大学，到北大兼课，讲诗词。词当然是旧的，因为没有新的。诗有新的，其时北大的许多人，如周作人、刘半农等，都写新诗，俞先生也写，而且印过名为《冬夜》（其后还印过《西还》，我没见过）的新诗集，可是他讲旧的，有一次还说，写新诗，摸索了很久，觉得此路难通，所以改为写旧诗。我的体会，他所谓难通，不是指内容的意境，是指形式的格调。这且不管，只说他讲课。第一次上课，也是我第一次见到，觉得与闻名之名不相称。由名推想，应该是翩翩浊世之佳公子，可是外貌不是。身材不高，头方而大，眼圆睁而很近视，举止表情不能圆通，衣着松散，没有笔挺气。但课确是讲得好，不是字典式的释义，是说他的体会，所以能够深入，幽思连翩，见人之所未见。我惭愧，健忘，诗，词，听了一年或两年，现在只记得解李清照名句"帘卷西风，人比黄花瘦"的一点点，是："真好，真好！至于究竟应该怎么讲，说不清楚。"（《杂拌儿之二·诗的神秘》一文也曾这样讲）他的话使我体会到，诗境，至少是有些，只能心心相印，不可像现在有些人那样，用冗长而不关痛痒的话赏析。俞先生的诸如此类的讲法还使我领悟，讲诗词，或扩大到一切文体，甚至一切人为事物，都要自己也曾往里钻，尝过甘苦，教别人才不至隔靴搔痒。俞先生诗词讲得好，能够发人深省，就因为他会作，而且作得很好。

接着说听他讲课的另一件事，是有一次，入话之前，他提起研究《红楼梦》的事。他说他正在研究《红楼梦》，如果有人也有兴趣，可以去找他，共同进行。据我所知，好像没有同学为此事去找他。我呢，现在回想，是受了《汉书·艺文志》"致远恐泥，是以君子弗为也"的影响，对清朝的小说人物，不像对周秦的实有人物，兴趣那样大，所以也没有去找他。这有所失也有所得，所失是不能置身于红学家之林，也捞点荣誉，所得是俞先生因此受到批判的时候，我可以袖手旁观。

转而说课堂下的关系，那就多了。荦荦大者是读他的著作。点检书柜中的秦火之余，不算解放后的，还有《杂拌儿》《杂拌儿之二》

《燕知草》《燕郊集》《读诗札记》《读词偶得》。前四种是零篇文章的集印，内容包括多方面。都算在一起，戴上旧时代的眼镜看，上，是直到治经兼考证，中，是阐释诗词，下，是直到写抒情小文兼谈宝、黛。确是杂，或说博；可是都深入，说得上能成一家之言。

就较早的阶段看，他是五四后的著名散文家，记得《桨声灯影里的秦淮河》还入了课本。散文的远源是明公安、竟陵以来的所谓小品，近源是五四以来的新文学。他尊苦雨斋为师，可是散文的风格与苦雨斋不同。苦雨斋平实冲淡，他曲折跳动，像是有意求奇求文。这一半是来于有才，一半是来于使才，如下面这段文章就表现得很清楚：

> 札记本无序，亦不应有，今有序何？盖欲致谢于南无君耳。以何因由欲谢南无邪？请看序，以下是。但勿看尤妙，故见上。
>
> ……
>
> 凡非绅士式，即不得体，我原说不要序的呢。我只"南无"着手谢这南无，因为他居然能够使我以后不必再做这些梦了。
>
> （《读诗札记》自序）

体属于白话，可是"作"的味道很重，"说"的味道不多。

与语体散文相比，我更喜欢他的文言作品。举三种为例。

一是连珠：

盖闻十步之内，必有芳草。千里之行，起于足下。是以临渊羡鱼，不如归而结网。

盖闻富则治易，贫则治难。是以凶年饥岁，下民无畏死之心。饱食暖衣，君子有怀刑之惧。

……

盖闻思无不周，虽远必察。情有独钟，虽近犹迷。是以高山景行，人怀仰止之心。金阙银宫，或作溯洄之梦。

盖闻游子忘归，觉九天之尚隘。劳人返本，知寸心之已宽。是以单枕闲凭，有如此夜。千秋长想，不似当年。

（《燕郊集·演连珠》）

二是诗：

纵有西山旧日青，也无车马去江亭（即陶然亭）。
残阳不起凤城睡，冷苇萧骚风里听。

（据抄件）

足不窥园易，迷方即是家。耳沉多慢客，眼暗误涂鸦。
攲枕眠难稳，扶墙步每斜。童心犹十九，周甲过年华。

（《丙辰病中作》，据手迹）

三是词：

> 莫把归迟诉断鸿，故园即在小桥东。暮天回合已重重。
>
> 疲马生尘寒日里，乌篷扳橹月明中。又拼残岁付春风。
>
> （《燕郊集·词课示例·浣溪沙
>
> 八首和梦窗韵》，选其一）

> 匆匆梳裹匆匆洗，回廊半霎回眸里。灯火画堂云，隔帘
> 芳酒温。　　沉冥西去月，不见花飞雪。风露湿闲阶，知谁
> 寻燕钗。
>
> （同上《菩萨蛮》）

像这些，用古就真不愧于古，而且意境幽远，没有高才实学是办
不到的。

那就由才和学再往下说。诗词之后是曲，他不只也通也谈，还会
唱。说到此，要岔出一笔，先说他的夫人许莹环（名宝驯）。俞先生
告诉我，许夫人比他年长四岁，那就是生于光绪乙未（二十一年，公
元1895年），二八年华是在清朝过的。人人都知道，装备起来的人是
时代的产物，所以这位夫人也是长发纤足，标准的旧时代佳人。出身
于钱塘许氏，清朝晚期著名的官宦之家。通旧学，能书能画，又循江
南名门闺秀的通例，会唱昆曲，而且唱得很好。俞先生很喜爱昆曲，
不只唱，而且为挽救、振兴出了不少力。俞先生和许夫人于民国六年

（1917）结婚，在昆曲方面更是情投意合。记得30年代前期的一个夏天，我同二三友人游碧云寺，在水泉院看见俞先生、许夫人，还有两位，围坐在茶桌四周，唱昆曲。我外行，不懂好坏，但推想必是造诣很深的。可以用势利主义的办法来证明。一见于《燕郊集·癸酉年（1933）南归日记》，十月一日唱《折柳》，吹笛的是俞振飞。另一见于北京市《文史资料选编》第十四辑，韩世昌说，俞先生等人组织谷音社，唱昆曲，以"俞平伯、许莹环夫妇的《情勾》《游殿》最精彩"。俞振飞肯吹笛伴奏，韩世昌评为最精彩，可见是绝非等闲的。许夫人还能写十三行一路的小楷，前几年俞先生曾影印自己的一些词作，名《古槐书屋词》，书写就出于许夫人之手。听说许夫人还能画，我没见过。

俞先生大概不能画，但字写得很好。我只见过楷书（或兼行），不像曲园老人的杂以隶，而是清一色的二王，肉娟秀而骨刚劲，大似姜白石。40年代中期，我的朋友华粹深（名慧，宝熙长孙，戏剧家，已作古）与俞先生过从较密，其时俞先生住朝阳门内老君堂老宅，我托他带去一个折扇面，希望俞先生写，许夫人画，所谓夫妇合作。过些时候拿回，有字无画。据华君说，许夫人及其使女某都能画，出于使女者较胜，也许就是因此，真笔不愿，代笔不便，所以未着笔。也是这个时期，华君持来俞先生赠的手写五言长诗《遥夜闺思引》的影印本。诗长近五千言，前有骈体的长自序，说明作诗的原由。其中如这样的话："仆也三生忆杳，一笑缘坚（悭），早堕泥犁，迟升兜率。况乃冥鸿失路，海燕迷归。过槐屋之空阶，宁闻语鼹；想荔亭之秋雨，定湿寒花。未删静志之篇，待续闲情之赋。此《遥夜闺思引》之所由作也。"（原无标点）我每次看到，就不由得想到庾子山和晏几道。

是40年代后期，我受一出家友人之托，编一种研究佛学的月刊《世间解》，请师友支援，其中当然有俞先生。俞先生对于弟子，总是守"循循然善诱人"的古训，除了给一篇讲演记录之外，还写了一篇《谈宗教的精神》。这篇文章不长，但所见深而透，文笔还是他那散文一路，奇峭而有情趣。俞先生很少谈这方面的内容，所以知道他兼精此道的人已经很少了。

至此，我笔下的俞先生，好像是一位永远住在象牙之塔里的人物，其实不然。他是在"五四"精神的哺育下成长的，自然有时也就会情不自禁地走向十字街头。所以他间或也写这样的文章：

> 勇者自克；目今正是我们自克的机会。我主张先扫灭自己身上作寒作热的微菌，然后去驱逐室内的鼬鼠，门外的豺狼。已上床的痨病鬼不肯服药养病，反想出去游猎，志诚美矣，然我不信他能。我们应当在可能的范围内，觅得我们的当然。

> （《杂拌儿·雪耻与御侮》）

这愤激的话出于忧国忧民，是否可行是另一回事，就用意说，会使我们想到陶渊明的"刑天舞干戚，猛志固常在"。

以下还得转回来说红学。与近些年相比，我上学时期的前后，红学还不能说是很兴旺。蔡元培校长的索隐派难于自圆其说，至少由旁观者看，是一战就败在胡博士的手下。胡博士既有神通又有机遇，先后得多有脂批的甲戌本和《四松堂集》，有了考证的资本，写文章，大致勾画了考证红学的范围。考，考，贾府与曹家的关系就越来越密切。故事所写是由荣华而没落，作者的本意自然就成为表禾黍之思。思源于爱。可是时风一变，说是反封建，反就不能源于爱。看法不同，新兴的办法是力大者批力小者。靶子最好是胡博士，可惜他走了，鞭长莫及，于是就找到俞先生。其后的种种，中年以上的人还记得，用不着说。单说俞先生，虽然法理上还容许争鸣，但识时务者为俊杰，也就不争了。《杂拌儿》式的文章不好写了，只好到诗词的桃花源里过半隐居生活，写《唐宋词选释》一类书。宝、黛呢，情意不能谈了，退而专治资料，编了一本《脂砚斋红楼梦辑评》，费力不小，对醉心于宝、黛本事的人很有用。间或也写点红文，重要的有《金陵十二钗》，相当长，我读一遍，感到与一般口号型的红文还是不一路。友人告诉我，前不久他往香港，又谈一次红学，可惜没见到文字，不知道是怎么谈的。他还作诗，我的老友玄翁曾抄来几首给我看。80年代前期，许夫人先走了；不知他是否仍唱《折柳》《情勾》，连我也没有勇气问了。

60年代末到70年代初，他离开老君堂的被抄的家，也到干校；大概是为了生死与共，许夫人从行。日子怎么过的呢？可惜俞先生和许夫人都手懒，没有写杨绛那样的《干校六记》。不知，只好存疑。是70年代后期吧，俞先生二老都到建国门外学部宿舍去住了，听说俞先生血压高，患轻度的半身不遂症，我去探问。应门的是许夫人。俞先生已经渐渐恢复，但走路还是不灵便。到80年代，由于风向转变，俞先生由反面教材右迁为正面大专家，就有了住钓鱼台南沙沟高级公寓的特权。我曾去看他，显然是更衰老了，走路要手扶靠近的什么。我感到这会给他增加负担，所以很久就不再去。我的老友让公也住在那一带，近邻，有时过门而入，略坐，表示问候。不久前他告诉我，曾国藩写的"春在堂"横匾竟还在，已悬在客厅中。这使我想到咸、同之际，江南、北地，直到老君堂的古槐书屋和红卫兵，又禁不住产生一些哭笑不得的感慨。

琐琐碎碎谈了不少，对于这位老师，如果我大胆，能不能说一两句总而言之的话呢？说，总是先想到"才"。自然，如车的两轮，如果有才而无学，还是不能在阳关大道上奔驰的。但我总是觉得，俞先生，放在古今的人群中，是其学可及，其才难及。怎见得？为了偷懒，想请俞先生现身说法，只举一篇，是30年代前期作的《〈牡丹亭〉赞》(收入上海古籍出版社1983年版《论诗词曲杂著》)。这篇怎么个好法，恕我这不才弟子说不上来，但可以说说印象，是如同读《庄子》的有些篇，总感到绝妙而莫明其妙。关于才，还想说一点点意思，是才如骏马，要有驰骋的场地；而场地，主要来于天时和地利，天地不作美，有才就难于尽其才。至少是我看，俞先生虽然著作等身，成就很大，还是未能尽其才。现在他老了，九十高龄，有憾也罢，无憾也罢，既然笔耕大片土地已经不适宜，那就颐养于春在之堂，作作诗，填填词，唱唱"则为你如花美眷，似水流年"吧。

孙楷第

　　孙楷第先生是我在通县师范上学时期的老师，字子书，依礼，我应该以字称之，只是字罕为人知，不得已而从权，称名。孙先生于1986年作古，确切时日，是直到不久前，由师母温芳云夫人那里要来一些介绍和纪念文章才知道的。介绍文章中有一篇《孙楷第传略》，杨镰所写，刊于1985年第一期的《晋阳学刊》，内容简要而全面，我以为，述说孙先生的业绩，这样写就够了。——就是没有这一篇，我也不想写这方面的。孙先生是小说戏曲史的专家，研究这些，走的是清朝汉学家的路子，用考证的方法，广收材料，于材料的比勘中辨明实相。这方法，这材料，甚至推出的结论，不往里钻的人不会感兴趣。往里钻的人呢，都熟悉孙先生的几部名著，主要是三种小说书目、两种戏曲考和沧州前后集，也就用不着我再费辞。而还想写，是因为觉得：其一，我的《琐话》常常提及师辈，孙先生是更近的师辈（中学时期受教），依情理不当漏掉；其二，大著以外的零零碎碎也许另有一种意义，这别人未必知道，也依情理，不当秘而不传。以下写，因为是零零碎碎，就想到什么说什么。

记得是1929年或1930年，我在通县师范，还差一两年毕业，学校请孙先生来教国文课。知道他是北京师范大学国文系毕业，留校任助教；到通县兼课，距离五十里，往返奔波，推想家道必不是富裕的。人清瘦，总是像大病初愈的样子。口不能说有才，但讲得细致确切，丁是丁，卯是卯，我个人的感觉，是有学问，像是也不想学问以外的事。我当时入世浅，理想多，无知而尊重知，因而对孙先生，起初是怀有深的敬意，时间稍长就交往多起来。记得有事到北京还去看过他，至少是两三次吧，那时他住在中南海居仁堂西四所的西房，环境清雅，屋里书已经不少。我的印象，他更加往书里钻，因而离世故更远了。清瘦的程度有增无减，可是心情安静而愉快，不止一次，我听见他一边走一边吟诗。

其后不很久，他不再到通县去兼课；我也离开通县，到北京大学上学。我们离近了，见面的次数却不多，主要原因是他忙，我不便打搅他。礼貌性的问候也不多，现在记得的，他迁居次数不少，住西城石老娘胡同傅增湘家，住北海、景山之间的大（小？）石作，住西郊北京大学（原燕京大学）的镜春园，我都去过。往镜春园的一次已经是50年代初，他身体情况似乎更下，晚秋季节，院墙上爬山虎的叶子刚露红，我在院里打招呼，他在屋里答话，让等一等，原来是找毛围巾，围得严严实实的才出来迎接。他也念旧，总是问这问那，表示很关心。很少谈学问，推想原因的少一半是专门的东西，一言难尽；多一半是我远离汉学，已经不是孺子可教。这之后，小则各种学习，大则各种运动，断续而来，我，轻些说是乏善可述，重些说是自顾不暇，因而来往就断了。

一断就是二十年以上。他早已离开北京大学，到文学研究所任研究员。镜春园的住处，据说是"文革"初被迫放弃，经过不少颠簸，最后才迁到建国门外的学部宿舍。我由于另外的原因，城内的住处也放弃，到北京大学女儿处寄居。1976 年 7 月下旬，唐山大地震，北京大学继承的原燕京大学的中西合璧式楼房遗产，因为是钢筋混凝土所铸，成了宝贝，为保命，从权，大家往里挤。我们分到一间，在未名湖北岸的红三楼。孙先生的甥女住红三楼稍东的健斋，孙先生逃难，住在他甥女那里。万没想到，忽然我们成为近邻，不只可以朝夕相见，而且几乎可以终日对坐闲谈。比起前些年，他反而丰满些。问他怎么保养的，说只是因是子（蒋维乔）静坐法。但他又说，无论如何，精力总是不行了，譬如那篇谈变文的文章，后半的材料早已齐备，只是因为没有精力，就写不出来了。

我们常在一起，谈得很多。其结果，对于孙先生，我的认识就更加清楚。总的说，可以简而要地论断，他是老牌的货真价实的没有任何掺和的汉学家。先要说明一下，这论断是叙述事实，不是或主要不是赞扬成就。赞扬当然可以，但这会引来疑心，是有意贬低宋学，甚至新学。所以还是客观主义的好，只说汉学，不管是不是超过其他。老牌的汉学，以乾嘉学派为代表，是题材限于四部，即所谓国学，用考证的方法求实，即弄清某一历史情况的真相，而不谈，至少是不很注意，应该怎样希圣希贤。这样的学风有优点，是脚踏实地，不空口说白话。缺点也不是没有，往大处说是躲开现社会的争端（起初并且是有意的），往小处说是躲开正心诚意一类问题；而人，有了生，不能无所求，因而就不能跳出人己的关系网，总是闭门考大禹是不是虫子，曹雪芹是不是死于壬午除夕，也未免过于松心了吧？但这是就整个社会说，至于个人，那就还可以从分工方面着眼，有的人走陈涉、吴广一条路，很好，有的人走马融、郑玄一条路，也不坏。孙先生走的是马融、郑玄一条路，而且没有什么掺和。所谓掺和，是指材料、注意点等的超出传统，如刘勰、严羽之外也引亚里士多德，生霸死霸考之外也谈《红楼梦》的艺术价值之类。在这方面，孙先生是家风纯正，用笑话说，够得上真正老王麻子，郑重其事地说，可以算作乾嘉学派的殿军。

评价或推崇成就，称为乾嘉学派的殿军，孙先生可以当之而无愧。举证，不难，但是太多。只好大题小作，以点代面。先泛说治学方法，是从疑开始，即在故纸中，像是没有问题的地方发现问题；然后要博，即查阅一切有关材料，中间经过慎重比勘，舍去不可信的，取其可信的，最后得出结论。这里显然有两难：一是肚子里要装满古籍，有用的都不遗漏；二要头脑清楚，能看到问题，辨析真伪。汉学家的本领就在于能够克服这两难。孙先生也是这样，能够由博而精，所以一生喜欢考，考这考那，几乎都取得使人信服的成果。只举其中之一为例，是收入《沧州后集》卷四的《唐章怀太子贤所生母稽疑》。

章怀太子李贤名气很大，因为《后汉书》的注是他主持作的。史多称他是高宗第六子，武后所生，死时年三十二。孙先生根据大量史料，推断李贤是武后姊韩国夫人所生（高宗的私生子），死时年三十一。这篇文章是1947年所作，1972年章怀太子墓志铭在陕西出土，两份，都说李贤死于文明元年，年三十一，证实孙先生的论断是对的。悬揣而合于事实，这就可见汉学的力量和汉学家的高明。

我也喜欢翻书，但杂而不专，又善忘，因而对于孙先生的博而精，总是十分钦佩。他研究小说戏曲，大致说内容是在我国文献的后半段，可是文献的前半段，他同样是了如指掌。一次在未名湖畔闲谈，我问他，著作中引用这么多材料，是不是都有卡片。他说有些卡片，但是不多，主要还是靠记，譬如史部，前四史直到新旧唐书，他差不多都记得。这使我想到历代的学术界名人，如颜师古、苏东坡、钱牧斋、纪晓岚之流，四部的重要典籍，大致是都能背的。能背来于熟，熟来于勤，勤还有来源，是迷恋，所谓死生以之，在孙先生的身上，我有幸还能见到这样的流风余韵。

凡事都会有得失两面。博而精，考证有大成就，是得的一面。还有失的一面，是容易成为书呆子。从20年代后期我认识孙先生的时候起，到80年代前期我最后一次看见他的时候止，我的印象，除去书和他专精的学问以外，他像是什么也不想，甚至什么也不知道。应该知道而不知道的，其中之一，依常情，相当重要，是世故。例如一次谈闲话，也是在未名湖畔，他提及写了一篇批评某书的文章，某书作者表示谨受教，希望不必发表，他不接受，跟我说的理由是："我发表我的意见，别人管得着吗？"这就是只看见学问，没看见世态。

"文革"的风暴来了，听说他幸免于抄家，但不知有什么困难不能克服，所有的存书，连带书柜，以460元的代价，让中国书店运走了。他的书，我知道，相当多，大部头的，如二十四史，四部丛刊初、二、三编，等等，治国学的人必备的，以及小说戏曲方面的，他都有，而一下子就斩草除根，我推想，原因之一，或重要的之一，还是书呆子气太重，世故太少。但人间没有后悔药，说，问原因，都没用了。重要的是如何善后。当然最好是找回来。据说费了不少周折，不只一本没回来，反而听说，同单位的某某人，由旧书店买到他的批校本。他生气，也伤心，心情很不好。这时期，我去看过他。他多半躺在床上。我无力帮他找书，但不能不聊尽弟子之谊，只得用俗语所谓"想开了"的理论劝他，并且说，反正年事已高，没有精力再写，找回来也用处不大，有兴趣，拿两本新印的看看算了。他静静地听着，没有答话，显然是心情不能接受而不便反驳。坐一会儿，我辞出，最后的一面就这样完结了。其后，听说他心情不好的情况加重，原因是某高级人物谈到落实知识分子政策，曾举他为例，说书都给找回来；而这次谈话，报纸登了，他碰巧看到，于是而更生气，更伤心，简直近于精神失常了。我当然要去看看。到他的住所，叫门。师母出来，很不好意思地说，一两天前，史树青先生来，送一本书，谈得很好的，他忽然变了脸，把史先生赶走了。劝我还是不进去好。我沉吟了一下，只好从命。以后就没有再去。

我有时还想到他，连带想到书和书生的坎坷，以及"想开了"的理论。其实，人生多事，事来了，处理，总是不能像说的或想的那样容易。理论的力量终归是有限的。至于孙先生，像是连这样的理论也不想引用。何以言之？有他的诗作为证。也是地震时期，他拿他的《钝翁诗稿》给我看，我抄了一部分，其中有这样两首：

赠邓之诚文如四首（之四）

三字贫愚病，一生清狷狂。束身为士辱，低首事人忙。

行路仍多碍，归耕未有方。诗书真误我，岁暮转凄凉。

有　感

世运何人值半千，数奇亦不怨苍天。

少年往事贫犹忆，老子于今困可怜。

旧稿丛残如敝帚，寒家古物是青毡。

他年与我俱灰烬，偶一思之尚惘然。

两首诗的末句是"凄凉"和"惘然"，可见仍是想不开。想不开是为"书"，为"治学"，就算是不够达观吧，由束发到易篑，始终如一，不知别人怎么样，我是宁愿洒一些同情之泪的。

赵荫棠

我同赵荫棠先生交往比较多，因为不只同在一处讲过课，还在北京后海北岸结过邻，连住房也是我介绍他租的。我上北京大学时期，他在国文系任教，推想是讲《中原音韵》，因为他的专长是音韵学，名著是《中原音韵研究》和《等韵研究》。对于三十六字母、二百零六韵之类，我兴趣不大，所以在可以自由进教室看看听听的北大红楼，我没听过他讲课。40年代起才熟识，他为人朴厚豪爽，少遮拦，所以时间稍长，我自信对他就有了较深的认识。解放前后他先在天津，后在兰州，推测还是讲他那一套。大概死于60年代后期，他生于公元1892年或1893年。总算过了古稀，可以无憾。这里需要说说的，是前几年写《负暄琐话》，多及北大作古的旧人，为什么忘了他。不是忘了，是觉得，一，学问以外，似乎乏善可述；二，写就难免触及可悯可悲的什么，而且也许要扩展到他以外。为了避难或偷懒，只好装作忘了。

这次谈，就由可悯可悲的什么谈起。记得同一位老友说过不止一次，观照人生，就不由得想起孟德斯鸠辞世时的一句话："帝力之大，

59

如吾力之为微。"人力，究竟能把命运扭转多少呢？这命运，或说定命，不是指神秘意义的，是指科学意义的，即天性加机遇。天性，大的如聪慧与愚钝，小的如近酒与远酒，机遇，大的如生在什么社会，小的如买得火车票，对号，碰到哪个坐位，都很少是人力所能左右的。不能左右，也不能躲，剩下唯一的路，不管欢迎不欢迎，只有顺受。这所受，表现为顺或逆，更向身边贴近就成为得失，成为苦乐，成为荣辱（指世俗的）。言归正传，赵荫棠先生，用这两个条件衡量，情况怎么样呢？我的私见是逆多顺少，所以一生是颠簸（或只是心情的）时多而安定时少。分开说，天性，他是庄子说的"其耆（嗜）欲深者其天机浅"，所以积极不能走顾亭林的路，消极不能走邵潜夫的路，能走的只有李笠翁一条路，由旁观者看是不能洁身，不能乐道。机遇呢，他惯于没有遮拦，可是环境常常很需要有遮拦，因而就圆凿方枘，轻则成为不协调，重则会成为悲剧。这样的人生旅程，与《琐话》想写的可传、可感、可念有别，是可悯甚至可悲。但是取"他山之石，可以攻玉"之义，也许更值得三思，或说更值得对照。改以求进，也许不很容易吧？那就为这样的赵先生，也为或远或近的同路人，也许还有自己，洒几滴忧伤的泪也好。

赵荫棠先生字憩之，有个好籍贯，河南巩县，因为杜甫也是在那里长大的。有些才气，年轻时候读书，敢碰硬的，研究相当枯燥的音韵学，中年以后还致力于虽不枯燥但很难的《楚辞》。晚年更向前追，写《诗经研究》，据说成稿百万言以上。同很多人一样，书限定了前面的路，只能上下于各类学校的讲台。我开始同他有交往，他年已近半百，在某大学国文系任教授。人敞快，不修边幅，喜欢闲谈，有时甚至说些难登大雅之堂的话；不厌闲事，有时还像是以助人为乐。那时他住在地安门外帽儿胡同，夫人既年轻又好装饰，听说原是说唱什么的演员，不知怎么嫁了他的。夫妇二人度日，还请个三十上下的精明妇女干家务活，可见夫人是只享受不干事的。我没问过，但推想这一位不是夫人的第一位，因为两三年之后，他迁居，与我结邻，已经有另一位夫人的时候，家中还添了一个人，年近二十的儿子赵淼。还是先说这位年轻的，好的一面，外人鲜有所知。坏的呢，不少，而且每下愈况。享受要用钱换，一个还没臭的老九，充其量能够供应多少呢？节流不成，只好努力开源，于是就写了一些少一半可有多一半可无的小说，现在还记得的，有个集子名《父与子》，还有一个名《影》。写，拿笔杆的人都有同感，除了极个别的以外，变成铅字不容易，于是，至少是有时候，对有点头发、摇头退的有权而未必有学的人物，就不能不本不想寒暄而装作亲热。总之，是只好安于难堪了。还有更难堪的。听说月薪加稿酬，还是不够用。原因不能再隐瞒，是这位年轻人有嗜好（吸毒的习惯说法），据说还是比鸦片厉害得多的"白面儿"。赵先生原来也蒙在鼓里，因为我清楚地记得，是有那么一天，他带着很丧气的面容告诉我的。推想为此而家中不和睦或更不和睦了，于是不很久，一场人生剧就演完，那位年轻人终于离去了。

我推想，赵先生是认为，既然是个家，其中就不当没有女主人，因而就积极谋划迎娶。人间自有好事者，于是介绍，听说是结过婚而离了的。第一次商谈在北海公园。回来告诉我，初见，印象不佳，继而想，如果略去缺点只取优点，也许就有成的希望；试试，还不成，于是又想，如果从另一个角度看，把缺点看作也有可取，或者就有成的希望；再试，果然成了。女方是怎么样想的，我不知道。但结果是明确的，不久就成了婚，其后还生了个男孩子。与前一位年轻人相比，这一位年长十几岁，虽然也喜欢装饰，却有很美和很不美之差。幸而赵先生有佛家"境由心造"的哲学，这一切都可以对付过去。只是有一件难于对付，是后来听说，原来这一位也有嗜好。大概是受了前一位的教训，赵先生由不求甚解而进为逆来顺受，所以这个家得以在崎岖的路程中延续下去。

　　其后是40年代后期，北京没有合适的领月薪的地方，良禽不能不移木而栖，于是他决定到天津去。行前大改革，记得把所有有关《楚辞》的书都卖了。以后，我们断了音信。年轻些的友人徐君是赵先生的门人，出于尊师的热诚，同赵先生交往还相当多，于是有时就从他那里传来赵先生的一些情况。大致是，50年代前期仍在天津，经历了思想改造，成绩不理想。其后全家往兰州，不久儿子赵森就病死。50年代后期整风，因为嘴不好，成为级别高的右，据说由领月工资降为只领生活费了。挨到"文革"，徐君被动到家乡去放牛，很少的有关赵先生的消息也断了，推想头上有冠，是不会轻松的。作古的消息是70年代晚期听到的。我想，生，难得顺遂，作古则一了百了，也好；只是不知道，易箦之时，情况还是加冠减禄吗？回首流年，有没有因想到天性和机遇的可怕而落几滴伤痛的泪呢？

两位美学家

　　两位美学家，指朱光潜先生和宗白华先生。谈这两位，而且合在一起谈，是因为近些年，我住在北京大学的燕园之内，与这两位成为邻居，有时出来散步或买食物，就间或在路上遇见，这点点因缘引起一些感想，想说说。说因缘和感想，意思是躲开学问，那不好谈，因为太多，又难免玄远，难免枯燥。

　　由结邻说起。我1969年夏秋之际到明太祖龙兴之地的干校去接受改造，两年之后结业，妇唱夫随，也舍了城内三十余年的住所，到燕园的东北隅寄食。朱光潜先生住燕南园的西北隅，花神庙遗址之西，与我成为远邻。宗白华先生也住燕园的东北隅，从我们的南窗可以看见他的北窗，与我成为近邻。朱先生是我的老师，他的夫人奚今吾女士是我的同事，很熟，依常情，我可以常去串门，可是朱先生忙，不便去打扰，所以我与朱先生相见，经常是在西门内的外文楼附近。宗先生呢，因为是近邻，几乎朝朝夕夕都见到，也是在路上。

　　转而说远的因缘。知道宗白华先生，时间也许更靠前一些，记得中学国文课教材里选过他的《读书与自动的研究》等文章，我当然读过。知道朱光潜先生，是从读他的《给青年的十二封信》《文艺心理学》《谈美》开始。其后，宗先生在我的知见中消失了。朱先生却一直清晰，因为上大学时期，记得还听过他讲课，大概是文学概论吧；毕业以后，杂览，有时也喜欢钻钻形而上，看看桑塔雅那等谈美的著作，自然就又想到朱先生和他的克罗齐。朱先生不是狭窄的美学家，他通晓多方面，并谈多方面，文笔也好，清明流利，我喜欢读。

我和朱先生都是北大旧人，"文革"风刮起之后，依照什么什么规律，身忙心不安，自扫门前雪，我几乎把他忘了。没有忘干净，是因为他的夫人和我同在一地，有时，至少为了合礼，要询问一下他的情况。答复常是"还好"，"还"，意思是没有坏到不能活。干校结业，奚女士借了朱先生名高年老而且未被逐出北大的光，没费多少周折就回了北京，其后不久我到燕园寄食，因而就有了接近朱先生的机会。可是事实是没有接近，原因有二，都属于时宜性质。以1976年的大地震为界，其前，朱先生先是住牛棚，扫厕所，放还之后，宜于闭门思过，如果门前常有客人来往，北京土语所谓显鼻子显眼，会给他增加麻烦，我不便去。其后，听奚女士说，"文革"一开始，朱先生自知问题严重，其中之一当然是学术权威性质的反动，于是接受应该低头认罪的今训，把与文字有关的，文稿，等等，都交了。其时风暴刚起，没有如何处理这类反动的规定，于是由当其事者依己见处理，而这位当其事者是，接收，打开外文楼某一间的门，都放入。风平浪静之后，当然是发还，据说是没失落什么。可以想到，朱先生，与一般书呆子一样，就继续钻进去，整理旧的，写新的，总而言之，是加倍忙起来。我懒散，但对于这类的勤却既钦佩又有些体会，所以还是不便去。

但究竟是同住在一个大墙圈之内，有时还是能够见到。有个时期，朱先生经常到外文楼去工作，累了，就到楼东门外的通路上，叼着烟斗散步。我遇见他几次，总是问安之后，谈几句闲话就作别。他因为年高，身体显得更矮了，头发全白，步履很慢，配上由烟斗不断上升的烟缕，总像是沉思的样子。衣服不破，但和人以及他的学问一样，古旧，一看就知道是多年前的。这楼门外的通道，北端是副食店和粮店，来买食物的人不少，把朱先生放在这样的人群里，沉思而不买米油盐，显得有些怪，幸而燕园之内，这样的怪物不罕见，所以追着细看并进而研究的好事者并不多。

以后，大概是因为行动越来越费力了吧，朱先生很少出门了。有一次，我见到奚今吾女士，问过朱先生情况之后，有预见之明，说请她转求朱先生给我写点什么。不久就写来，是丰子恺的一首五绝。字苍劲，颓唐中有些拙气，与《谈美》的轻灵婉约不是一路。我感到惭愧，竟不知道朱先生的书法也有相当深的造诣。

最后一次见到朱先生是1984年秋冬之际（？），祝叶圣陶先生九十大寿，在北京西四同和居的宴会上，奚今吾女士随着照看他。看来他是很衰弱了，活动，尤其走路，很吃力。酒饭当中，可能由于小便失禁，朱先生要往厕所。厕所照例是男女授受不亲，奚女士不便进入，正在为难，一眼看见我，本之"有事，弟子服其劳"的古训，让我陪同前往。我搀着他，觉得出来，他是一点自主的力量也没有了。我想到他的著作，他的心愿，以及生生灭灭的自然规律，不禁泛起一缕逝者如斯的怅惘。其后有一年多，我没见到奚女士，也就断了朱先生的消息。终于传来不幸的消息，他于1986年早春作古了。我赶往燕南园他的住所去吊唁，接待的人说，奚女士心脏病复发，遵医嘱，静养，不能见客。就这样，我在一张纸上写了几句话，算是把朱先生送走了。

宗白华先生比朱光潜先生高寿，我朝夕见到他的时候已经是80年代，他年岁超过八十。我本来不认识他，常见我住处西侧的大路上有个衰朽老人，中等身材，略丰满，黑面白发，穿得很旧，有时很破，腋下夹着一根手杖而永远不用，走路有特点，是鞋底不离地，发出连续的嚓嚓声，面目和善，总是带着笑容看对面走来的人，问别人，知道是宗白华先生。后来才知道，我老伴同他相当熟，因为到东门外买食品常常遇见。我老伴不知道他是老牌的作家和美学家，所以向来以平等的态度对之。宗先生当然也是这样，并且喜欢关照别人，例如有一次，我老伴买来较多的糕点，解释原由，是宗先生劝她多买，说："我尝过了，确是软，多买些吧！"宗先生也有老伴，大概身体很坏，春秋佳日，有时看见她在阳台上立一会儿，没见她走出过阳台。也许就是因此，采购的任务要由宗先生独自完成。采购，也许还有锻炼的用意，据我老伴说，宗先生买物，常常是到更远的海淀。我想，这样的步法，往海淀买物，需要很长时间且不说，一定难于应付裕如吧？有一次，可以证实我的推断并不错，是夏天，见他嚓嚓走回来，不知买了什么菜，大概是忘了带装的工具，急中生智，用伞代替，撑开，头向下，大面积小用，惹得不少路上人暗笑。我推想，他这样像是心不在焉，大概是在想他的美学问题。果然，其后，他的最后一本文章选集《美学与意境》也出版了。我大致翻了翻，很佩服，觉得不愧是美学家，或再放大，哲学家，因为能够学与用沟通，于一粒芥子中看到须弥，摘取生命树上的花使之变成小诗。

也是1986年，但挨到年底，宗先生也作古了。不幸中之幸，与朱先生一样，也留下他的思想和心愿。我有时想到他们两位，顺流而下，不免想到美丑问题，以及另外两个，同样玄远但又切身，善恶问题和实虚问题。善恶问题和美丑问题，是人类，或扩大，说生命，独有的。实虚问题不是，没有生命照样会有此疑问，只是生命不知道罢了。我这样说，明眼人会看出，对于善恶和美丑，我是人本位的实利主义者，就是说，在这类看似神秘的事物中也没有什么神秘，拿起算盘，三七二十一，一退六二五，最后结账，所谓善，所谓美，不过是有利生之力的什么而已。但这里的问题很复杂，专说美丑，以利生为辨析的原则，理论即使可通，付诸实行也大难。生有多种，"不如饮美酒，被服纨与素"是，"采菊东篱下，悠然见南山"也是；利就更难定，就一己说，有远近，有久暂，因而不免有正反，范围扩大到己以外就更是千头万绪，真是一言难尽。

只好避难就易，只说内外。朱先生和宗先生是美学家，毕生跟美打交道，应该说，知道什么是美，以及美之所以为美，可是看外表，尤其宗先生，像是离美很远，这是只顾内而忘了外。这样是否可取？又是很难说。只好且不评论，看看实际。据我所知，实际是有不少人，走的是相反的路，只顾外而忘了内。外是什么？多得很，时装，系列化妆品，然后是杂色灯光闪闪之下，诉诸目的跳，诉诸耳的唱；再然后就扩大到身外，只说门内，是组合家具，家用电器，等等。当然，发展科技，有了成果，增加些六根享受也是意中事。但杞人忧天，我只怕在这个领域内，也是内外不能兼顾，甚至互为消长，比如时装太时，系列化妆品太系列，因而看到芥子就不能想到须弥，有生命树上的花就不能使之变成小诗，那就所得太小，所失太多了。本于这样的杞忧，我总是希望，尤其迷恋时装和系列化妆品的人，无妨于装妆之余，也想想朱光潜先生和宗白华先生，如果有所会或有所悟，那就可以减少一点外而增加一点内，也就是可以接近比较实在的美了吧？

再谈苦雨斋（并序）

这应该说是琐话之外的一篇文章，因为是坐在书桌前写的，不是坐在篱下谈的。专就篇幅说，超过万字，也与篱下的闲谈有别。更大的分别是有高头讲章气，移到篱下谈，听的人会不耐烦，甚至打瞌睡。也收在这里，是因为题目有"再谈"二字，表明这是《琐话》某一篇的后续部分。人，脾气不同，所好各异，说不定也会有人，虽然是高头讲章，因为是后续部分，也就愿意听听吧？所以本诸宁可备而不用、不可用而不备的原则，在这里重印一遍。推想听琐话的诸君一定有不少不能容忍高头讲章的，那就看了这几行序文，以下不看也好。

一

上海陈子善先生受岳麓书社委托，编一本回忆周作人的书，以作为研究现代文学史中这位重要人物的参考，来信希望我写点什么。我沉吟了一下，想试试。这沉吟不是第一次。第一次是在1984年，我忙里偷闲，想还一笔心情的债，把长时期存于心内的一些可传之人、可感之事、可念之情写出来。写了几十篇，总称为《负暄琐话》，由一友人主持在哈尔滨排印。排印前友人读了原稿，来信说，书中多写30年代初北京大学旧人旧事，为什么没有周作人和胡适？其实原因很明显，是难于下笔，其时我还是不能改执笔时先四外看看的习惯，借《论语》的话反说，是唯恐"远之则（己）不逊，近之则（人）怨"。友人希望勉为其难。盛情难却，发稿前补了《胡博士》和《苦雨斋一二》两篇。这次沉吟，是因为那篇已经写了不少，尤其在印稿有酬的时期，作文抄公总是不妥。但上面说还想试试，是为什么？说来话长，还是两三年前吧，有个相识的中年人约写谈周作人散文的文章，我说不好写，原因是人和文难于一刀两断，就是只谈文，也难免有左右为难的麻烦。那位相识说，无妨放笔言己之所信。我谨慎，不愿放，还是坚决谢绝了。近两年来，不知根据什么，渐渐觉得那位相识的意见也颇有道理。还有个较重要的考虑，是年事日高，深感有所知，有所见，如果还有人想听听，就应该及时说出来，如实写出来。前几年写苦雨斋，只写了"一二"，静坐自思，也许还有"三四"甚至"五六"可写吧？所以决定"再谈"。内容不能不杂：谈人，也谈文，连带还会谈一些杂事。

二

想从"一刀两断"问题谈起。就写这篇"再谈"说，是不能不在难于一刀两断和必须一刀两断之间徘徊。原因是：如果不顺从前者，那就会孕育出一种近于荒唐的看法，是文可以完全不如其人；如果不顺从后者，那就会走上古人多认为不当走的一条路，是以人废言。有没有边见之间的中道？也许只能是徘徊。或说兼顾而容许有所偏，比如谈人的时候暂忘掉文，谈文的时候暂忘掉人。

文是人写的，先谈人。这困难很大。先说一般的。其一，谈人，不能避开评价，或者说，其中心部分应该是评价。评价要有标准。仁者见仁，智者见智，不同的人可以有不同的标准。意见不同，会争论，争论迫使争论者挖空心思找理论的靠山，这靠山是标准的标准。追根，无尽，而根越深，玄远性增加，实用性越小。这是说，拿出任何人都首肯的标准，不容易；标准定不下来，评价就悬了空。其二，人，尤其不夭折的，相当复杂或很复杂。陶渊明是"采菊东篱下，悠然见南山"的人物，可是翻阅《山海经》，也生过"刑天舞干戚，猛志固常在"的雄心。而谈到周作人，一般的困难之外，还有不少特殊的。他算得高寿，生于皇清的末尾，死于"文革"的开头，中间经过不止一个朝代，还住过外国。所学更是五花八门，专就语言说，就比陶渊明多会好几种。而且能写，所写有外向的《谈虎集》之类，也有内向的《书房一角》之类。公认为关键性的还有，由"寒斋吃苦茶"而出山任院长、督办。怎么评价？标准的问题太大，这里只好用个取巧的办法，接受大家差不多都虽不知其确义而都认为应该接受的，即所谓人文主义。人文可以望文生义，解释为：凡有助于人类趋向文明的事物是好的，反之是坏的。这里显然还隐藏着何谓文明的问题，只好假定为人所共知，不管了。然后是评价。但这个词语不好轻易用，因为，比喻说，一堆什物，放在衡器上，一看指针就说出，三百斤。可是人的言行等等不同于什物，不能放在衡器上，由看指针解决问题。实事求是地说，评价他这样一个人，我感到问题很多，困难很大。所以只能退一步，关于他的为人，只说说我的零碎印象。

记得在西方的什么书上看到过，某名人有一句名言，是：没有任何人在他的仆人眼里是伟大的。这意思是，人总是经不住近看多看。历代正史的本纪是史官写的，如果换为由后妃如实写，那就不知会出现什么样的大笑话。同理，林黛玉是藏在八十回或一百二十回的书本里，如果换为悬在照相馆的橱窗里，许多红迷也许就不那么热心了吧？但不近看多看也有好处，是可以观其大略，并驰骋自己的胡思乱想以构成也许唯我独有的印象。我同周作人交往不很多，印象的典据绝大部分来于文字，所以谈就只能取其大略；而且要附加个声明，这是出于自己的蠡测，对和错的可能也许恰好是各半。

想由浅而深，并由相面而问心。大致有四点：一团和气的温厚；学而思，思而学，有所思就写；被人讥为小摆设的闲适；忽而释了褐。

一团和气，以温厚的态度对人，甚至从不大声说话，是红楼内外无数人共有的印象。至于来源，很难说。归诸绍兴周氏旧台门，不对，因为鲁迅先生，尤其是笔下，不是这样。来于"半是儒家半释家"的儒家？似也不尽然，因为儒家，如顾亭林，大概是很少露笑容的。来源闹不清，只好采用一种无价值但不会大错的解释，是"天命之谓性"加学识的厚重。关于前者，北京大学有的人不这样看，记得，也许是赵荫棠先生吧，说过，杨丙辰是天生的圣人，周作人是修养的圣人，因为杨有憨气，周，如他的别号所示，是知且智。赵还听周说过，他有时觉得脾气很坏，如果做了皇帝，说不定也会杀人。他没有做皇帝，这样自责的话无从证验。但有两件事可以为这样的自责添点油醋，一件是跟鲁迅翻了脸，一件是跟沈启无翻了脸。前一件，据传与夫人羽太信子有关，局外人最好不问。至于跟沈启无，那是40年代前期沈为属下的时期，以发《破门声明》的形式逐沈于周门四弟子之外，当时不少人背后议论，总是有不如无的。但纵使是这样，那终归是日月之蚀，长年累月还是不蚀为多，所以在相识的诸多人的印象里还是一团和气，这也许就可以证明学识厚重所起的作用之大。因为见得多，见得深，见得明，所以领悟应该以恕道待人。但有知见，如韩非子，也未必就愿意以恕道待人，可见"天命之谓性"也不是未起作用。且不深追原因，只看表现，曾流传这样一个故事。是二三十年代之际吧，零用要银元换成铜币，时价是一银元换铜币四百六十。一次偶然谈及，周坚持说时价是二百多，证据是他的下人是这样兑换给他的。众口一辞是他受了骗。于是他决心考察一下，一考，还有大的，是把整包大米也偷走了。他无奈，一再鼓勇气，把下人请来，委婉地说，因为家道不济，没有许多事做，"希望高就吧"。不知下人怎么想，忽然跪倒。他大惊，赶紧上前扶起，说："刚才的话算没说，不要在意。"对同道也是这样，坐在书斋，喝清茶，与客人对坐闲谈，细声细语，上天下地，却几乎从不臧否（时下）人物。我只听到过一次，是"Y公有才，可是不写；Z公无才，可是好写"。这意思对比着说，显得尖刻，也许就是偶尔不在意，天命的另一面闯出修养的围墙，闪动一下吧。

以下谈其二，学而思，思而学，有所思就写。以上其一谈的是对人，这其二是对己。成就当然主要要由对己来，换句话说，只有这个才是本钱。说到这方面的本钱，人所共知，他不只是雄厚，而是很雄厚。先说学。在我熟识的一些前辈里，读书的数量之多，内容之杂，他恐怕要排在第一位。多到什么程度，详说确说，他以外的人做不到。但可以举一事为例，他说他喜欢涉览笔记，中国的，他几乎都看过。如他的文集所提到，绝大多数是偏僻罕为人知的，只此一类，也可见数量是如何大。何况还有杂，杂到不只古今，还有中外。他通日语、英语和希腊语，据我所知，他之熟悉日文典籍，似乎不下于中文典籍。英语呢，专说他常提到的蔼理斯，他自己说有蔼氏书二十六册，加上向我借阅的《蔼理斯自传》，是二十七册，其中最大的一种是《性心理研究》，连补编共七厚册，总不少于三百万字吧，他都读了。这样，用本土的图书分类法说，是四部九流，无所不读。他自己说是"半释家"，我的体会，是就也读佛书说的，思想是容许饮食男女，释并不多。杂，底里有个一以贯之，是想了解"人"。于是方面就不能不广。还喜欢读一些正统儒生不大注意的书，如《齐民要术》

《天工开物》《南方草木状》《燕京岁时记》以及谣谚、笑话之类。总而言之，还是无所不读。人，精力有限，生也有涯，这样贪多，没有困难吗？克服困难的办法或本领是三项：习惯于勤，能快，善记。他不止一次说，他不吸烟，用吸烟的时间看书，以破闷。他这话含有客气成分，其实是读书成瘾，不读受不了。瘾是勤的更上一层楼。勤，日久天长，培育成快。以读《蔼理斯自传》为例，总有五十万字左右吧，借去三五天就还我，说看完了。又，从他《夜读抄》之类的书所记推测，一般卷数不多的书，他一天看的大概不是一种，而是几种。快，还能记。我同他闲谈，有时说到某书，他常是举出书里的某种情况，仿佛不久之前刚读过。更难得的是，读，不是大海不择细流，都吸收，而是分辨是非好坏。这是说，学之后能思，或边学边思，由思而逐渐形成自己的一以贯之，然后以这一以贯之为尺度，再读，再分辨是非好坏。最后，同样值得注意的是，他还有一种瘾，是思有一点结果，或说有所见，有所感，也忍不住，就拿起笔，写。一生著译达几十种，上千万字，就是这样不声不响地出来的。说不声不响，意思是既不上街参加游行，更不揭竿参加起义。这好不好呢？又遇见评价问题，自然又是很难。戴上某种眼镜看，埋在纸堆里当然是消沉。其实，辞官归去来的彭泽令，赋"天运苟如此，且进杯中物"，也是消沉。问题是世间应否容许一个人闭户消沉。这又是仁者见仁、智者见智的事，取得一致意见很难，退一步，取得自己确认为必不错的意见也不易，只得从略。

以下说其三，被人讥为小摆设的闲适。小摆设与瑚琏的文字干戈，很多人记忆犹新，可不再提。事实是弟兄确是走了不同的路。比如说，同是给上海滩写文章，兄是刊于《申报·自由谈》，弟是刊于《论语》和《人间世》。又同是写旧诗，兄是："惯于长夜过春时，挈妇将雏鬓有丝。梦里依稀慈母泪，城头变幻大王旗。忍看朋辈成新鬼，怒向刀丛觅小诗。吟罢低眉无写处，月光如水照缁衣。"弟是："前世出家今在家，不将袍子换袈裟。街头终日听谈鬼，窗下通年学画蛇。老去无端玩骨董，闲来随分种胡麻。旁人若问其中意，请到寒斋吃苦茶。"住在不闻鸡鸣犬吠的书斋，吃苦茶，读闲书，写幽默小品，生活是远离争吵的闲适。这应该不应该？说应该，违背时义，所谓时义，是人不当高高在上，而闲适是必须高高在上的；但从严，说不应该，甚至进而斥责，又不合宪法精神。不得已，还是躲开评价问题，只推测一下为什么会这样。多少年来，对于弟兄两位的殊途而不同归，求本溯源，我总觉得，有个思想深处的距离不容忽视，那是：关于世道，兄是用热眼看，因而很快转为义愤；弟是用冷眼看，因而不免有不过尔尔甚至易地皆然的泄气感，想热而热不起来。这提到观照人生的高度说，兄是偏于信的一端，弟是偏于疑的一端。各有所向，哪一种近真？也不好说。但从受用方面看，疑总难免小有得而大失，因为不能不姑且如何如何；而姑且，就是当事者自己，清夜自思，总流水之账，也会感到可怜甚至可悲的。这也许就是古人说的察见渊鱼者不祥。门外走走，看见的是乱杂，听见的是喧嚣，不耐烦，于是退回寒斋，吃苦茶。这闲适的路，越走离人群越远，而世事及其评价，总是要由人群决定的，因而苦茶就很容易变为苦果。专就闲适这一点说（不牵涉释褐），在绝大多数人眼里，由苦茶而苦果，应该说是苦雨斋的一个或大或小的悲剧。

悲剧还有真大的，是其四要说的，天时、地利都不好，应该闭门却扫而终于开了门，走向朝市。经过如何，尽人皆知，用不着再费辞。这里不能避开的，是就为人说，应该怎么看。我的看法，是王阳明与弗洛伊德比武，还是洋鬼子占了上风（至少是某时）。或者就由鬼说，人具有神鬼二气，二气经常冲突，神胜或鬼胜，因人的天命与修养不同而可以大异。就周说，神是知和智，鬼是势位富厚的也可喜（即使是有意无意间的），忽然遇见机缘，神与鬼不协，鬼竟显了大力，一时战胜了。关键时刻，知打了败仗，轻一些说是历史上无数什么什么之士的悲哀，重一些说是人类的"天命之谓性"的悲哀。士有幸者，是得天时、地利，神鬼即使不协而不明显，可以隐隐约约地度过去。明显，程度还可以很尖锐，那就更难于遮掩。就周说，如1939年元旦的遇刺，到医院检查，说只碰破一点皮，据说他高兴得跳起来，这也是修养败于天命的一例，因为就是生死事大，最好也是不忘形的。还是说释褐问题，周不得天时、地利，是不幸者，就算是昙花一现吧，神总是曾经败在鬼的手下。

三

这部分想谈谈我同他的交往，琐屑，说是史料或者不够，那就算作闲话吧。我知道他还是在中学时代，从文开始。时代各段有特点，现在是天天喊要减轻学生负担，我们那时候是常常感到无事可做。解决困难的办法是看课外书。旧小说，流行的，小学时候看得差不多了，于是转而看所谓新文学著作。自然放不过周氏弟兄。一位长枪短剑，一位细雨和风，我都喜欢。尤其喜欢老弟的重情理、有见识、行云流水、冲淡平实的风格。上大学，恰好他就在这个学校，但他的行当是教日语，我是学中文兼史哲的，所以只能听听他的反串戏，如六朝散文之类。交往渐多是从40年代起，主要还是解放以后。之前，他名声太大，我自惭形秽，不敢去打扰。只是1938年秋冬之际给他写过一封信。那是盛传他将出山的时候，我不信，却敌不过一而再，再而三，为防万一，遵爱人以德的古训，表示一下我的小忧虑和大希望。记得信里说了这样的意思，是别人可，他决不可。何以不可，没有明说，心里想的是，那将是士林的理想的破灭。他没有回信。

经常有交往是解放以后，他经过入出南京老虎桥监狱，地位变了，名声变得更多。仍在北京公用库八道湾的苦雨斋，可是由座上客常满变为门外可设雀罗。我去看他，浅的原因是，已经门可罗雀，排闼直入，就不再有当年的捧角甚至趋炎的嫌疑。深的原因恐怕还是，其一，对于学识和文章的景仰，终于不能因人的跌了一跤而放弃；其二，推想心情必是悔恨加寂寞，对于这样一位师辈，敬而远之，实在过意不去。因为还是客气一路，所以如果没有什么事，每年不过去三几次，表示问候。只剩下后院高地基北房靠西的三间。靠西一间是日本式的卧室。靠东一间南窗下一方桌，东西各有一硬座。客人来，主人面东，桌上总有展开的书；客人面西，多是羽太夫人送来茶一杯。然后是闲谈。主人还是面带温和，细声细语。很少谈学问；如果不是问到目前做什么，也不说。气氛还是行云流水，冲淡平实。坐一会儿，告辞，照例送到室门，不下阶。通信比见面的时候多些，因为会有些世间的闲事。永远用毛笔，竹纸八行。这样的交往维持到1966年前半，霹雳一声，由革命而"文革"，断了。有时也曾想到他，但自顾不暇，自然只能想想。还能活在世上吗？大概是两年之后吧，才听说在1967年5月作古了。是最恐怖时期的半年之后，可见仍是寿终的。据说瞑目前告诉家里人说，只通知徐耀辰（祖正）和方纪生，这是带着极度枯寂的心情离开人间了。

可以安坐在我自己的寒斋，想想旧事，已经是70年代之末。有时想到这位师辈，人，往矣，由20年代后期起，先则文，后则文和人，相交超过半个世纪，究竟留有什么痕迹呢？可以算算的计有三项：前两项是有形的——著作和手泽；后一项是无形的，是在我的头脑里回旋过的他的思和文的一些路数。这里说前两项。后一项宜于独立为大国，决定扩张为三个方面，留到后面第四、五、六节说。

先说第一项，著作（包括译本）。这很容易说，凡是刊印过的，由早年的《侠女奴》《玉虫缘》等起，到最近的《知堂杂诗抄》和《知堂集外文》止，我差不多都有。来路有三条：绝大部分是由书店买的；少数绝版的，如《侠女奴》《玉虫缘》等，是由旧书摊搜寻来的；还有一部分，如《苦口甘口》《立春以前》等，是作者送的。有，现在还有，要加个说明。"文革"中，我毁了不少书。毁的办法有三：一最急迫，是由孩子用自行车运出去，四面八方看看，无人，扔了就跑；二次急迫，得街道有权说话者的允许，在院里支起灶，烧；三是从从容容，当作废纸，八分一斤卖与废品站，第九版《大英百科全书》等就是这样换得人民币二十多元的。周的著作三条路都没走，原因之一当然是认为还应该留；之二是自己能够急中生智，用厚纸包作两大包，每包上插一卡片，上写："1966年8月某日封存，待上交，供批判用。"就这样，混过来了。

再说第二项，手泽。这与著作不同，是伴有一些悲凉的。先是书札，都烧了。其他手迹，记得有用日文写的日本俳句，两纸，《侠女奴》和《玉虫缘》扉页上的题辞，等等，也烧了。连带一些印件，如《先母事略》和《破门声明》（明信片式），也烧了。还有个陶器花瓶，见于《苦茶随笔》的《骨董小记》，是在日本江之岛对岸的片濑所烧，因为上有"知堂"署名，砸了。事过很久，偶然提起砸这陶制花瓶的事，孩子说我是过虑，因为红卫兵是不会知道知堂是谁的。我想想也觉得可笑；也可悲，因为对照其上"忍过事堪喜"的题辞，我竟未能

81

忍过！但这类小损失也为我换来大获得，是更加明白，人，甚至包括诸有情，为了活命，是什么都可以慷慨舍去的。以上是说毁的。还有存的，是漏网之鱼。其中有手写的，时间早，如陶诗（《杂诗十二首》之二"白日沦西阿"）立幅、小型斗方一对（其一写自作"禅床溜下无情思""不是渊明乞食时"两首，第二首第三句为"携归白酒私牛肉"，可证印本作"和牛肉"是错的）、扇面等是；有手赠的，时间晚，如砖石拓片多张（包括他文中提到的鲁灵光殿陛石刻和北魏延昌元年孙氏买地券）、俞曲园书联、沈尹默书立幅等是。还有一件，时间最晚，是他来信问我要不要，要就去取，善意难却，专为此去一趟取来的。那是寿石工刻的一方长方形石章，文字是杜牧句"忍过事堪喜"。据我所知，他八十岁（1964年）左右，收拾旧所谓"长物"分赠也喜爱长物的故旧，及身散之，也许是表示比魏武的分香卖履为达观吧？无论如何，能够及时安排后事，从容不迫，总是好的。但我接受这类小品，有时翻看，如永明三年砖拓片，上有二印，一小为"起明所拓"，一大为"江南水师出身"，想到人生多事，逝水流年，不禁推想他及身散时的心情，连自己也不免有不堪回首的幻灭之感。

四

以下转为谈文。前面曾提及，要在不以人废言的前提下谈；否则就难免左顾右盼，吞吞吐吐。文，借用佛家的术语，也可以分为

"能""所"两个方面：能是写，或说表达；所是所写，或说内容。因为有内容想表达，所以才写，这里谈就把内容排在前面，专在这一节说。内容，意义广泛，可以指文的题材，也可以指作者的思想，也许应该兼指二者。通常是，题材千差万别，思想一以贯之。题材可以是共同的，思想应该是自己的，所以谈内容就应该谈思想，或主要谈思想，就是作者对所写事物是怎么看的。不写，也有看法，所以无妨放大了说，作者对世间事物，尤其对人生，是怎么看的：怎么样算是，怎么样算非；怎么样算好，怎么样算坏。这，现代的通行语是世界观和（或"或"）人生观。人的整个生活，好恶，取舍，表现在文字上也是好恶，取舍，都是这"观"的具象化。

这观，古人称为道。周多次表示，他不懂道。这是他重视平实，对玄远缺少兴趣。其实，古人所谓道有多种，由级别说，明显的有三种："道生一"的道是上的；"朝闻道，夕死可矣"的道是中的；"道不同不相为谋"的道是下的。上的，他懂不懂，我不好代说，反正他缺少兴趣，不谈。中的，我的体会，是怎样活就好，就有意义，他不只谈，而且大谈特谈。他多次引用焦循《易馀籥录》的一段话，是：

> 先君子尝曰，人生不过饮食男女，非饮食无以生，非男女无以生生。惟我欲生，人亦欲生，我欲生生，人亦欲生生，孟子好货好色之说尽之矣。不必屏去我之所生，我之所生生，但不可忘人之所生，人之所生生。循学易三十年，乃

知先人此言圣人不易。

（《药堂杂文·中国的思想问题》）

以下他发挥：

> 人则不然，他与生物同样的要求生存，但最初觉得单独不能达到目的，须与别个联络，互相扶助，才能好好的生存，随后又感到别人也与自己同样有好恶，设法圆满的相处，前者是生存的方法，动物中也有能够做到的，后者乃是人所独有的生存道德，古人云人之所以异于禽兽者几希，盖即此也。……中心思想永久存在，这出于生物的本能，而止于人类的道德，所以是很坚固也很健全的。

可见他不只谈道，而且有自信为既坚固又健全的道，这是接受人之性，以道德调节之，以期自己和他人都能"养生丧死无憾"。也就是本此原则，他多次说"物理人情"。表现为好恶、取舍是：最基本的是《吕氏春秋》的"贵生"（他自己说是"乐生"），这是儒家的，也是常识的。最好能够好好地生活，这，谁也说不出有什么理由。勉强找，也只能说一句"天命之谓性"这样的说了等于不说的空话。生，最根本，最广泛，因此他注意底层，注意多样，兴趣伸向村野、民俗、儿童以及草木虫鱼，等等。生，不能避开人己，想协调，就人人都要克己。从这一点出发，他崇奉儒家的仁（忠恕）的道德观念，并向四面八方伸张，如常引《孟子·离娄》篇的话："禹思天下有溺者，由己溺之也；稷思天下有饥者，由己饥之也。"《庄子·天道》篇的话："不敖无告，不废穷民，苦死者，嘉孺子而哀妇人。"也是从这一点出发，他反对用各种力以扶强欺弱，如喜欢谈妇女问题，憎恨大男子主义就是这样。此外，他还重知，以知为耳目了解人生，观照人生。这样的人生，他像是认为，不应该是狂热的，如宗教，不应该是造作的，如道学。总之，要率性兼调节，以求适中，也就是平实自然。这是他的思想，或说理想，甚至幻想，对不对呢？对不对要以能不能为条件。能不能的问题也很复杂，说能，难点很多，难度很大；但我们又不当甚至不能完全反其道而行。那就只好算作理想，或"一种"理想。这样说，我们是承认他有思想的一以贯之，对也罢，错也罢，他的文总是以这个为根基的。

五

想沿着由简到繁、由易到难的路，先谈诗，后谈文。不是说诗比文易，是说他的诗不多。但也不是不作，早年曾写新，其后只写旧。这里只谈旧，因为他自己是早已扔了新。我第一次听他说不懂诗，还是1931年的秋冬之际，在北京大学一次诗的讨论会上。记得出席的还有郑振铎和谢冰心。郑谈得很多；谢中间，不多不少。该周发言了，起立，说："我不懂诗，没有什么可说的。"坐下。我感到惊奇，因为我读过他的《过去的生命》。这不懂，他在文章中常常说，可是作，这怎么解释呢？我的理解，是他没有或不喜欢风月香奁的感情和驰骋才华的作法。但他也只是躲一部分旧或大部分旧，不是躲一切旧。如《诗经》《古诗十九首》，以及陶、杜，甚至野狐禅的王梵志、寒山，他是不躲的。他也不是不能写传统路子的旧诗，如他所谓打油诗的第一首："燕山柳色太凄迷（邻韵八齐，以下四支），话到家园一泪垂。长向行人供炒栗，伤心最是李和儿。"就是放在唐人的集子里，大概也不会有人说是伪作，除非以故典为根据。他自己也承认，写这类诗"的确是当作诗去做的"。可是后来就转为"打油"了，原因，他自己说得明白："当初是自谦。但同时也是一种自尊，有自立门户的意思。"

那就转为谈自立门户。什么样的门户？显然，红漆的还是柴编的，最好自己去看。《知堂杂诗抄》收诗不多，与"诗三百"大致相当，可是用几句简明的话概括它的特点却也不容易。原因之一是"诗无达诂"；之二是即使能诂，与他人的划清界限也大不易。因而不得不避难就易，先举两三首看看：

　　　　不是渊明乞食时，但称陀佛省言辞。
　　　　携归白酒私牛肉，醉倒村边土地祠。

镇日关门听草长，有时临水羡鱼游。

朝来扶杖入城市，但见居人相向愁。

往昔幼小时，吾爱炙糕担。

夕阳下长街，门外闻呼唤。

竹笼架熬盘，瓦钵炽白炭。

上炙黄米糕，一钱买一片。

麻糍值四文，豆沙裹作馅。

年糕如水晶，上有桂花糁。

品物虽不多，大抵甜且暖。

儿童围作圈，探囊竞买啖。

亦有贫家儿，衔指倚门看。

所缺一文钱，无奈英雄汉。

只这一点点就可以看出，无论意境还是文辞，都与传统的旧诗不同。最明显的是语浅易而意朴野。不怎么明显的是：传统常写的，他不写；他写的，传统很少写。为什么要这样？我的体会，是刚才说过的，他没有或不喜欢风月香奁的感情和驰骋才华的作法。他不写词（除了几首集句）也是明证，因为词要浅斟低唱，总不能不软绵绵的。我读他的诗，次数不少，每次读都感到有很浓的不同于传统旧诗的气味。这气味是怎么来的？勉强说是由下面的一些特点来：朴拙，率直，恳挚，平和；仍是乐生（常表现为悲天悯人），但同时又用冷眼看；也写梦境，但又不离泥土；也注意诗情诗意，但总是躲开士大夫的清狂惆怅和征夫怨女的热泪柔情。专就这一点说，他是陶渊明加一些释，所以诗中少见烟火气。无烟火气是淡，他是淡到连绮丽的词语也很少用。用传统的眼光看，这也可以算作诗吗？他自己说，不过是把散文的内容写成诗的形式。这是自谦，因为他也承认，"这也需要一点感兴"。感兴有所偏，表达方法也有所偏，因而就构成特点，或提高了说是风格。至于这样的风格究应如何评价，不入流还是打破了前人窠臼，那就是见仁见智的事了。

六

最后谈文。这更不易，因为：一，量大，早期晚期，各种内容，几十本；二，他自己一再说，不懂诗，散文则略有所知。略是自谦，知是自负。自负的知，想当分量不轻；知还要变为行，成文，分量也不轻。两者相加，或相合，成为大块头，想以一纲统众目就难了。只好先从印象下手。我由上学时期读新文学作品起，其后若干年，常听人说，我自己也承认，散文，最上乘的是周氏弟兄，一刚劲，一冲淡，平分了天下。这不是吹捧，有一微末的事可以为证，是不管不署名还是署生僻的笔名，熟悉的人看三行两行就可以断定：这是鲁迅，这是周作人。这情况，轻一些说是他们有了自己的独有的风格，重一些说是别人办不了。别人办不了，也许就可以说是高不可及。高，不能与内容没交涉。但这里想偏重谈表达。原因是：一，内容方面，前面第四节已经谈过；二，我觉得，一些值得注意的微妙之处，差不多都是可以归诸表达的。其实就总的主张说，也很简单，不过是"用平实自然的话把合于物理人情的意思原样写出来"。这标准像是不高，其实不然，例如他就用这个尺度，不只反对八股，还把苏东坡赞为"文起八代之衰"、一千多年来无数文人口颂笔追的韩文公大批评了一番：

> 我找坏文章，在他的那里找代表，这即是《古文观止》里人人必读的那两篇，《原道》与《送孟东野序》。《原道》是讲道统的八股，单就文词来讲，如云幸而不见正于文武周公孔子也，亦不幸而未见正于文武周公孔子也（原文不及查，大抵如此），正是十足的八股腔。《送孟东野序》开口说物不得其平则鸣，而后边就说伊尹鸣殷，周公鸣周，直至和声鸣盛，话都说得前后不兜头。音调铿锵，意思胡涂矛盾，这是古文的特色。

（《知堂集外文·354坏文章（二）》）

他还常提及另一面的，那是《颜氏家训》，理由同样，是语言平实自然，所说合于物理人情。他还用这个尺度，用他自己的话说，从大量的典籍中披沙拣金，文集具在，可以不赘。这里只想问一句，他的这种主张究竟对不对？这显然要看由什么人评定。宋的欧、曾，直到明清的茅鹿门、姚姬传等，大概要说这是鄙见，因为他们是推重气势的。就是晚到清末甚至现在，不是还有很多人，提起文言之文，立刻就想到韩、柳以及桐城、阳湖吗？而《颜氏家训》之类，真如坐在树阴下谈家常，不矜持，不造作，不浮夸，不粉饰，当然就不成其为文了。在这类事情上，也是看法绝顶重要，南辕北辙总是由这里来。至于我自己，读文谈文，虽然总是取兼容并包的态度，对于周的主张却特别重视。原因有三：一是认为，用平实自然的语言写自己想到的意思，是学文和行文的正路；二，这境界很高，达到不是容易，而是很难；三是可以利用它救粉饰造作、以无明文浅陋的时弊。

以下由正面说，看看他的散文的写法究竟有什么特点。这比谈《滕王阁序》之类的文章要难，因为那是浓，这是淡；那是有法，这是无法。还是先由印象说起。这是指我们开卷，看不了许多就会有的感觉。人心之不同，各如其面；只说我自己的。这还是非常简单，不过是：像是家常谈闲话，想到什么就说，怎么说方便就怎么说。布局行云流水，起，中间的转移，止，都没有规程，好像只是兴之所至。话很平常，好像既无声（腔调），又无色（清词丽语），可是意思却既不一般，又不晦涩。话语中间，于坚持中有谦逊，于严肃中有幽默。处处显示了自己的所思和所信，却又像是出于无意，所以没有费力。总的一句话，不像坐在书桌前写的，像个白发过来人，冬晚坐在热炕头说的，虽然还有余热，却没有一点点火气。

这样的外貌，其价值如何？还是躲过评价问题，只说何以能这样。外貌比喻为流，流要有源，就是落笔前存于头脑中的资本。我的看法，是要有以下这几项。一是丰富的知识，没有这个就无可写。二是洞察的见识，就是前面提及的一以贯之，材料的取舍，对有关事物的态度和评论，都凭这个。三是长期锻炼之后的思路的既条理又灵活，笔活动，要跟着这个走。四是前人的表达方法（包括组织、选词造句以及修辞）的积累，比喻是各种工具，都在手边，有需要就可以随手拈来。五是手勤，几乎无日不写，于是就熟能生巧。六也许最重要，是对文章的好坏有所知，知并化为坚定的主张，然后是笔永远顺着这个指针走。

以上几项相加，会表现为散文的成就。这可以由作者方面说，大概是苏东坡感到的："惟作文章，意之所到，则笔力曲折，无不尽意。"由读者方面说呢，大概是：能够寓繁于简，寓浓于淡，寓严整于松散，寓有法于无法。

这样写出来的文章，半个多世纪以来，文人，文学史，都承认有特色，是冲淡。这好不好？又是见仁见智的事。平心静气，我们似乎应该确认两点：一是，不管喜欢不喜欢，我们总当承认，这是一种值得重视的风格。二是，时间有大力，这种风格看来将要或已经随着人的往矣而也就往矣。回顾，比较，挽留，也许是必要的吗？必要也罢，不必要也罢，这总是文学史给来者留下的一个相当重要的问题。

诗人南星

几年前写《琐话》，虽然只是篱下的闲谈，却也有些清规戒律，其中之一是不收健在的人。几年过去，外面开放的风越刮越猛，草上之风必偃，于是我想，如果笔一滑，触犯了这个清规戒律，也无妨随它去。因为有这也无妨的想法，于是想谈谈南星。拿起笔，忽然忆及十几年前，被动乡居面壁的时候，为消磨长日，写过一篇怀念他的文章。翻检旧书包，稿居然还在。看看，懒意顿生，也是想保存一点点情怀的旧迹，于是决定不另起炉灶。但后事如何又不能不下回分解，所以进一步决定，那一篇，1975年最热的中伏所写，照抄，然后加个下回分解的尾巴，以求能够凑合过去。

以下抄旧稿。

不见南星已经十几年了，日前一位老友从远方来信，里面提到他，表示深切的怀念之意。这使我不禁想起许多往事。

南星原名杜文成，因为写诗文永远不用原名，用南星或林栖，于是原名反而湮没不彰。我们最初认识是在通县师范。那是20年代后期，我们都在那里上学。他在十三班；我在十二班，比他早半年。在那里几乎没有来往，但是印象却很清楚。他中等身材，清瘦，脸上总像有些疙瘩。动作轻快，说话敏捷，忽此忽彼，常常像是心不在焉的样子。对他印象清楚，还有个原因，是听人议论，他脾气有些古怪，衣服，饮食，功课，出路，这类事他都不在意，却喜欢写作，并且已经发表过诗和散文，而且正在同外边什么人合办名为《绿洲》的文学刊物。我当时想，他的像是心不在焉，其实大概是傲慢，因为已经上升到文坛，对于埋头衣食的俗人，当然要不屑一顾了。

我的推测，后来才知道，其实并不对。——就在当时，也常常感到莫明其妙。他像是有些痴，但据说，聪明敏捷却超过一般人，例如很少温课，考试时候漫不经心，成绩却不比别人差。这样看，特别聪明像是确定的了，但也不尽然。有一次，九班毕业，欢送会上，代表十三班致欢送辞的，不知道为什么选上他了。十班，十一班，十二班，欢送辞都说完了，他匆匆忙忙走上台。面对会场站了很久，注视天花板，像是想致辞的开头，但终于说不出来。台下先是隐隐有笑声，继而变为大笑。笑了两三阵之后，他终于挤出半句，"九班毕业"，又呆住了，他显得很急，用力补上半句，"很好"，转身就走下去。又引起全场大笑。是没有腹稿呢，还是临时窘涩忘了呢？后来一直没问他。总之，当时我觉得，这个人确是很古怪。

之后，恰巧，我和他都到北京大学上学了。他学英文，我学中文，不同班，也不同系。来往更少了，但是还间断听到他的消息。他英文学得很好，能说能写，造诣特别深的是英国散文的研究。还是好写作，写了不少新诗，也写散文，翻译英国散文和小说，而且据说，在当时的文坛上已经有不小的名气。脾气还是古怪，结了婚，女方也是京北怀柔县城里人，人娇小，也很聪明，结婚之后才学英文，也说得相当流利。生个女儿，决定让孩子学英语，于是夫妻约定，家中谈话限定用英语。这使很多相识感到奇怪，也有些好笑。大学毕业以后，他到中学去教书，可是因为像是漫不经心，又同校当局少来往，总是任职不长。生活近乎旅行，兼以不会理家，经常很穷。

不记得怎么一来，我和他忽然交往起来。他常常搬家，那时候住在东城。房子相当好，室内的布置却很奇怪，例如日常用具，应该具备的常是残缺不全，用处不大的玩物却很不少。书也不多，据说常迁居难免遗失，有时候没钱用还零碎卖一些。女儿已经五六岁，果然是多半说英语。家中相互像是都很体贴，即使是命令，也往往用商量的口气。我的印象，这不像一般的人家，却很像话剧的一个场面，离实际太远。

交往渐多，更加证明我的判断并不错。他生活毫无计划，似乎也很少想到。读书，像是碰到什么就翻一翻，很快，一目十行，不久就扔开。写作也是这样，常是旁人找上门要稿子才拿笔，也很快，倚马千言。字却清朗，笔画坚实稍带些曲折，正是地道的诗人风格。我有时感到，他是有才而不善用其才，有一次就劝他，无论治学还是治生，都不宜于这种信天翁的态度。治学无计划，不进取，应该有成而竟无成，实在可惜。治生无计划，不进取，生活难于安定，甚至妻子不免冻馁之忧，实在可怕。他凝神听着，像是也有些慨然，但仍和往常听旁人发表意见一样，只是毫不思索地随着赞叹："是是是，对呀！"赞叹之后，像是又心不在焉了。说也奇怪，对于帮助旁人，他却热情而认真，常是做的比人希望的更多。自然，除了有关写作的事务之外，做得切合实际并且恰如其分的时候是比较少的。

对于一般所谓正事，他漫不经心；可是对于有些闲事，他却兴高采烈。例如喜欢游历就是这样，不管他正在忙什么，只要我去约他，他总是站起来就走。有一年，我们一起游了香山，又一起游了通县。在通县北城墙上晒太阳，看燃灯塔和西海子，温二十年前的旧梦，想起苏诗"人生看得几清明"，他也显得有些惆怅，像这样陷入沉思，在他是很少见的。

果然不出所料，他搬了几次家之后，生活无着，又须搬家了。新居已经找到，但是没有用具，问我怎么办。我帮他去买，到宣武门内旧木器铺去看。他毫无主见，还是我建议怎么办，他随着点头说："是是是，对呀！"只有一次，他表示了意见，是先在一家看了一张床，转到另一家又看一张床，问过价钱之后，他忽然问店主："你这床比那一家的好得多，要价反而少，这是为什么？"问得店主一愣，显然是很诧异了。那时候旧货都不是言不二价，这样一问，当然难得成交了。离开以后，我说明不当赞美物美价廉的理由之后，他自怨自艾地说："我就是胡涂，以后决不再说话。"

迁入新居没有多久，在北京终于找不到职业，他决定往贵州。我曾劝他，如果只是为吃饭，无妨等一等看，这样仓卒远走，万一事与愿违，那会得不偿失。但是他像是已经绝了望，或者对于新地方有幻想，终于去了。不久就来信说，住在花溪，水土不服，腹痛很厉害，夜里常常要捧腹跪坐，闭目思乡。这样大概有一年多吧，又不得不回北京了，自然又是囊橐一空。

后来找到个职业，教英文翻译，带着妻子搬到西郊，生活总算暂时安定了。我们离远了，兼以都忙，来往几乎断了。只是每年我的生日，正是严冬，他一定来，而且总是提着一包肉。难得一年一度的聚会，面对面吃晚饭。他不喝酒，吃完就匆匆辞去，清瘦的影子在黄昏中消失。这样连续有五六年，其后都自顾不暇，才渐渐断了消息。最后一次是妻去看牙，在医院遇见他，也是去看牙。妻回来说，在医院遇见南星，苍老多了，还是早先那样神魂不定的样子，在椅子上坐着候诊，一会儿去问问："该我了吗？"急得护士说："你这个人，就是坐不住，该你自然叫你，急什么！"他问我好，说自己身体不好，越来越不成了。

这话当然是真的，近些年来，不要说他的诗文，就是信也见不到了。我有时想到他的文笔，词句清丽，情致缠绵，常常使人想到庾子山和晏几道。他的作品，零篇断简，也不算少，只是大部分散失了，我手头只有两三本诗集和一本散文《松堂集》。译文婉约流利，如《吉辛随笔》《呼啸山庄》等，我都爱读，可惜现在都找不到了。这使我很惋惜，有时候想到张华对陆机的评论，旁人患才少，陆机患才多。南星似乎也是患才多，或者说患诗情太多。诗情太多，以致世情太少，用俚俗的眼光看，应该建树的竟没有建树，至少是没有建树到应有的高度。例如与他同时的有些人就不然，能够看风色，衡轻重，多写多印，就给人一种大有成就的幻象。"文章千古事，得失寸心知"，乙夜青灯之下，偶然找出南星的小诗看看，情深意远，动人心魄，不禁就想起杜老的这两句诗来。

我常常想到他，但不敢自信能够完全理解他。有些人惯于从表面看他，冲动，孩气，近于不达时务。其实，南星之为南星，也许正在于此。我个人生于世俗，不脱世俗，虽然也有些幻想，知道诗情琴韵之价值，但是等于坐井中而梦想天上，实在是望道而未之见。南星则不然，而是生于世俗，不粘着于世俗，不只用笔写诗，而且用生活写诗，换句话说，是经常生活在诗境中。我有时想，如果以诗境为标准而衡量个个人之生，似乎有三种情况：一种是完全隔膜，不知，当然也不要；另一种，知道诗境之可贵，并有寻找的意愿；还有一种，是跳过旁观的知，径直到诗境中去生活。南星可以说是最后一种。我呢，至多只是前两种之间，每念及此，就兴起对南星的深切怀念。

以下写下回分解的尾巴。

由1975年之后写起。1976年夏唐山大地震，乡居的房子倒塌，我借了懒的光，在北京妻女的家里寄食，逃了一命。其后，乡以无下榻地的形势逐客，京以政策又变的形势纳客，我长安又见，重过写稿改稿的生活。许多久不通音问的相识又通音问了，于是转一两个弯，知道南星原来近在咫尺，他因为身体不很好，原单位请而坚决辞谢，回怀柔老家，悠然见北山去了。其时是1979年，又是中伏，我旧忆新情，中夜不能入睡，不免又是秀才人情纸半张，诌了两首歪诗，题为《己未伏夜简南星二首》：

其　一

诗书多为稻粱谋，惭愧元龙百尺楼。

戏论几番歌塞马，熏风一夜喘吴牛。

也曾乞米趋新友，未可传瓜忘故侯。

后海晨昏前日事①，不堪燕越又三秋。

其　二

一生能见几清明，久别吴娘暮雨声。

岂有仙槎通月府，何妨鹤发住春城。

青云兴去依莱妇，白堕香来曳老兵。

安得秋风三五夜，与君对坐话归耕。

　　其后当然是抄清，贴四分邮票寄去。不久就换来连古拙的字也充满诗意的信。信末尾抓住"秋风三五夜"，敦促至时一定前往，不许

---

①　曾同住北京后海北岸。

食言。我没食言，而且连续几年，去了不止一次。同游怀柔水库，独饮什么什么老窖（南星是不饮酒的诗人），闲话今人昔人，香文臭文，等等，都可不在话下。住一两夜，回来，路上总是想，他住在小城之郊，柴门独院，抬头可以看墙下的长杨，低头可以看窗前的豆棚瓜架，长年与鸡兔同群，真可以说是归耕了；我呢，也"话归耕"，至于行，还是出门挤公共车，入门写可有可无的文章，在人生的路上，远远落在南星之后了，惭愧惭愧。

李朝瑞

日前写点什么，引用旧语，因为信不住自己的记忆力，翻《十三经索引》。还是开明书店的初版，先翻到硬封皮内一页，下方有个朱文印记，字不清晰，找出放大镜照，是篆书"律师李朝瑞印"，这使我想起一位旧相识以及有关他的一些旧事。想到而决定写，是因为由他又联想到机遇，人生，直到塞翁失马，等等。严冬，今雨不来，以纸笔消短日，就无妨说说他吧。

他原名李斌，大概是在北京上朝阳学院时候改为李朝瑞的。为什么改，没问过他。第一次看见他是1925年，我长兄教县立小学，暑假带几个学生，先到通县，后到北京，考官费的师范学校，其中有他。还有一个，名彰庭春，不知什么原因，都觉得他们俩是一对，称名，要合二为一，说李斌彰庭春。我考上通县师范，他们俩到北京，入了中学。其后，彰庭春就一直没见，听说李斌入了朝阳学院，学法律，登上走向豪绅的路。毕业之后，领了律师的执照，住在西单北辟才（劈柴所改）胡同东口内路北的集贤公寓，门口挂上律师事务所的牌子。其时我也在北京，见过几次面。他中等身材，微胖，人爽快，健谈，幽默之中隐藏着一点点世故，不像一般律师那样，向外的一面总是严肃的架子。

大概是上朝阳学院之前，他曾在故乡刘宋镇教小学，遭遇不幸，以致后来不得不岔上另一条路。有一次，他告诉我那次不幸遭遇的经过。那时期，故乡一带治安情况不好，有成帮的土匪，住在东南方的某地，我们家乡一带称之为"海洋"，有一天来洗劫刘宋镇。黄昏时候包围，把住民分别囚禁在几处，威吓，打，要钱。他既看见又听见，凡说没有钱的，就拉出去（装作）枪杀。他是外村人，来此教书，自然没有钱，推想难过这一关，怕得几乎想先自杀。轮到他了，只好实说。话还没说完，一棍把他打倒，昏过去了。苏醒以后，已经快天明，土匪走了。他什么也不顾，就挣扎着离开镇，往西北方老家七百户跑。受刺激太重，神经出了毛病，看见人就心颤，觉得在这个世界没法活下去了。

回家静养，渐渐平复，又到北京上学。毕业，当几年律师之后，神经的损伤显露，而且越来越重。有个时期住在钟楼稍东的娘娘庙（？），我见过他几次。当年的开朗爽快不见了，换为牢骚和多疑。那是个太监庙，主人刘老公，我没见过。据他说，人很坏，使他既厌恶又愤恨。还使他增长了一种世故，凡是"卯金刀"（刘的繁体拆字）就不可沾。后来证明，他这个荒唐推论，竟是终身坚守而不放弃。例如我有个表兄，他的同乡，又是他上朝阳学院时期的同学，同他交往不少，也合得来，只是因为姓刘，有一次提到，他说："我不理他，因为他是卯金刀。"

可想而知，这样的精神状态，北京难于住下去了，由两个女儿照顾他回老家。收拾杂物，我家离他近，有些一时不想运走的就存在我那里；有两三种书，声明不是存，是赠，其中一种就是这本《十三经索引》。

分别以后，许多年，他没有信来。我当然谅解，因为他有病。我也不写信，原因之一是想到他的遭遇，感到凄惨，想安慰也不好说；之二，我虽然不是卯金刀，却相当怕这卯金刀的理论万一会推广。幸而故乡间或有人来，还听到他的一点点消息。消息有不快意的，计有两种。一是短时期的，1960年前后，由于跃得太高，都没有饭吃了，他脑不健而肠胃健，经常喊饿。二是长期的，他坐在斗室热炕的角上，还感到不安全，常要用被子围成墙，让家里人坐在墙外。大概是"文革"的后期，听说他老伴提前走了，我有时想，如果仍旧要用被子圈住，被子外不再有人，这样的日子怎么挨过去呢？但愿他神志更坏一些。消息还有快意的，是70年代后期，我遇见故乡也住在七百户的人，偶然谈到运动，我问："历次运动，李朝瑞怎么样？"那位同乡说："疯子，谁理他！"这使我想到庄子，他只知道赞叹"不材"，还不知道疯子有更优越的优越性。比如上面提到的那位表兄"卯金刀"，神志清醒，由50年代起，先是失业，后是被遣送还乡，三十年闭门思过，好容易才领得一纸什么证，改为算作好人，可是已经步履维艰了，相形之下，李朝瑞真可以称作失马的塞翁了。

一晃又是几年，是1987年春天，一个偶然的机会，我到阔别四十年的已经没有城的县城去。承某翁的好意，我获得代步，为走马看花之游。我旧习不改，想在旧梦新梦中掠取一些飘飘然。于是北行之后又南行，依设想，要下榻于五百户的卢家小院，以便能够南望青龙湾的长堤，卧听短篱下的鸡鸣犬吠，做回家之梦。车快，时间多余，于是想到离公路不远的七百户，李朝瑞也许还健在吧？向司机王君说明此意。车东拐，上土路，颠簸，但不久也就找到。村分东西两部分，问村中晒太阳的一群闲人，说李朝瑞住在西部的东北角，人已经不在了。但既已到门口，不能不认认门。找到，司机王君用乡村的叫门法，到院里喊。出来个中年妇女，是李朝瑞的侄妇，说李朝瑞已经死了几年，他两个女儿也不在村里住了。我想进屋，请她指点指点，以便把捉一些李朝瑞晚年生活的影像。继而一想，这样访旧，大概会引来她心里的评论："想不到又来个疯子！"于是作罢。

登门访旧，得到的答复是人琴俱亡，屈指一算，这是第四次。引起的感触却是第一位，因为这使我想到《庄子·大宗师》篇的美妙想法，逆来可以顺受，应该顺受。离开纸面，做得到吗？李朝瑞现身说法了，逆，真就来了，我看不是顺受，是不得不受。这样，如果易箦之时真有所谓灵光返照，回顾苦乐，总计得失，结果大概要涕泪横流而不是微笑吧？这就是人生！不是庄子的，是叔本华的。

张寿曾

张君寿曾作古已经逾十年，自从有意写《续话》，我就想以他为题材写点什么。可是也难。其一是我所知不多，硬凑，没意思。其二是他社会地位不高，又像是没有可以谱入传奇的事迹，平铺直叙，鸡毛蒜皮，读者不会感兴趣。其三是他为人有特点，应该怎样评价，我一直拿不准。可是终于还是拿起笔，不是因为找到什么新而有力的理由，而是因为自己旧习难改，有什么想望，往前走，容易，后退，不容易，所以只好写。

张君是我的表弟倪君在西南联大上学时的同学，学历史的。回到北京毕业之后，都到天津教书：倪君不久转到天津大学教物理，张君一直在一所中学教历史。我结识张君，是在倪君那里。我有时到天津去，如果不忙，就在倪君那里住一两天或两三天。张君的学校在天津西郊，据说路不近，但有时也来看倪君。会过几次面，表面印象是：朴实，沉静；谦逊到近于瑟缩；谈话不多，评论性的话几乎没有。中年人，一般是容易露锋芒，张君正好相反，是锋芒太少，少到有什么主张，有什么好恶，甚至心里想什么，也难于看出来。我感到奇怪，于是就向倪君探询张君的为人。以下是倪君的介绍（几次，归拢）。

张君的为人，可以分作两个方面说，一方面是立身，一方面是应世。先说立身，他属于规规矩矩的一类，衣食住行，加工作，大大小小，都合于常，取其正。勉强可以说说的是必要活动之外还有些小嗜好。他拜吴镜汀为师，学画，又因为他孤身在天津，家在北京，所以常到北京去。他还喜爱音乐，大概限于器乐，古琴、箫、笛之类，都拿得起来。此外还喜欢搜罗些小艺术品，如书画碑帖之类。总之，除了五伦、七件之外，他还有个比较丰富的精神小天地。但这些都不稀奇，因为有不少人忙里偷闲，也是这样。

值得说说的是应世方面，他有罕见的特点。由程度浅的说起，可以概括为四个字，是含而不露。我们交往时间很长，相知很深，但就是这样，他在我面前，该表示的，十之九也是采用破颜微笑、心照不宣的方式。至于对其他泛泛之交的，就连微笑和心照也免去，而表现为浑浑噩噩，一切不在意并无所知的样子。其实对任何事，他都能够明见底里，只是不说，至少由外貌看，还不关心，包括不动情。这用旧话说也许就是良贾深藏若虚，甚至大智若愚吧？这"若"还往深处发展，至少在一般人眼里，成为真虚，真愚。例如他在学校，同事和学生都把他看作不可理解的怪人：知识，教学，没问题；只是对人处事，总表现为神经不健全的样子。证据或来由，是对于有些刺激，他的反应总是不合常规。这刺激，主要是指稍有恶意的揶揄，他的回报不是发怒，而是视而不见，听而不闻，有时甚至自己也跳到身外，成为旁观的欣赏者。这样的反常，日久天长就使自己以外的人都认为，他确是有精神病，适于有闲情逸致的时候拿来作笑料。这自己以外的人里不只有同事，还有学生，于是有时就师生大联合，以他为目标，来点小恶作剧，以求除取乐以外，师可以显示自己特精明，生可以显示自己有氓性。其实呢，我看，被玩弄的恐怕不是他，而是那些玩弄他的人，因为他们一直蒙在鼓里，不知道对方是装疯卖傻，正在为他们的愚昧卑俗而暗笑。他的这种应世之道，是否经过深思熟虑，并且费了大力，连我也不清楚。但换得的酬报却是大的，就是历次运动，他都可以在画花鸟、睡大觉的闲适中过日子，因为没有人注意他，甚至没有人想到他。

看表面，他经常在世外，不问世内事，其实也不尽然。譬如对于我，他很关心，不只爱人以德，而且常常为我的安危而放心不下。对于柴米油盐之上的大事呢？他只是不说，似乎未必不想，未必无所见。相交几十年，我没听见他说过批评什么的话。只是有一次，提到耳食之徒，他说："这有如盼什么，未得，很想得到；已得，想没有也办不到了。"说完，他苦笑了一下，像是表示许多事都是无可奈何。所以我总是觉得，往低处说，他最善于明哲保身，往高处说，是能够怀揣着热心而以冷眼看世界。

倪君的介绍很全面，也深入，但还是给我留下一些疑问。其中最值得深思的是，他的良贾深藏若虚，或大智若愚，是来于"性"呢，还是来于"术"呢？如果来于性，那就是得天独厚，论人事，也就没有什么可讲的。如果来于术，那就会引来两个问题：一是对不对，二是高明不高明。对不对，很难说。至少是《楚辞》时期，处世之道已经有分歧的两条路：屈原是一条，渔父是另一条。渔父不勇往直前，但他不夺人之食以求饱，不夺人之衣以求暖，依法治的精神，总当算作无罪吧？无罪，应该释放，这里也就可以不追究。再谈第二个问题，高明不高明。这，我以为，至少与阮籍相比，应该说是很高明。《晋书·阮籍传》记载：

> （晋）文帝（司马昭）初欲为武帝（司马炎）求婚于籍（娶其女），籍醉六十日，不得言而止。钟会数以时事问之，欲因其可否而致之罪，皆以酣醉获免。

获免，由明哲保身方面着想，应该说是高明。但不是很高明，因为他多喝酒，是借了外力。张君不喝酒，却能够使钟会那样的惯于用别人的血以换取功名的人物视而不见，听而不闻，应该说是后来居上了。但我有时又想，这居上，也许曾付出更高的代价吧？那是为了生存和安全，长年涂抹成小花脸的。如果竟是这样，那就所得，有乐的一面，也有苦的一面。我更多想到的是苦的一面，所以每次忆及张君，就联想到人生的不易，不禁浮起一些淡淡的哀愁。

祖父张伦

　　读历史，看现世，会遇见各种类型的人，其中有两种，哲人和痴人，可以说是天造地设的一对。哲人想，知，可敬；痴人不知，也不想，可爱。孔子是哲人，教他的弟子子路代言，说："道之不行，已知之矣。"项羽是痴人，四面楚歌，唱完《别姬》之后还说："此天之亡我，非战之罪也。"我有个别人看来也许不正常的想法，是：对于哲人，应该同情；对于痴人，应该羡慕。同情来于怜悯；羡慕来于求之不得。为什么要怜悯？以孔子为例，已知道之不行，还要"三月无君，则皇皇如也"，果报必是忽有明而忽无明，"形与影竞走也，悲夫！"另一面呢，如传说的尾生，与某女子约定某时在某桥下见面，依不成文法，要先到，等待，等待，过时不来，水来了，因为痴，不能从权，"抱梁柱而死"，心安理得，就不至于"悲夫"。可是与女子约，等待，水来而女不来，甘心抱梁柱而死，于是就心安理得，也大不易，不易而大有希冀之意，所以说羡慕。简明而扼要地说吧，想到人生，我的想而未必能行的哲学是，最好能够自欺，比如，出门，提着两笼画眉鸟来回走，入门，拿着一百单八的念珠宣"南无阿弥陀佛"号，就自以为这是天下之应然，至乐，岂不善哉。糟糕的是，想到最好能够自欺的时候，不只"最好"早已逃之夭夭，连"自欺"也无影无踪了。伤心，自力更生办不到，但跛者不忘履，有时就愿意多向外看，搔他人之肤以解自己之痒。还有时愿意说说，以期一些可怜的同病，也能搔他人之肤以解自己之痒。可说的人不少，本之吾乡某君"先及其家，后及其国"的名言，开卷第一回说我的祖父。

祖父张伦不是名人，就是在只有几十户的本村也不是名人，说他一是根据在"生之道"面前人人平等的原则。他比我年长六十岁以上，他作古之年我已经超过十岁，所以在家门内的祖的一辈里，只有对于他，印象最清楚。其余几位，大祖父可能最先故去，其次是祖母，我都没有印象；大祖母病故，其时我已六七岁，所以有印象，只是不像祖父那样清楚。还要说几句追溯的话。我的曾祖父生三个儿子，大祖父有二女而无子，祖父行二，有二子二女，三祖父有一子（大排行行二）二女。早在我有生之前，曾祖父去世，祖一辈析居，依封建旧规，大祖父无子，要过继侄辈最长的一个，我父亲成为当然继承人，与三叔父是胞兄弟，不好分居，于是三祖父一支离开街中心路北的老宅，到村西端路南的场院建新房，另起炉灶。这样，我上小学的时候，祖父就成为家中唯一的老人物。他中等身材，因为总是粗茶淡饭，体虽不弱而一点不见丰腴，很少说话，但面容透着和善，一见就知道是个朴厚的农民。

我成年以后，念了些乱七八糟的书，有时回头想想祖父，觉得他也有自己并不觉得的生活哲学，或说理想，就是"兴家"。兴家要有后，所以对于我们这些孙子辈的总是怜爱。可惜他旧的没念过《太平广记》一类书，新的没念过"小说教程"一类书，我们很喜欢听故事，他却不会讲。冬天，农活已经没有，喝完晚饭的玉米楂粥之后，他照例坐在北房东间炕西端近灶的已铺开的被褥上，眼半合，有时捋捋下垂二寸左右的胡须，其实未笑而像是笑的样子，我们还不想睡，就围上去，叫爷爷讲故事。他从来不拒绝，可是永远是那个黄鼠狼成精，偷鸡，逼人逃上树的故事。几乎像秀才熟悉四书一样，我们一听到"有那么一家子"，就知道结尾必是，"黄鼠狼以为打雷下雨啦，都跑了"。可是我们还是静静地听着，总是慰情聊胜无吧。女孩子们不来，因为女孩子是别人家的人，他不喜欢。

李义山有《咏史》诗，首联很像出于三家村冬烘先生之手，是"历览前贤国与家，成由勤俭破由奢"，我祖父当然没念过，可是他是既未亲炙又未私淑的信徒，还不只信，而是一生力行之。先说勤。他起得早，东方还未白的时候就背个粪筐出去，拾路上和路边的家畜粪，那年头还没有化肥，田地增产要靠这个。拾粪回来，负责做早饭的妇女刚起来，他就把碎柴送到灶门口，他说，不这样，年轻人图省事，就净抱整的烧。早饭以后，除了冬天田地空空的时候，他总是上地，随着年轻人一起干农活。

再说俭。他在世的时候，家里像是并不贫困。我随着母亲住北房西间，清楚地记得，室西北角，成串的制钱堆有两三尺高。秋过完，四位姑母都带着孩子来住娘家，一日三餐，一掀锅就像一窝蜂，一会儿就一扫光，可是年年粮食有剩余。祖父却还是不忧道而忧贫。他不吸烟，不喝酒。那年头，虽然十家九俭，可是也仍然有来村里卖零吃食的，如花生、瓜子、萝卜之类，他是一次也没买过，也不许孩子买。我们是除三餐之外，什么也吃不到。三餐，孩子们不管不顾，难免有饭粒掉在桌上，祖父不责备，自己拾起来，放在嘴里。隔十天八天，他就拿笤帚遍扫一次锅底，说扫去烟灰，锅热得快，可以省柴。年近古稀了，同乡不少人劝他到只距百里的天津看看，说那里有高楼，屋里点电灯，路上跑电车，他不去，说来往要花钱。俭，还有过分以至妨碍天伦的，是他作古之后母亲告诉我，说爷爷的脾气真怪，一次自言自语，说"豆房（开豆腐房的石家）真走运气"，家里人问为什么，他说："姑奶奶（乡里称出嫁的女儿）都死了。"可见冬闲，女儿带着外孙、外孙女来吃，他嘴不说，心里是很舍不得的。

其实就脾气说，祖父是偏于懦弱的，所以"兴家"这个要求，就常常是躬自厚而薄责于人。女儿等来吃，自然只能忍受。还有难于忍受也不能不忍受的，是我祖母，我父亲，都得我祖母之母的嫡传，好赌钱。据说祖母之母曾有一夜输掉一头驴的战绩。祖母和父亲，大概没有这样高的战绩，但积少成多，总比逛一趟天津要消耗得多吧？祖父当然疼得慌，但管不了，只好虽不知而接受了庄子的生活哲学，曰"知其不可奈何而安之若命"。就这样，也算幸运，终祖父的一生，家虽未能兴，也总算没有走下坡路。

于是更不能不安之的命就来了，是1919年秋天吧，收玉米秸，在地里装车，祖父在车上，已经垛得很高，车向前移没打招呼，他跌下来。推想是内脏受了伤，养一两个月，越来越重，初冬的一个夜里死了，享年旧算法是七十四。病重时总是想念在卢沟桥上学的长孙，不断地叨念："把孩子送这么远！"派人去叫，还没回来，他自知不能等了，把父亲和三叔父等叫到跟前，口头遗嘱："别分家，两个灶火门比一个灶火门费。买牛要后腿弯的，有劲。"只此两项，说完，沉默一会儿，带着"兴家"的希望，走了。

杂览，常遇见"如死者有知"的话，且不说能不能，至少是为带着什么希望而去的人着想，我以为，多半还是不能有知的好。即如我的祖父，撒手而去不久，我父亲和三叔父就分了家。提议的是入门不久的三婶母，这不当怨她，因为父亲赌钱的嗜好又升了级，已有一夜输掉一匹骡的战绩，较之他的外祖母是后来居上了。其后是土地逐渐消减，到"土改"时候已经所余无几。但因为昔年较多，并曾有雇工，所以还是不得不全家出走。赖政策英明，房屋少半归他人，动产全部归他人。动产之中，有个粗大而坚实的珠算，背后写着"乾隆年置"四个大字，唯一可以确定还有祖父手泽的，也"不知秋思在谁家"了。剩余的约十间空房，"大跃进"之后由生产队占用，1976年大地震，据说只几秒钟就全部倒塌，砖瓦木料由大队运走，其后是空地废物利用，改为南北通行的大路，这样，祖父一生想"兴"的"家"就彻底化整为"零"。

以祖父为本位，上面一段是"后话"，因为我不相信死后有知，所以写了。相信死后有知也不是没有好处，总的是竟至没有人死如灯灭，分的是可以同涕泣悼亡的人再说几次知心话，等等。但害处也不少，其中之大者，我想就是会使像我祖父那样的"痴"人恍然大悟。在人生的路上，悟常常伴随着破灭，于是满腔兴趣就会变为一身苦恼。从这个角度看，我的祖父，虽然没逛过天津，没见过电灯，更没吃过谭家菜，但能够"不识不知，顺帝之则"，终归还是幸福的。

杨舅爷

　　我少年时候，家里住着一位舅爷，姓杨，是祖母的胞弟。其时祖母和祖父都已经去世，舅爷是亲眷中所谓亲娘舅，地位应该是最尊的尊长。但其实，他的处境似乎并不那么优越，大概只是长辈与雇工之间。他什么时候到我家里来，我不记得，只是听人说，他原在外面做工，因为好赌钱，一生穷困，以致连个女人也没混上，年岁大了，解职回家，生活无着，因而不得不投靠姐姐来度晚年。总之，不管是用衣锦还乡的旧眼光看，还是用经济决定的新眼光看，他都是败军之将，退守丘园，能够以行辈之尊，获得略超过雇工的款待，也就是幸运了。

　　是出于天性，还是出于处境的尴尬，或竟是兼而有之呢，他待人接物，常是偏于沉闷。高高的个子，枯瘦的面容，严肃而少表情，如果换上峨冠博带，就大有理学宗师的风度。同我们谈话，向来不说自己的经历，我想，这大概不是守好汉不提当年勇的戒律，而多半是不愿意触自己的伤疤。听人家背后议论，他壮年时候，本来有好机会，可以兴家立业的。那是在北京一个制香的工厂做工，每年挣钱不少，但是冬天休息，一回家就进赌场，一个月左右，总是输得精光，甚至还欠些债。到两手空空的时候，他也很后悔，于是一再立誓，骂天咒地，然后怀着改过自新的坚忍宏愿离开家去上工。又是一年，正如西方的古语所说，日光之下并无新事，信誓早已置于脑后，一个月左右，还是输得精光，然后又是发誓责己，垂头丧气去上工。这样重复了好多年，终于没有能够兴家立业，只得解甲归田，寄人篱下了。

除了赌钱之外，这位舅爷倒是很能够以礼自绳的，所谓礼就是仍旧贯。那时已是民国十几年，共和国的文治武功在乡村也大有可观了，可是他还是坚决不剪掉辫子，他反复声明，他是大清国的人，这辫子就是不变节的凭证。这也难怪，他生于同治年间，比王国维的年纪还大一些，多半生是在清朝过的，又没有接受所谓新学，自然要感激皇恩浩荡了。与他的稀疏而短小的发辫相配，是终年挂在腰间搭膊上的大旱烟管。烟管一端是烟嘴，玛瑙的，黄褐色，有一寸半长，另一端是个大白铜烟锅。烟管插在细长的皮烟包里，烟包口上穿着粗绳，绳的另一端是个半个手掌大的火镰包。那是皮革制的方形荷包，折叠着，里面有袋，可以装火石和火绒，下端是个斧头形的厚钢片。用的时候，一只手捏着火石火绒，一只手用钢片猛划火石，迸出火星，引燃火绒，然后用火绒点燃烟锅。那时候，火柴早已流行，连最守旧的老年妇女都赞美这新玩意儿简便，可是这位舅爷却坚决不用火柴，他说火柴费钱，而且怕风，不如火镰可靠。他吸烟很勤，我们孩子们都喜欢看他用火镰取火，像用斧头劈物那样，沉着，准确，一两下，火星一闪，火绒就着了。我们有时候也照样试试，用力很大，但是打不出火星。

舅爷也喜欢喝酒，但不能常得。可惜他不识字，不能像陶渊明那样，把这个心情写下来。酒量不大，一二两之后，黑沉沉的面容上就透出红色，然后就话多了，常常是自己如何不馋之类。家里的妇女在室外窃笑，大概是因为他这类自我吹嘘，有些言不符实吧？

舅爷住在村西头场院的两间土房里，外屋是一台石碾。入夜，天高人静，单身住在空旷的场院里，怀往抚今，会不会感到孤寂呢？也许就是因此，他特别喜欢养鸟。我记得，最多的时候是三笼，通常是两笼，一笼的时候很少。三笼的时候，是百灵、红颏、黄鸟各一只；两笼的时候，是百灵、红颏各一只。百灵是从北京买来的，据舅爷说，这京派的百灵，叫的本领与乡村土生土长的不同，分别在于京派的是"净口"。所谓净口，是只学十三种声音，这十三种声音还要严格按照次序，不许乱套，譬如学猫叫应在学麻雀叫之前，就不得改在之后。我听了感到很奇怪，想不明白在放声歌唱的时候，为什么还要守这样复杂的规矩。舅爷的百灵是不是真像他夸耀的那样净口呢？我没考查，但那叫声我是喜欢听的，特别是学猫叫，学独轮水车响。

百灵鸟，羽毛并不美，可是嘴相当巧，听见什么声音，能够很快学会。听人说，北京的百灵，有的碰巧在街头遇见独轮水车轧伤卧路狗，于是学会了水车响兼狗叫，这本领才是超等的。舅爷的百灵虽然来自京师，究竟已经是远谪左迁，水车轧狗的机会难得遇见了。但它可以凭其天赋，学习其他的什么声音。没有想到，这有时却使舅爷很为狼狈。春末夏初，有一种从南方来的鸟，黄褐色，像麻雀那样大小，土名叫"黄都卢"，清晨成群结队，落在树上乱叫。声音很单调，总是"吊，吊，滴，滴"，所以最容易学。舅爷说，如果挂上这个"脏口"，这个百灵就要不得了。于是每到这时候，他就给鸟笼加上布罩，提着东躲西藏。我那时候知识太少，还不知道有所谓"不材终其天年"的说法，更不知道飞鸟里也有所谓贱民，以致笼鸟也必须深恶而痛绝之，所以只觉得舅爷的如此皇皇然实在是小题大作，近于自扰。

对于舅爷的养鸟，我更加感兴趣的是红颏。这种鸟，披着青袍，下颏血红色，很美，叫声也好听。红颏不是来自京师，要秋天到田里用网去捉。舅爷有个网，我很愿意帮他去捉，或者自告奋勇，单独去捉。晚秋时候，旱庄稼已经收割，旷野里还有这里一块那里一块的豆田、棉田、白菜田之类，红颏等候鸟南旋过此，常是藏在这类田里寻找食物。秋苗很茂盛，网下在里面，从另一端慢慢驱逐，鸟就顺着田垄往前走，及至走到网边，就大声惊吓，鸟冲到网里乱撞，很容易就捉住了。红颏是比较名贵的鸟，不多，捉得的常常是其他什么鸟，没有人养。但是我喜欢用网去捉，看着鸟拼命撞的急迫相，被捉后的可怜相，不知道为什么总感到有意思。后来想到，这种以注视无告挣扎为享受的心情，也许正是荀子性恶说之一证吧？

古人云："近朱者赤，近墨者黑。"舅爷养鸟，我也学着养鸟。根据不成文法，儿童不能养百灵、黄鸟之类，尤其不能养红颏，因为它要吃鲜瘦肉，吃蛋黄。春末夏初，从南方飞来很多吃谷粒的鸟，学名大概都是"莺"一类，有麻雀那样大小，都是成群结队。那时候，庄稼还不高，不能用网捉，要用更加险恶的粗钢丝夹子。诱饵是玉米钻心虫，夹子藏在土里，只露出虫子在那里爬动，鸟一啄，就被夹住。一种，颜色像麻雀，身体比麻雀略瘦长，数量多，容易捉到。一种，有两条鲜明的黄眉，比较难捉。还有一种，个子大，青灰色，我们叫它青大郎，最难捉到。不管捉到哪一种，都装在笼子里。笼栏上别着两个小瓷罐，一个装水，一个装谷粒。开头一两天，鸟乱跳乱撞，不吃不喝，像是颇有宁死不屈的决心。我那时候还没有读过论、孟，既没有出现所谓恻隐之心，更没有想到能近取譬，而是取法其他儿童，用牢笼与饥渴的霸道，强之就范。这个办法果然可以收速效，正如俗语所说，好死不如歹活着，鸟居然接受了人的哲学，顺从了，逐渐安静，自去取饮食了。

在我们儿童的鸟笼里，莺之类的候鸟是上等的，不常有，比较常养的倒是终年在檐头喳喳叫的麻雀。春天，麻雀在檐下窝里产卵，不久孵出小麻雀，毛很少，张着黄边的大嘴吱吱叫，我们就把它掏出来，放在小笼里养着。每天喂许多次，熟了，到能飞的时候，它还是喜欢落在人的肩上，随着到各处去，晚上自己飞进笼子。有一次，我养一只，能够飞出几十丈，看见我一招手就飞回来，落在手掌上。它的驯顺使我很得意。不想有一天，它关在笼子里，被一条蛇吞下去了。舅爷帮着把蛇打死，虽然为鸟报了仇，我却常常想到笼子、蛇、死亡，微微地感到世路之险，因而很久不能释然。

此后不很久，我离开家，同笼鸟绝了缘，见到舅爷的机会很少了。又过了几年，听说舅爷死了，带着不变节的发辫，埋在村外的什么冈。无妻无子，想来未了之缘不多，大概可以瞑目了吧？多年之后，我见到家里人，问到他的鸟笼、鸟网，还有一寸半长的玛瑙烟嘴，大火镰包，没有人知道，想是早已不知下落了。

怪物老爷

　　明遗民张宗子（岱）作有《五异人传》（见《琅嬛文集》），我读了不止一次。比他稍晚的张潮编《虞初新志》，收记人的文章不少，其中不乏出类拔萃、可歌可泣的，但够得上"异"字的不多。我想原因大概有两个。一是孔子说的"性相近也"，人有"饮食男女，人之大欲存焉"管着，即使有孙悟空的淘气之习，也很难跳出如来佛的手心。二是间或有人想跳，或进一步真正跳了，形迹未必能够像汉朝杨王孙坚持裸葬那样显著，而世间又不大有张宗子那样的好事之人，于是就可以留名而竟至没有留名。"君子疾没世而名不称焉"，真是太可惜了。为了亡羊补牢，也因为愿意东施效颦，长时期以来，我用力从记忆中搜索，想也拼凑一篇，或者名为《后五异人传》，可是由于孤陋寡闻，竟是怎么也凑不上。不得已，只好退让，损之又损，有时想，就是找到一位也好，总可以慰情聊胜无。翻箱倒柜，最后决定拉故乡的一位来充数。与张宗子笔下的五异人比，这也许是小巫见大巫，但他有群众撑腰，即公推为"怪物"，也总当不完全是出于我个人的偏爱了。可惜的是只找到这一位，又事迹不显赫，称为"传"，有夸大之嫌，只好借他的诨名为题，曰"怪物老爷"。

且说我的家乡是个穷苦的小村，虽然离京城不很远，却连住神鬼的关帝庙和土地庙都不够气派。即以清朝晚年而论，不要说没出过范进那样的孝廉公，就连我的启蒙老师，刘阶明先生那样的诸生也没有。可是辛亥年长江一带的枪炮声震撼了神州大地，由夏禹王开始家天下的专制体制变为共和，村里也发生了大变化。科举早停了，可是出了个比孝廉公还大的人物，那是由日本士官学校毕业的，姓石名杰，不久就作了西北某军的营长，其后还升到师长。那时候不管是谁，飞黄腾达之后，都是装束是民国的，思想以及生活习惯还是皇清甚至朱明赵宋的。依照这种思想和生活习惯，这位石公也是在外娶如夫人，在家建祠堂，购置田产，并变土屋为砖瓦房。家中有弟弟两位：一胞，就是本篇的主人公怪物老爷；还有一堂，可不在话下。家务事可以从略，总之，过了些年，在外作官的石公不再来家乡，家里二位令弟独占财产，分了家，一个人砖瓦房一所，地，总有百亩上下吧。专说怪物老爷，名石侠，据说也曾受到乃兄的提携，到西北任什么职，可是不久，乃兄就发现他既懒怠又无进取心，于是量材为用，放还，在家过饭来张口的生活了。

先说这诨名的由来。怪物，意思近于"奇人"。村里人多数是文盲，少数是准文盲，不会文绉绉。如果会文绉绉，那也许就要由《庄子》那里借个古雅的，叫他"畸人"，其含意，依照《庄子》是"畸于人而侔于天"。但村里人不会同意，原因主要不是没念过《庄子》，而是认为不合于流俗就是"怪"，不管天不天。怪后加"物"，如果也根据文绉绉，待人接物，物就是人，似乎没有贬斥之意。可是村里人又不会同意，因为在他们心目中，物就是物，不能与人为伍。总之，这怪加物，是不合常规的论断加远远避开的情绪。很明显，意思是偏于贬或完全贬的。贬之后加"老爷"，尊称，为什么？原因有二：一是在村里占压倒多数的石姓家，他碰巧辈数最高，在自己一支里排行最末（家乡习惯称最后生的为老儿子或老姑娘）；二是那还是男不穿短服、女不穿高跟的时期，人不敢轻视旧传统，何况他还有较多的房地产，所以纵使道不同，也还是以礼待之。因为外重礼而内歧视，这怪物老爷的称呼就不能不带点灵活性，其表现为：背地里用全称或略去后一半，当面就藏起前一半，只用后一半。

我由20年代中期起到外面上学，同这位怪物老爷交往不多，些微的所知，绝大部分是耳闻的。先说总的。乡村人自然都是常人，依古训或信天命，要生年不满百，常怀千岁忧，勤苦劳动，省吃俭用，以期能够，消极是不饥寒，积极是家境和子孙蒸蒸日上。怪物老爷正好相反，是只管今天，不问明天；只管自己，不问子孙。他自己的所求是什么呢？可惜我没有听过他的有关人生哲理的高论（如果有），只能说说表面现象，那非常简单，是吃得好，睡得足。这像是享乐主义或快乐主义，如汉高祖的吕后所主张，人生短促，要自求多乐。但又不尽然，因为常见于记载的声色狗马，他并不在意；还有，吕后要权，他不要。像是也不能说是利己主义，因为他虽然有杨朱的一面，拔一毛而利天下不为，却又有陈仲子的一面，一介不取于人。勉强说，或者较近于老子的"甘其食，美其服"。但也不全是，因为他只要前一半，至于服，是不美到什么程度他也不在乎。就这样，他的行径甚至思想是四不像，所以确是名副其实的怪。

怪的表现，如果巨细不遗，大概就会说不尽。所幸我知道得不多，可以只说一点点，是家门之外，市井上传为笑谈的。一种是，每天中午一定到村东一里的镇上，进饭铺去吃，据说经常是肉饼。自己买肉一斤，走入饭铺，交给铺主，照例要叮嘱一句："多加油！我就不怕好吃。"铺主暗笑，却不能不用心做，因为都清楚他的底细，军官的老弟，有财产且肯花，尤其重要的是如他自己所说，"不怕好吃"，当然就不能忍耐不好吃。一种是买点心，据卖的人说，要先掀开装点心的缸的缸盖看，如果中意，就自己一块一块往外拿，拿一块，吹一下，然后放在秤盘上。也是卖的人说，主顾成百成千，只有他有这个特权，因为他是怪物，如果一视同仁，就不能拉住这个主顾；并且，看看他那挑一块吹一下的样子也颇有意思；还有，日子长了会发现，他为人是挺好的，认真，公道，对人没有坏心。

就这样，吃，睡，不事生产，自然年年要亏损。大概是由20年代后期起，就用卖田产的办法补亏损。零星卖，亏多少卖多少。积少成多，到40年代后期"土改"时候，他闭门家中坐，福从天上来，竟取得一顶贫农的帽子。有这顶帽子，与他那位不甘其食的戴上地主帽子的堂兄相比，地位真是天渊之别了。他照样可以悠闲自在。可是田产，推想必是所余无几了；还有一件不知由他看来是喜还是忧的事，是经常为他的怪而起急的老伴先他而去。这样过了不很久，万象更新，田产，即使还有一些也不能换钱了。甘其食的办法只剩下拆房，用砖瓦木料为资本。他像是也能深思熟虑，也许家中无人为巧妇之炊也是个原因，于是他减缩，改为和尚过午不食的办法，每天只吃一顿午饭。仍到镇上饭铺去，还叮嘱"我就不怕好吃"吗？不知道。只知道为了节流，把卧在土炕上的时间拉长。不能入睡，就睁眼注视残破的纸窗，因为已经不再有人糊，他是决不会干这类事的。总之，至少由旁观者看，他虽然能忍，总是没落了。

其时我年高的母亲还在家乡住，我有时要回去看看。到家乡，因为与这位怪人是近邻，总要去看看他。村里人告诉我一条禁戒，是他泡茶，不让不要喝，否则他就把一壶都倒掉。我注意这一点，总是因为我是希见之客吧，他没有一点傲慢的样子，因而这一条禁戒也就无从证实。但我想，这类怪习气是不会无中生有的，为什么会这样呢？一种可能的解释是他头脑中还有雅俗之别。但他沉默寡言，——寡言，正可以证明他还是有所思，或有所见。如果竟是这样，他的所思或所见是什么呢？他不说，自然无法知道。只是有一次，他不只开了口，而且说了一句既幽默又尖刻的话，是食物艰难的时期，三几个人在街头闲谈，其中一个重述听来的话，是"不会让一个人饿死"，他紧接着重复一遍，可是"一"字的声音长而重，听的人都苦笑了一下。

这证明他不是无所思，无所见。我总想知道，他的生活表现，村里人公认为怪的，是不是也来于思和见。如果竟是来于思和见，那他的思想深处，总当藏有比《红楼梦》中《好了歌》更为深沉的东西吧？如果竟是这样，那就与常人相比，他名虽然是怪物，实质也许竟是胆大的叛逆。逆什么？是逆天命。常人，绝大多数是积财货，养子孙，少数是立德、立功、立言，总之都是一切顺着；他呢，除了甘其食以外，是一切都拒而不受。这比叔本华的理论是降了一级，但叔本华只是论，他却实际做了。

到五六十年代之间，这位怪人死了。据我的小学同学石君说，是晚秋，一天晚上，他说肚子不合适，吃了一个萝卜，第二天早晨日上三竿不起来，旁人去看，早已死了。我问死前曾否说些什么，石君说，有一回闲谈，他说："没想到还剩下三间房，没吃完。"我问村里人的评论如何，石君说："都说，人家才是有福的，有就吃，不算计，刚要挨饿，死了。"我禁不住一笑，想不到家乡人不参禅，竟有了近于顿悟的摩诃般若。

汪大娘

我既冠之年来北京，认识旗下人不算少。印象呢，也是说来话长。扬州十日，嘉定三屠，我知道。但这也不好就以之为证来个一边倒的论断，因为据李圭《思痛记》一类书所记，创点天灯之法、以杀妇孺为乐的并不是旗下人，而是炎黄子孙。根据法律前人人平等的原则，至多也只能判各打五十大板。在这类事情上，我们最好还是，或说不得不，依圣人之道，既往不咎。那就说"来"。高高在上的，雍正皇帝，乾隆皇帝，都够厉害，但无论如何，与朱元璋及其公子朱棣相比，总是小巫见大巫。这样，也就可以轻轻放过。还是往下看，男如纳兰成德，女如顾太清，说句不怕人耻笑的话，我都很喜欢。再往下，就碰到余及见之的一些人，取其大略而言，生活态度，举止风度，都偏于细致，雅驯；也不能不柴米油盐，但大多有超过柴米油盐的所好；待人温和有礼，却像是出于本然；总而提高言之，是有王谢气。

有王谢气，也许就值得写入《世说新语》。我前几年写《负暄琐话》，东施效颦，笔下也曾出现一些旗下人。但那都是有或略有社会之名的。清一色，就可能引来希图文以人传甚至势利眼之讥。所以要补救，写一些无社会之名的，哪怕一位也好。搜罗，由近而远，第一个在记忆中出现的就是这位汪大娘。但写她也有困难，是超过日常生活的事迹太少。怎么办？还是决定写。理由有二：一来于兵家，曰出奇制胜，很多大手笔写大人大事，我偏写小人小事；二来于小说家，曰有话即长，无话即短。

言归正传，且说这位汪大娘是我城内故居主人李家的用人，只管做饭的用人。汪后加大娘，推想姓是男家的。我30年代末由西城一友人家借住迁入北城李家，开始认识汪大娘，那时她四十多岁。人中等身材，偏于瘦；朴实，没有一点聪明精干气；很少嬉笑，但持重中隐藏着不少的温和。目力不好，听说曾经把抹布煮在粥锅里。像有些妇女一样，过日子有舍身精神，永远不闲着。不记得她有请假回家的事，大概男人早已作古了吧。后来知道有个女儿，住在永定门外，像是也很少来往。李家人不少，夫妇之外，子二女三，逐渐都成婚传代，三顿饭，活儿不轻。活儿轻重是小事，还有大的。李家是汉族，夫妇都是进士之后，门第不低。不过不管门第如何高，这出身总是旗下人的皇帝所赐。而今，旗下人成为用人，并且依世俗之例，呼家主人夫妇为老爷、太太，子为少爷，女为小姐，子妇为少奶奶，真是翻了天，覆了地，使人不禁想到杜老《哀王孙》的诗，"但道困苦乞为奴"，不能不感慨系之了。

以下更归正传，说汪大娘的行事。勤勉，不稀奇，可不在话下。

稀奇的是身分为外人却丝毫不见外。她主一家衣食住行的食政，食要怎样安排，仿佛指导原则不是主人夫妇的意愿，而是她心中的常理。她觉得她同样是家中的一员，食，她管，别人可以发表意见，可以共同商讨，但最后要由她做主。具体说，是离开常轨不成，浪费不成。她刚来的时候，推想家里人可能感到不习惯，但汪大娘是只注意常理不管别人习惯的，日久天长，杂七杂八的习惯终于被她的正气憋气压服，只好都依她。两三年前，我们夫妇往天津，见到李家的长媳张玉婷，汪大娘呼为大少奶奶的，闲谈，说到汪大娘，她说："我们都怕她，到厨房去拿个碗，不问她也不敢拿。孩子们更不成，如果淘气，她看不过，还打呢。所以孩子们都不敢到厨房去闹。她人真好，一辈子没见过比她更直的。"

李家房子多，自己住正院，其余前院、后院、东西跨院的房子，大部分出租。门户多，住时间长的，跟汪大娘熟了，家里有什么事，她也管。当然都是善意的。比如有个时期，我不知道肠胃出了什么毛病，不喜欢吃饺子。情况传到汪大娘那里，她有意见，说："还有比煮饽饽（旗下人称水饺）更好吃的？不爱吃，真怪！"我，至少口头上，习惯也被她的正气和憋气压服，让家里人告诉她，是一时有点胃病，过些日子会好的。

汪大娘也有使人费心的时候。是一年夏天，卫生的要求紧起来，街道主其事的人挨门挨户传达，要防四种病。如何防，第一，也许是唯一的要求，是记牢那四种病名，而且过两三天一定来查问。李家上上下下着了慌，是唯恐汪大娘记不住。解救之道同于应付高考，是抓紧时间温习。小姐，少奶奶，以及上了学的孩子们，车轮战法，帮助汪大娘背。费了很大力量，都认为可以了。不想查问的人晚来一两天，偏偏先到厨房去问她。她以为这必是关系重大，一急，忘了。由严重的病入手想，好容易想起一种，说："大头嗡。"查问的人化严厉为大笑，一个难关总算度过去。

还有更大的难关，是她因年高辞谢到女儿家养老、"文革"的暴风刮起来的时候。李家是匹夫无罪，怀璧其罪，当然要深入调查罪状。汪大娘曾经是用人，依常情，会有仇恨，知道的多，自然是最理想的询问对象。听街道的人说，去了不止一次。不幸这位汪大娘没学过阶级斗争的理论，又不识时务，所以总是所答非所求。比如人家带有启发性地问："你伺候他们，总吃了不少苦吧？"她答："一点不苦。我们老爷太太待我很好。他们都是好人。连孩子们也不坏，他们不敢到厨房淘气。"不但启发没有收效，连早已教她不要再称呼的"老爷太太"也冒出来了。煞费苦心启发的人哭笑不得，最终确认她竟不像留侯那样"孺子可教"，只好不再来，又一个难关平安地渡过去。

最后说说年高辞谢，严格说是被动的，她舍不得走，全院的人也都舍不得她走。但人的年寿和精力是有限的，到必须休息的时候就不能不休息。为了表示欢送，李家除了给她一些钱之外，还让孩子们带她到附近的名胜逛逛。一问，才知道她年及古稀，还没到过故宫。我吃了比她多读几本书的亏，听到这件事，反而有些轻微的黍离、麦秀之思，秀才人情，心里叨念一句："汪大娘不识字，有福了!"那几天，汪大娘将要离去成为全院的大事，太太们和老太太们都找她去闲谈，问她女儿的住址，说有机会一定去看她。

我们也抄来住址。但不凑巧，还没鼓起勇气前往的时候，"文革"的大风暴来了。其后是自顾不暇，几乎连去看看的念头也消灭了。一晃十几年过去，风停雨霁，人人有了明天还可以喝清茶看明月的安全感，我们不由得又想到这位可敬的汪大娘，她还健在吗? 还住在她女儿那里吗? 因为已经有了几次叩门"人面不知何处去"的伤痛经验，我们没有敢去。但她的正直、质朴、宽厚，只顾别人、不顾自己的少见的形象，总在我们心中徘徊; 还常常使我想到一个问题，是：常说的所谓读书明理，它的可信程度究竟有多大呢?

　　江南某出版社喜欢印些过时而还有人想看可是不容易找到的书，有一次问我，在这方面有没有什么想法。我出于个人的私见，推想也会有不少同道，建议他们选印些旧时代闺秀著作，整理加注，如柳如是、吴藻、顾太清之流；如果一个人的不能充满篇幅，那就请她们合伙，两个人，或者三四个人，合印一本，销路也许不会很坏。没想到出版社的主事者也是同道，欣然接受之余，还用请君入瓮法，希望我勉为其难。只是我年事已高，不再有出入图书馆善本室的余力，望洋兴叹，致歉意之后辞谢了。辞谢，校注一事结束，可是心情留个尾巴，是常常想到柳如是。多疑的人也许要问，是不是因为她是女士而不是男士？也是也不是。是，因为男士，束发受经，能诗善画，不稀奇；不是，因为南明的有名女士，如见于余怀《板桥杂记》的顾媚、李十娘之流，容貌是在柳如是之上的，只是艳丽之外少其他成就，我就没有想到。

　　想到柳如是，也是由来远矣。远到什么程度，难于查寻，大概总不晚于上大学时期，在故纸堆里翻腾这个那个的时候吧？记得的是喜欢搜罗专讲她的书。可怜，只得三种。其一是《柳如是事辑》，集抄清代各种文献中的旧文，署"雪苑怀圃居士录"，30年代初文字同盟社印。其二是陈寅恪先生晚年的大著，三卷本的《柳如是别传》，1980年上海古籍出版社出版。其三是《柳如是杂论》，周采泉著，1986年江苏古籍出版社出版。

借用买椟还珠的古典，以上三种应该算作椟，因为出于他人之手。出于自己之手的才是珠。这又可以分为高低两类。先说低的，是传世的著作，计有三种。其一为《戊寅草》，收古今体诗106首，词31首，赋3篇，为戊寅年（明崇祯十一年，公元1638年，作者依旧算法为二十一岁）陈子龙所刻。其二为《湖上草》，收古今体诗35首，与汪然明（名汝谦）尺牍31通，己卯年（崇祯十二年）汪然明所刻。其三为《柳如是诗》，收古今体诗29首，为明清间邹绮所录，不知曾否刊印。三种都是柳如是二十岁略过时物，及身见之，算作珠，推想不会有人不同意。还有高等的珠，或称明珠，是手迹。见诸影印的有字，有画，如果并非赝品，虽然为数不多，也总可以使惯发思古之幽情的过一次发的瘾了。然而可惜，不要说明珠，就是珠，也只是在少数著名图书馆的善本室里才能见到，像我这样不能克服精力少、行路难双层困难的人，就真是只能望洋兴叹了。

补救之道是想想，也谈谈。从辩解的话谈起。为什么单单谈她？原因很简单，是稀有。理由，不同的人用不同的眼，会各有所见。陈寅恪先生的《别传》长达八十万言，论证这位河东君有复明的大志，如果真是这样，这是举节之最大者。还可以缩小。以时间为序，先是婚姻，经过一些周折，终于自抛红丝，系在钱牧斋（名谦益）的足上。钱牧斋是何如人？当时看，无论学问还是社会地位，都是第一流的，唯"二"的遗憾是面黑而年长（崇祯十四年成婚，柳二十四岁，钱六十岁）；现在看，才和学也是拔尖儿的。再说生命的结束，据说，钱牧斋于清康熙三年（1664）归天之后，族人钱曾（即著名藏书家钱遵王）等想趁火打劫，靠柳的机智果断，自缢于荣木楼，才解救了家难。这些理由，我同意也罢，不同意也罢，都不想说。只想说说我认为最值得说说的，是这样的才女，至少在流传的文献中，确是很难见到的。

中国历史长，才女当然不会少。但这里却要左一些，先查明出身后作结论。随便说几位。班昭补写《汉书》，了不得，父亲是班彪，大史学家。蔡文姬，父亲是蔡邕，无所不通的大学者。谢道韫，仅仅"柳絮因风起"五个字就戴上才女的桂冠，出身更不得了，谢安的侄女，王羲之的儿妇。李清照，父亲是李格非，写《洛阳名园记》那一位。再晚，举个与柳如是同时代只比她大两岁的，是吴江叶小鸾，死时才十七岁，已经写了不少好诗，字也很好，查家世，父亲是叶绍袁，进士，有名的文人，母亲沈宛君，以及两个姐姐，都是诗人。柳如是就大不同。幼年怎么样，不清楚，想来不是出于富厚和书香，因为挑帘出场，身分是下台宰相周道登家的婢妾。十五岁被赶出，卖与倡家，以后就以高级妓女（近于现代的不检点的交际花）的身分在松江一带转徙，诗词和尺牍都是这个时期写、这个时期刻的。写，不读书不成，读而不多不熟也不成，这样的生活环境，时间又这么短，可能吗？但是据说，她熟悉六朝典籍，重要的几乎都能背。其实还不只六朝，例如嫁钱牧斋之后，钱选编《列朝诗集》，据说其中闺集的"香奁"部分是出于她之手。被动居下流，看着别人的眼色过日子，能够有志于学，而就真读，真写，真就有了不同于一般的成就，说是奇才总不算过分吧？

谈闲话，时间不宜拖得过长，关于成就，诗词只好不说，只说说我最感兴趣的尺牍。为了读者诸君能够先尝后买，损之又损，先抄三通看看：

> 接教并诸台贶，始知昨宵春去矣。天涯荡子，关心殊甚。紫燕香泥，落花犹重，未知尚有殷勤启金屋者否，感甚！感甚！刘晋翁云霄之谊，使人一往情深，应是江郎所谓神交者耶？某翁愿作交甫，正恐弟（自称）仍是濯缨人耳，一笑。

（第四）

> 鹃声雨梦，遂若与先生为隔世游矣。至归途黯瑟，唯有轻浪萍花与断魂杨柳耳。回想先生种种深情，应如铜台高揭，汉水西流，岂止桃花千尺也。但离别微茫，非若麻姑、方平，则为刘、阮重来耳。秋间之约，尚怀渺渺，所望于先

生维持之矣。便羽即当续及。昔人相思字每付之断鸿声里，
弟于先生亦正如是。书次惘然。

（第七）

枯桑海水，羁怀遇之，非先生指以翔步，则汉阳摇落之
感，其何以免耶？商山之行，亦视先生为淹速尔。徒步得无
烦屐乎？并闻。

（第八）

这样的手笔，评价，宜于两面夹攻。一面是看文，这是地道晋人
风味。钱牧斋是以长于尺牍闻名的，可是与这位河东君相比，就显得
古雅有余而飘逸不足。另一面是看人，是个二十上下的下层女子。两
方面相加或对比，说作者不仅才高，而且独一无二，总不是过誉吧？

对于这样一位独一无二的才女，女士者流有何感触，我不清楚；
至于男士者流，那就很容易于思古之幽情以外，再来点或深或浅不好
命名的情。何以言之？且不旁征博引，也有陈寅恪先生可以出来做
证。陈先生很坦率，说撰《别传》的起因是得一粒产于红豆山庄（钱
柳所住别墅之一）的红豆。人所共知，红豆的另一个名字是相思子，
所以凡咏红豆的都由相思下笔，如选入《唐诗三百首》的王维诗，连
诗题都用"相思"，诗曰："红豆生南国，春来发几枝？愿君多采撷，
此物最相思。"陈先生为红豆，并解说为河东君立传因缘，也作诗，
诗为七律，题目是"咏红豆"，尾联云："灰劫昆明红豆在（昆明义双

关，一是此豆得于云南昆明，二是劫灰见于汉武帝掘昆明池），相思廿载待今酬。"（见《别传》第一章《缘起》）不只也提及相思，还外加"廿载"。二十年挂心，显然是因为钦慕已经上升为"倾倒"。所以这样说，有柳词一首及其影响为证。这首词，调是《金明池》，题是"咏寒柳"（不见《戊寅草》），全抄如下：

> 有恨寒潮，无情残照，正是潇潇南浦。更吹起，霜条孤影，还记得，旧时飞絮。况晚来，烟浪迷离，见行客，特地瘦腰如舞。总一种凄凉，十分憔悴，尚有燕台佳句。

> 春日酿成秋日雨，念畴昔风流，暗伤如许。纵饶有，绕堤画舸，冷落尽，水云犹故。忆从前，一点东风，几隔着垂帘，眉儿愁苦。待约个梅魂，黄昏月淡，与伊深怜低语。

词抄完，谈影响，这只要照抄"陈寅恪先生文集总目录"（见上海古籍出版社"陈寅恪文集之一"开卷），然后对比，即可恍然。只抄有关的前三种：

一 寒柳堂集

二 金明馆丛稿初编

三 金明馆丛稿二编

寒柳，金明，都拉到身边，作为居室之名，不会是巧合吧？陈先生还有更坦率的话，见于赠吴雨僧（名宓）的诗，是"著书惟剩颂红妆"，这红妆之一当然是柳如是。还有另一位，是写弹词《再生缘》的陈端生，可是厚薄有别，因为《论再生缘》连校补记才七万言，还不到《别传》的十分之一。

其他文都放下，只颂红妆，好不好？如果是程、朱、陆、王及其门下士，大概就要疾首蹙额吧？至于一般男士，我想，人总是人，为天命所限，对于稀有的才女，就难免，或无妨，有所思，有所愿，甚至有所爱，或更进一步，拿起笔，颂。爱，颂，兼挖掘所以如此的来由，可以冠冕，如政治性的复明大志之类；也可以不冠冕，那就是桓大司马的尊夫人所说，我见犹怜。在这种地方，我宁愿行孔门的恕道，对于不管复明大志而犹怜的诸位，包括自己在内，是一贯起于怜悯而归结为谅解的。

顾二娘

　　拙作《负暄琐话》收《砚田肥瘠》一篇，信口雌黄，谈及砚的实用一面，也谈及砚的赏玩一面。想不到就惹来麻烦。先是解味翁按图索骥，点名要价廉而可用的朝天岩砚。不好意思抗命，幸而手头还有想自己保存的，于是检出一方送去。这是麻烦之小者，因为可以实事求是，有则从命，无则不从命。大者是竟有好学兼喜欢追根问柢的人，来，先问泛泛的，旧砚有铭，怎么分辨真假？还不满足，进而问具体的，顾二娘做工的，你见过吗？我大为惶恐，又进退两难，答，说不清楚，不答，人家揪着那篇谈砚文的辫子，逃也逃不掉。急中生智，决定用太极拳法，应接而转化，即少谈真假而多谈顾二娘。

　　先说说不得不如此的理由。记得多年以前，我也用这个难题考过启功先生。启功先生是文物鉴定大专家，自己藏砚，如康熙御用洮河石砚，雍正赐田文镜玉首端砚，都是世间稀有的。有那么一次，闲谈扯到砚上，我提出两个问题：一个是，您见过多少真顾二娘做工的？又一个是，譬如从刀法上，风格上，能够断定是不是出于顾二娘之手吗？启功先生言简意明，只用六个字就交了卷，是"没见过""不知道"。所以我也只好少谈真假，多谈顾二娘。

顾二娘是有特大名气的砚工。何以特大？我不想为士大夫讳，是因为她不是男士而是女士。性别的因素中还含有数量的因素，是女性的砚工确是罕见（端石质硬，切、刻、磨都要费大力）。那么，为什么织布绣花的手忽而琢起砚石来？这要查查家世才可以知道。顾二娘姓邹，苏州人，推算当生于清康熙前期，卒于雍正年间。她嫁顾姓，公公顾德林（或写麟）是苏州阊门内专诸巷（当时是小手工艺作坊的中心）的著名砚工。丈夫顾启明，大概嫁后时间不很长就死去，所以公公的手艺只好由她接续。推想人必很聪明，据说熟练之后，石质好坏，用脚趾一点就能知道。有个儿子顾公望，也是砚工高手，康熙年间曾召入内廷制砚。顾二娘的最活跃时期在康熙晚年，因为，据我的些微所见，文人好事者提到她，有壬辰（康熙五十一年，公元1712年）、戊戌（康熙五十七年，公元1718年）、己亥（康熙五十八年，公元1719年）、辛丑（康熙六十年，公元1721年）几个年头。

以下谈业绩。不得已，还得由真假说起。世间百物有假的，是因为先有真而且好的。顾二娘制砚也是这样，据记载，制过不少，而且都很精，受到有砚癖人的赞叹。抄一些记载为证（为偷懒，引邓之诚先生《骨董琐记全编》）：

（1）黄中坚《蓄斋二集》十，砚铭并序：吾乡顾德林善

制砚……方欲觅一佳石，命之重制，而德林死矣，石亦了不

可得。积十余年，始以三金易片石。时德林嗣子启明亦死，其孙公望又以善制砚召入内廷，吴中绝无能手。闻启明之妻实为家传，而未之察。已而其名日益著，壬辰仲秋，乃令随意制之，不拘何式，而彼竟为制索砚。细玩之，惟索纽过于工巧，似不若德林古朴，其他则温纯古雅，有余韵矣。

（《骨董三记》卷六）

（2）《随园诗话》云：何春巢在金陵得端砚，背有刘慈绝句云：一寸干将割紫泥，专诸门巷日初西。如何轧轧鸣机手，割遍端州十里溪。跋云：吴门顾二娘为制斯砚，赠之以诗。顾家于专诸旧里。时康熙戊戌秋日，春巢因调《一剪梅》云云。按此诗黄莘田所作，刻在《香草斋诗》卷二，注云：余此石出入怀袖将十年，今春携入吴，吴门顾二娘见而悦焉，为制斯砚。余喜其艺之精，而感其意之笃，为诗以赠，并勒于砚阴，俾后之传者有所考焉。铭曰：出匣剑，光芒射入青花砚。……

（《骨董琐记》卷四）

（3）又莘田题陶舫砚铭册杂诗云：古款遗凹积墨香，纤纤女手带干将。谁倾几滴梨花雨，一洒泉台顾二娘。注云：余田生蕉白砚，陈德泉井田砚，十砚翁青花砚，皆吴门顾二娘制。时顾没矣。

（同上）

以上举文人之"文"，证明顾二娘确有其人，顾二娘制砚确有其物。那么，显然，至少是那位好学而兼喜欢追根问柢的，就会提出要求，这确有其物，就说是难于拿出来看看，总可以提出来说说吧？在这一点上，我是启功先生的信徒，说说可以，真则决不敢保。先说个工艺上的理由。多年前与老友金禹民先生闲谈，说到文彭、丁敬等刻的图章，金先生说，千万别当真的买，他刻半生图章，刀法才略知一二，外行人想从刻工上分辨真假，就太难了。我外行，但从金先生的经验里可以推知，刀法会因人而异，即使是很微细的。能不能本此微细考实顾二娘制砚？理可以，实际有困难，是怎么能认知顾二娘的刀法。想认知，先要有"真"实物，这是一面；想定某一实物为真，先要能够认知刀法，这是另一面。这就有如张三靠不住，要李四保，李四靠不住，要张三保，结果只好都不信。

依常情，最好还是由确定某一实物为真下手，譬如说，可以躲开刀法。我也曾希望这一条路能通，但试试，仍是崎岖难行。怨只怨"钱"这东西力量太大，除长生不老以外，几乎能使人得到任何想得到的东西，包括黄金屋、颜如玉，等等。取得钱的办法之一是做假，即使于今为烈，我们总当承认是古已有之。于是而顾二娘名气越来越大，所制砚值钱越来越多，依照古今通用的经济规律，伪品就应运而生。又因为"顾没矣"，真的只能渐少（由天灾人祸）而不能渐多，假的则几乎可以依几何级数增加，于是，也许不久，譬如乾、嘉时期，伪品就遍地皆是，真的就稀如星凤了。与金禹民先生相比，我是带一点乐观尾巴的悲观主义，但平生所见，边款为"吴门顾二娘造"的端砚，其中绝大多数花样为凤，我看都是伪品。

这悲观主义还有更蹊跷的根源。先谈其一。康、雍年间有个著名藏砚家黄任（1683—1759），字莘田，福建永福人，作了一任县太爷，千金买砚（砚石），千金买婢（金樱），在林下享清福了。据我所知，他不追古砚而追佳石，请名砚工制，共得十方，所以名书斋为十砚轩。估计他比顾二娘小二十岁左右，据记载和推测，康熙晚年他曾在苏州请顾二娘制砚，十砚轩的佳砚有些必出于顾二娘之手。公认为没有问题的是十砚中第一位的"美无度砚"，我见过拓片，在清末著名收藏家费念慈送给端方的砚拓册上。砚高市尺五寸五分，宽四寸五分，厚一寸。正面上方镌长方形水池，其他处都是随形，古朴而典雅。右方题刻行书大字谢朓诗句："非君美无度，孰为劳寸心。"（原无标点，下同）小字："康熙己亥六月，任。"以下"黄任"印。左方二印为"莘田真赏"，"十砚轩图书"。背面有余甸（字田生）铭和黄任于戊辰（乾隆十三年，公元1748年）秋八月的再题。右侧刻"吴门顾二娘造"，篆书。左侧刻"神品"二字，也是篆书。以下流传从略。专由拓片上看，刻工，题印，年代，等等，都没有问题。那就确认为真也就没有问题了吧？然而不然，原因是，只是我所知，竟出现两个李逵。其一见于一翁（夏莲居）的长诗《说砚》："十砚斋之冠，东瀛归长尾，过海两见之，平正仅无疵。谬名美无度，诞吾夸陋士。"（1962年7月14日《光明日报》）这是说，美无度砚早为日本人买去。

可是很怪，又出现其二。"文革"之前不久，故宫举办文房四宝展览（？），我和另一有砚癖的老友去看，到一柜前，美无度砚居然斜卧在里面。这就使我由十分之九的悲观主义跳到十分之十的怀疑主义，立即推想，人间可能还有其三、其四。哪一个是真的？根据逻辑常识，不可能都真，而可能都假。唯一的一线希望，如果刻工难分高下，可以比石质。但又会碰到二难。一是情况不容许拿在手里比。二是比了，可以判定石质劣的必伪，但不能判定石质佳的，尤其尚佳的，必真。总而言之，想由此看看真顾二娘，还是"忽闻海上有仙山，山在虚无缥缈间"。

再说其二。我手头还有一张砚拓，古文字学家、文物鉴定家陈保之（名邦怀）老先生所赠，也是既黄莘田又顾二娘的。砚高市尺六寸二分，宽五寸四分，厚八分，也是随形。正面上方刻凤头，两旁下垂刻凤羽和云纹，无题字。背面左起为"莘田真赏""十砚轩图书"二印。中间是林佶（字吉人）题的篆书砚铭。右方是黄自题，先是隶书诗，竟也是"一寸干将"那一首，只是第一句"割"作"切"。诗后是草书小字跋："吴门顾二娘家专诸旧里，善制砚，一出其手，人争重之。兹石是其所制，经三阅月始成。感其工之精而心之苦也，因勒廿八字以识之。辛丑小春。莘田任。"以下"黄任"印。左侧刻"吴门顾二娘造"，篆书。这其二就比其一更难解了。"一寸干将"的诗与《随园诗话》说的那一砚重复，容易解释，是后者（袁枚时代晚）为伪造；但也有难点，是，伪造意在多卖钱，为什么不说是黄莘田和顾二娘的？最麻烦的是砚上的跋与《香草斋诗》的诗注不同（砚铭也不同），可证诗注说的砚与砚拓的砚是二而非一，黄是能诗的文人，铭砚，翻来覆去用一首诗，几乎是不可能的。这样，如果不能起黄与顾于泉下而问之，就只能安于扑朔迷离了。

还可以加个其三。据传，顾二娘制砚是未必署名的。这就又引来新的困难。一是想看真顾二娘，就更成为大海捞针，二是根据怀疑主义，也可能署名的反而更容易是伪品。想举一实物再说说不能不扑朔迷离的理由。我的老友微翁三十年前巧遇，买得十砚轩砚一方，也是费念慈所藏。砚为正长方形，高市尺五寸，宽三寸三分，厚八分。正面上方及左右高起二三分边，刻浅云纹，砚堂作箕形，古朴而巧。背面刻黄莘田行书题："己亥游吴，余有诗云：箧装谀墓千秋纸，囊贮蛮溪十片岩。或有嗤余者，人生能着几两屐？砚固不必如是之多也。苏东坡谓墨将磨人，况于砚乎？余笑而谢之，彼世之役役于宝珠玉者，固亦不一而足也，遂构十砚轩以贮十石。余畜砚颇多，非质之美兼制之善者不得与焉，兹亦其一云。康熙庚子（五十九年，公元1720年）上巳。任。"右侧上方篆书"莘田半亩"，下二印，一为"十砚轩图书"，一为"但存方寸地，留与子孙耕"。左侧二印，上为"黄任之印"，下为"莘田真赏"。这方砚我见过多次，也试过墨。石绛色，温润如澄泥，为端石中所罕见。刻工，正面上方弯曲处，自然如生成，花纹，是不施脂粉而绝美的一路。黄莘田题及印章也绝精。年代，这时期黄正在苏州，顾二娘已有高名。四种条件，石质上上，工上上，题印上上，年代对，相加，我不得不暂时放弃怀疑主义，正面说，是大胆推断，这方砚是真十砚轩，又是真顾二娘。可是，我之外的人就未必放弃怀疑主义，因为没有顾的署名。如果竟是这样，我们想看看的真顾二娘就又"人面不知何处去"了。

说起人面不知何处去，不由得想起十几年前的一次发神经。那是上一个龙年，1976年的春天，我住在苏州一位老友的家里，有闲身和闲心，就各处跑。一次路过阊门，看其内向南一条街是专诸巷，不能不想到顾二娘，也就不能过巷口而不入。沿街左右看，出南口是金门，觉得一掠而过礼太薄，小手工艺作坊绝迹了，顾二娘的故居自然更找不到。幸而巷中间靠东面有个井，大青石盖顶，石上有四个圆孔（依北京习惯应名四眼井），容貌还很古。如果它的生年不晚于清初，那就可以推知，顾二娘是常到这里汲水的。如果晚于清初，那就发思古之幽情，只能幽到"曾在此巷住，曾在此巷走"，一井扩大为全巷，渺茫多了。我是希望不晚于清初的，因为曾诌《姑苏记游》杂诗，其中一首是："又入阊门信步行，专诸巷口日初生。雕龙妙手知何处，故井空余洗砚情。"如果井是乾、嘉年间物，第四句以及其中的"情"就无法安排，那韵事就成为憾事了。

北大图书馆

　　文章标题不宜过长，所以只好把本该写在前面的"我上学时期的"几个字略去；"北大"也用了简称，全称是要写为"国立北京大学"的。这时期的图书馆在松公府，是新由红楼地下室迁入的。这至少是再迁，因为据旧同学录"沿革"部分所记，清光绪二十八年（公元1902年，即建校之后四年）设置藏书楼，地点是在"学校后院"（推想就是应保存而于70年代拆掉的所谓"公主楼"）。为了校外人看到这里不致茫然，这里要翻翻旧账。所谓学校，是指光绪二十四年（1898）创立的京师大学堂，经过许多波折，最后才成为"北京大学"的。且说创立时的校址，原是清乾隆皇帝的四女儿和硕和嘉公主（下嫁傅恒之子福隆安）的府第，在景山之东马神庙（借庙名为街名）西部路北。民国五年（1916）在其东沙滩汉花园建红楼，后用作文科教室，称第一院（文学院），原马神庙（改名景山东街，不久前改为沙滩后街）校址降为第二院（理学院）。专说第一院的扩张情况。红楼邻街，坐北向南，为四层砖木建筑。其背后有属于松公府的空地，再北偏西是松公府。先是1918年，学校租空地作操场；到1931年，一劳永逸，连府也买过来。府有几进房屋，相当好，稍加修整就把图书馆和研究所国学门迁进去，馆在前，所在后。馆，藏书不少，所，藏古物不少，至今还是北京大学的一部分珍贵家当。我1931年暑后上学，松公府时期的图书馆刚启用，1935年暑后离开学校，新图书馆已经建成（在府门西南），馆即将升迁，所以说句笑话，我是与松公府时期的图书馆共始共终。又所以，谈闲话就不该漏掉它。

当然，谈它，还有更重要的原因，是那时我还年轻，很胡涂加多幻想，盲人骑瞎马，而它，像一束微弱的光，有时照照这里，有时照照那里，就说是模模胡胡吧，总使我仿佛看到一些路。这样说，提到图书馆，我是应该永远怀有感激之情了。也不尽然，因为它给我的是一些"知"，而知，根据西方的最上经典，来于伊甸园中间那棵树上的果子，受了蛇的引诱才吃，得的果报必是"终身劳苦"。但木已成舟，也就难于找到解救的办法，因为生而为人，能力总是有限的，比如说，坐在哪里，面对众人，说些自己绝不相信的"天子圣哲"之类的话，练练，不难；至于静夜闭门，独坐斗室，奉劝自己相信鞭打就是施恩，那就大难。大难，想做也做不到，只好不做。话扯远了，其实我只是想说说，四年出入图书馆，我确是有所得，虽然这所得，用哲学的秤衡量，未必合理，用世风的秤衡量，未必合算。

该言归正传了。且说那时候，北大有些学生，主要是学文史的，是上学而未必照章上课。不上，到哪里去？据我所知，遛大街，以看电影为消遣的很少；多数是，铁架上的钟（在红楼后门之外稍偏西）

声响过之后，腋夹书包，出红楼后门，西北行，不远就走入图书馆。我呢，记得照章应上的课，平均一天三小时，减去应上而理应听的，不应上而愿意听听的，剩余的时间还不少，就也夹着书包走进图书馆。经常走进的房子只有第一、二两进。第一进是卡片兼出纳室，不大，用处用不着说；第二进是阅览室，很大，用处也用不着说。两个室都有值得说说的，因为都有现在年轻人想也想不到的特点。

先说卡片兼出纳室。工作人员不多，我记得的，也是常有交往的，只是站在前面的一位半老的人。记得姓李，五十多岁，身材中等偏高，体格中等偏瘦，最明显的特点是头顶的前半光秃秃的。这位老人，据说是工友出身，因为年代多了，熟悉馆内藏书的情况，就升迁，管咨询兼出纳。为人严谨而和善，真有现在所谓百问不烦的美德。特别值得说说的还不是这美德，而是有惊人的记忆力。我出入图书馆四年，现在回想，像是没有查过卡片，想到什么书，就去找这位老人，说想借，总是不久就送来。一两年之后，杂览难免东冲西撞，钻各种牛角尖，想看的书，有些很生僻，也壮着胆去问他。他经常是拍两下秃额头，略沉吟一下，说，馆里有，在什么什么丛书里，然后问借不借。我说借，也是不久就送来。还有少数几次，他拍过额头，沉吟一下之后，说馆里没有，要借，可以从北京图书馆代借，然后问我："借吗？"我说借，大概过三四天就送来。我们常进图书馆的人都深深佩服他的记忆力，说他是活书目。四年很快过去，为了挣饭吃，我离开北京，也就离开这位老人。人总是不能长聚的，宜于以旷达的态度处之；遗憾的是，其后，学校南渡之前，我曾多次走过浅灰色三层兼两层楼房的新图书馆，却没有进去看他。应做的事而没有做，现在后悔也无济于事了。

再说第二进的阅览室。布置没有什么新奇，长方形比书桌大很多的木板大案，不远一个，摆满全室；案两面各有几把椅子，是供阅览者坐的。往图书馆，进室，坐在哪里，任随君便，只要那里还没有人坐。但是既已坐下，就会产生捷足先登的独占权。所谓独占，不同于现在的半天一天，而是长时期，这长时期，来于借书还书的自由主义。具体说，自由包括两个方面：一方面是借书多少，数量不限；另一方面是借的时间，长短不限。此外还可以加上一种小自由，比如我们一些几乎天天来的看客，坐位有定，借书，大多是送货上门。这样，借的书，有的短期看不完，有的常常要翻翻，就不是勤借勤还，而是堆在面前，以逸待劳。现在还记得，我的位子在室的东北角，面前的书，经常堆成小山岭，以致对面那位的活动情况，看什么书，是否记笔记，一点也不知道。前面说过，图书馆藏书不少，我，颇有现在一些旅游家的心情，到北京，不只著名的燕京八景要看看，就是小胡同，只要有感兴趣的什么人住过，也想走进去，摸摸残砖断瓦。于是而借这个借那个，翻这个翻那个。就这样，许多书，大块头的，零种的，像游鱼一样，从我的面前游过去。由自己方面说，是跳到古籍的大海里，尽情地扑腾了一阵子。结果呢，如果也可以算作有所得，这所得，至少就上学的四年说，完全是也奉行自由主义的北大图书馆之赐。这里需要加点说明，是我并不提倡这方面的自由主义也向外扩张，向下流传，原因是，彼一时也，此一时也，图书馆的任务，方便读者的一面当然要重视，但还有另一面，是看守，防止损坏丢失，这后者如果一放松，那就不堪设想了。

说到向下流传，我不由得想到现在的北大图书馆。真够得上发扬光大了。迁到原燕京大学，新建了既高大又豪华的楼房。书，吞并了燕京大学收藏的，加新购，据说就数量说，已升到全国第二位，仅次于北京图书馆。善本，甚至孤本，也不少。这新图书馆，我也利用过，是几年以前，因为考证有些旧人旧事，须查善本。照章，带着介绍信，还求副馆长版本专家郭君打了招呼，才拿到善本室的阅览证。善本室的工作人员也和善，但照章，要先查卡片，写好书名和编号，坐等。找到，要先交工作证和阅览证，作为抵押，然后领书。看完，还要立即归还。对于防止善本的损坏丢失，手续再增加，我也谅解；只是借到的书，有的盖有旧北京大学的印记，我看看，想想，感到那样多的书，那样长的过往，都离我太远了，不禁为之惘然。

府院留痕

　　人生，在因果论者的眼里，一切都是必然的，因为小到某一时曾被女售货员奚落一句，某一时曾想做个飘飘然的梦，都是严酷的因果锁链中注定了的。但同样一件事，由旁观的"论"而转为主观的"感"，那就会成为"机遇"，不是注定。而说起机遇，是少一半可喜，多一半可怕，尤其想到差以毫厘，会谬以千里的时候。在这种地方，不管别人怎么样，我是甘居下游，尽一点人力，然后是听从天命，成也不吐气，败也不丧气。为什么忽然说起这些呢？是因为不久前，又有人对本篇标题所说昔日的府院有兴趣，找我作导游，而我，是由于多种机遇，自1931年起，到现在的1988年末，少断多续，出入于这个大院落的。年代多，大院落的变化很大，导游，指这指那，说是有黍离之感也许太重，总是不免于今昔之感吧。本篇就想以此为题材，说说这个大院落的今昔以及"之感"。

　　这个大院落，指坐落在北京景山之东一条街（旧名马神庙，民国后改景山东街，"文革"后改沙滩后街）西部路北高墙之内那个大方块，住户可分为早、中、晚三期：早是清乾隆前期的公主府，中是清末起的"国子学",先名京师大学堂,后名国立北京大学第二院(理学院),晚是50年代前期起的人民教育出版社(80年代分家,成为人教、高教两个出版社)。依时间顺序,由早的公主府说起。这位公主是乾隆皇帝的四女儿(纯惠皇贵妃苏氏所生)和硕和嘉公主。她生于乾隆十年十二月(公元1745年或1746年),乾隆二十五年(公元1760年,依旧算法为十六岁)下嫁大学士一等忠勇公傅恒之子福隆安,乾隆三十二年(公元1767年,依旧算法为二十三岁)逝世。乾隆二十五年下嫁,推想府必是乾隆二十年左右修建的,也就可以推知,这个大院落,巨型砖的高围墙及其中的不少堂、室,最后的一排两层楼,都是乾隆早期的建筑。说"不少",因为变为学校之后,曾有改建、增建的事。但是不很多。很多是到了70年代,人民教育出版社"休克"数年之后复苏,人多了,感到房子紧,于是也就维新,与老天争地,改平房为楼房。公主府的旧建筑跟不上形势,只好推位让国。这样,入大门中间一路,连带其左右,北京大学时的建筑,都被拆掉,前部改为工字形大楼,用作办公室和图书馆,后部改为两排五层楼房,用作宿舍;死里逃生的只有中间一处,原公主府的正堂,行某种礼仪时用,北京大学时期用作大讲堂的,改为食堂。西路后部几进大屋,原为公主居住之所,北京大学时期用作办公处,现在改为宿舍;前部原女生宿舍也拆了,改为两排三层楼房,也用作宿舍。东路后部的两座两层楼,北京大学增建的,靠北一座工字形的切去后半,其后还想都拆掉,据说忽而有了保护文物的什么文件，也死里逃生了；前部靠东墙改为锅炉房和浴室。总之，变化太大，现在走进大门，想领略一下府的旧迹，以至院的旧迹，不容易了。但是不管什么旧事物，想斩草除根也大难，远的，如周口店的北京猿人遗迹，近的，如大喊除尽的四旧，不是仍旧举目可见吗？

这大院落的可见旧迹，乱杂，零碎，由客观方面说不容易，只好改为由主观方面，着重说自己的观感。我住在北京西北郊，入城，是由西北往东南行，依路程之理，要由街的西口入。走进大院落之前也有可以说说的。一是路北第一个门，原北京大学的西斋，男生宿舍中面积大，牌号最老的，1904年所建，现在是门户依然，但已成为文化部的宿舍。再东行，也是路北，墙上还有个小门的痕迹，是原北京大学的女生宿舍，门口挂有"男宾止步"牌子的。再东行，原来的府门，北京大学第二院的大门，不见了，改为可以出入汽车的铁栅栏门。说起这个府门或院门，与我还有点特殊关系，是1931年夏投考这个学校，录取的榜是贴在这个门外的。东南角变化最大，1931年我入学时期，合二三人之抱的古槐还在，1933年（？）夏被特大的暴风雨连根拔掉，现在成为粮店，据说是讲了什么条件挤进来的。

入门，对面守在穿堂门外的两个石狮子，东、北、西三面的平房，都不见了，改为高楼，因而连眼也穿不过去了。绕到此楼之后，原来大讲堂前的荷池，靠西一半成为汽车房。原来立在池里的日晷，上部那个斜立上插铁针的圆石盘不知去向，下部那个大理石柱，四面刻有篆字的，曾见它躺在东路靠南那座楼的前面，后来也不见了。大讲堂内，上面的藻井还在，红色明柱也依然。西侧的耳房，许多名教授，讲课前在那里休息一会儿的，也还在，只是改为工人宿舍了。大讲堂后，原来东、北、西三面都有房，北房高大考究，北京大学时期用为宴会厅，当然都不见了。最可惜的是宴会厅后，坐北向南十间（？）两层的砖木建筑，俗称公主楼，也拆了。这样的楼，就是《红楼梦》第六回贾蓉借玻璃炕屏，凤姐教平儿拿楼门上钥匙去取的那一种，北京已经剩很少几处，只是因为它"老了（货真价实的乾隆早年建筑）不中用"，就轻易地判了死刑，并立即执行。

西路后半枝干犹存，只是由清爽变为杂乱。三进主房，最前一进是原北京大学校长室，蔡元培校长等曾在这里办公，大致还保留原样，现在成为宿舍。其前偏右有个圆形上有伞顶的房子，我上学时期是招考最后定取舍的地方，也还在，也成为宿舍。再往前，原来的女生宿舍，是不久前拆掉，改为前后两排三层楼房的。

东路简单，剩的遗迹却不少。两座楼，都是两层，靠南一座口字形，靠北一座工字形，推想都是改为京师大学堂后所建，到我上学时期，口字形楼是数学系，工字形楼是生物馆。先说口字形楼，与我关系不深，却时间早，因为投考报名，就是在它南面的廊下；其后，到大讲堂上普修课或听讲演，总要从它的右侧擦过。至于工字形楼，那就关系深了。不是上学时期，记得那时候只进去一两次，一次是看什么陈列，上楼直向东一室，迎面是周口店北京猿人头盖骨化石的模型。关系深是从50年代早期起，大概是1953年吧，是很热的时候，我随着出版社，由西城郑王府（中央教育部所在地）迁到此楼来工作，直到1969年夏末奉命往干校才离开。十几年，眼看字，手拿笔，心里不安宁，因为苦于不知道明天会怎么样。果然就不能再继续下去。万没想到，十年之后，旧府旧院大变之后，我又走入此门，过眼看字、手拿笔的生活。其时我住在郊区，往返费时间，需要在大院落内有个下榻之地。到1981年夏得到，在这工字形楼的楼下，入大门左拐再左拐，窗向南的一间。屋上下很高，还可以想象昔年作教室的情形。我没有孟老夫子四十不动心那样的修养，有时难免有些感慨，因为抚今思昔，恰好是半个世纪。在这间屋里一共住了七年，春风夏梦，可怀念的不少。但记得最清楚的还是面壁时的岑寂，见夕照，闻雁声，常有风动竹而以为故人来的怅惘。幸或不幸，总算都过去了。

在这个大院落里，我也经历过一些不快意的事。由浅入深地说说。其一是多次受命迎接外调，总得依时风，低头，静听威吓加大骂。其二，大概是60年代后半的中期吧，我也加入被专政的行列，字不看了，笔不拿了，废物利用，改为负责清扫公主楼前的院落。这工作比写稿改稿轻松得多，只是可惜，心为"斯文扫地"的旧观念所蔽，总有些不释然。其三是"文革"的风刮得最猛的时候，一些所谓"好人"早请示、晚汇报，我们不少所谓"坏人"，由好人监督，早晚两次，齐集在大门之内，面北，向至高无上请罪。大概是借了认罪的光，我居然就活过来，而且，到1987年，也是在这大门之内，又居然得一纸编辑出版有贡献的荣誉证书。人生如戏，看开了也就罢了；但我仍不免于有今昔之感，算算，一晃，二十年又过去了。

我的琉璃厂今昔

这个题目，"我的"两个字最重要，去掉这两个字，文章就不好作了。幸而早已有人作过，那是写《贩书偶记》等书的孙殿起，琉璃厂通学斋的有"实"学的主持人，喜欢考史，于几十年前辑了《琉璃厂小志》（作古后由别人整理出版）。这本书的大优点是繁而杂，繁是有闻必录，杂是连类而及，如谈旧书，就走出琉璃厂，兼看看隆福寺、东安市场等地。优点还可以分类说。一是旧闻多，凡是散见各书之有关琉璃厂的，如李文藻《琉璃厂书肆记》之类，都收了，这样，想了解琉璃厂，就用不着东翻西检，有这一本就够了。二是有很多材料不是来自书，而是来自他自己的所见所闻和所记忆，这是最珍贵的史料，因为放过就会湮灭，即以《贩书传薪记》那部分而论，所记的有些人，不见经传，我还熟识，见到就感到特别亲切。三是所收游记、诗词之类，可以作为卧游之资，那就还有考史以外的价值。但这样一来，我就有如前行有虎拦路，只好绕道走，着重写"我的"，以表现另一时期的琉璃厂的今昔变化。想分作三个段落谈，一是三四十年代，二是50年代到60年代前半，三是"文革"之后。

先说第一个段落。1931年夏，我念完通县师范，无路可走，到北京考大学。心目中考两处，北京大学和师范大学。北京大学考期在前，发榜也快，侥幸录取，乐得牺牲一元钱的报名费，可以入师范大学的考场而没有去。人生的旅程有如实际行路，岔路口，走上一条，前面的景象就与走上另一条迥然不同。且说北大与师大的两条路，可以推想，千差万别，一言难尽。其中很小的之一属于地理方面，包括远近和方便不方便。扣紧本题说，入北京大学，我就有住北河沿第三院宿舍的机会，离东安市场就近了；入师范大学，校址在和平门外路西，原琉璃厂的琉璃窑所在地，到后期书业集中地的琉璃厂，出校门往南，不过一箭之地。简而言之吧，我因为没入师范大学，与琉璃厂的关系就难得亲近，或者说，只能间或走走而不能朝夕流连。间或去，目的可以分为两类，一类是平时买笔墨之类，一类是旧历正月逛厂甸。先说有目的的买。穷学生，没有乾隆年间四库馆中人查书的需要，没有搜求善本的财力，所以到琉璃厂，很少走进书店，偶尔进去看看，也很少买。买笔墨等用物的时候比较多。笔买贺莲青或李玉田的，七紫三羊或五紫五羊，一支不过两三角钱，店里人还管挑选，捻捻毫端，看看，才递给买主。墨买胡开文的，五百斤油，黑而亮，一支也是两三角钱。三家都在东琉璃厂。古董店，旧墨不少，听说有点地位的文人、书人、画人都用旧墨，乾隆年的，一锭一二元，也不很贵，我们不敢问津。笔墨之外，记得由书店买过几种书，其中一种是《永怀堂古注十三经》，七七事变战火中失落了。还买过碑帖，现在

158

居然还有残存，如二爨，《谷朗碑》《嵩高灵庙碑》，大概都是看康有为《广艺舟双楫》时候买的。

再说逛厂甸。由老北京看，厂甸也是庙会的一种，定期，男女老少都去，有卖有买，可吃可玩。由书生看就不同，比如外城广安门外有个五显财神庙，庙会期在旧历正月初二，经商之家必去，书生就很少去。厂甸庙会不拜神，会期长，由正月初一到十五，有些人却天天到。原因之一是展出待价而沽的是古旧书籍、古旧书画以及古董等；之二是货多，勤换，天天有巧遇的机会。以下具体说"我的"，记得是由1932年起，每年会期平均去两三次。路程是由北而南，出和平门。出去不远，路中间是席棚，向南延伸很远。里面挂满旧字画，据说名家款的，几乎没有真的。索价不一定，也许几十几百，三两块钱就成交。我这样的既无眼力又无财力的人当然不敢过问，所以总是走马看花，一穿而过。席棚北端往南不很远，两旁都是背墙面街的书摊，整齐大部头的不多，因为意在清除丛残存货。但是反而容易发现罕见的，所以摊前总是不冷清，其中还有不少戴花镜的老朽。我也买到一些，其后有的散失，剩下的一些混在丛杂中，辨认也难了，只有一种，《粤雅堂丛书》本《苏米斋兰亭考》二册，日前偶然见到，已沦为一旧砚之座，记得确是逛厂甸时候买的。厂甸庙会海王村内（今中国书店）为古董摊集中地，其东火神庙内为珠宝玉器摊集中地，那是供应另一类主顾的，与书生无关，只好不谈。

以下转入第二个段落。自1949年革故鼎新，琉璃厂变化很大，庙会渐渐消亡，书籍、书画、古董等商店渐渐减少、归并。我前往，目的和行程由前一段落的杂化为单一，具体说是只到东琉璃厂一家，路北专经营旧书画的宝古斋。我不能书，却喜欢看法书，其时这类旧物还不很少，价不很昂，有时货合意兼价合意，就买一两件，拿回欣赏，也可算是遣有涯之生的一种妙法。画当然也好看，但价高得多，只好看而不买。店里有一位店员名张有光，是我的同乡，重乡里之谊，我隔些时候去，他总拿些价不高的新进货给我看看。这里插说几句，书画和人一样，也有走运不走运的分别，比如伊秉绶和刘石庵，都有大名，伊的字就贵得多；又如郑板桥和高南阜，就字说，我看还是高的较好，因为骨多而少造作气，可是郑的贵得多。还是回过头来说交易。因为是国营了，话说得实在，比如"真的，没问题"，"有人看真，有人看假"，等等。又一个好处是，已经定价的就言不二价。这样，有如钓鱼，只要有耐心，日子多了，也就可以钓上几条，纵使都是三两二两的。但只要不是想贱买贵卖，而是想遣有涯之生，三两二两的也未必不如三斤二斤的。比如都是经张君之手，我买得的姚惜抱恭楷书札，高南阜左手书札，梁山舟为吴山尊书前后《赤壁赋》，翁方纲为张廷济书藏器题跋，曹贞秀书刘改之词扇面，归懋仪书自作诗扇面，虽然在收藏家眼里都算不了什么，我却觉得颇有意思。

最后说第三个段落，"文革"之后。"文革"中，琉璃厂所卖，十之十是四旧，在应除之列。除的结果是灭亡，至少要销声匿迹。70年代末，风有变，对四旧的评价渐渐大变，由应除升迁为应保护的文物。然而可惜，到想改阶下因为上宾的时候，连囚也难于找到了。但恢复仍势在必行，一是这属于精神文明，二是外国人珍视，可以换外汇。于是行回生之道。其中的大举是改破旧平房为宫殿式，中举是恢复老字号，小举是开货之源。三举，最后一举最难，一是大除之后，死里逃生的已经不多；二是有文物什么法，值得保存的不许卖。这结果，——还是说我的见闻吧。先说"货价"。还是80年代早期，我过琉璃厂，顺便到中国书店看看。从架上抽出两本一部的线装书，看着眼熟，知道是我的故友李君物，"文革"初被运走，落实政策时，他儿子以平均一本一角的价钱卖给中国书店的，已升到一本五元。碑帖的价就更可怕，如郑文公上下碑，拓裱都平平常常，已升到过千元。再说"货质"。80年代前期，我陪伴也有砚癖的王、刘二君往庆云堂楼上看旧砚。货不少，明码标价，最少的一方一百元，最多的一方五千元。看完，二君问我的观感，我说没有一方可要的。还可以说说"货的真伪"。一两年前，听说响应开放，古书画也卖了，一个年轻人有兴趣，约我一同去看。我们看了两家，虹光阁和宝古斋。挂出的货不多，绕场一周，见到很伪的八大山人，价八千，很伪的王石谷，价五千，万没想到连清末民初人的字，如陈宝琛、邵章之流，竟也有形而无神，可是定价都是六七百元。我只好一笑走出来。

近几年，我往琉璃厂，常进去的一家是荣宝斋。十之九是买纸。也有个小笑话，是住在晋南的玄翁来信，托买六吉宣。我赶紧去荣宝斋，正好一位年老的售货员在柜台内，我上前说明来意。那位很幽默，先反问："您说的是什么时候的话?"我识趣，答："前些年的。"想来是话投机，他笑了笑，说："您有什么就买什么，别说前些年的话了。"于是买了净皮，不再要求六吉。顺便说说，荣宝斋还卖今人字画，大概是80年代初，启功先生的字一幅售价二百元。我少见多怪，看见启功先生，开玩笑说："您知道您的身价吗?"他说不知道。我说已经涨到二百，他说："两毛您要吗?"我说："不要，因为要您的字，我还没花过一毛钱。"不想又过了几年，连续有人告诉我，原来二百那样的，已经涨到六千。真贵加上其他的假和次，也贵，再加上外围的宫殿式，其总和就成为可怕。但是我不怕，因为我有战略战术，不是取自孙武子，是取自勤于治水的大禹王，三过其门而不入是也。

隆福寺

　　我的老同事王泗原先生永远不看电视，理由说过，我没注意听。他看戏，也许因为戏里的人有血有肉，电视上的没有，在"渐近自然"方面有高下之分吧？王先生同时是我的畏友。小畏是他的治学，深入而精粹，不吹吹拍拍，华而不实。大畏是他固执，严谨，有所信必坚持到底，有时近于违反常情也不在乎。畏，就因为有不少我认为可学的，我学不了。大事难说，说小事，如看戏与看电视间，我和他就正好相反。我也有理由。一是经济。看戏要先去买票，至时到场，都要挤车，还有，万一看到半路觉得没意思，会感到冤枉。看电视就没有这些麻烦，足不出户，不愿意看，手指一按，关上了事。二是可以开开眼，见识一些新事。如时装表演，霹雳舞，等等，我虽然无欣赏能力，知，较之不知总当近于现代化吧？且说电视上看到的新事之一是隆福寺的再变，由人民市场变为隆福大厦。楼很高，有电动阶梯助人之懒，货当然很多，只要有钱，据广告说，是有求必得。有求必得，而且是在不举步可上楼的大厦中，推想这在热心现代化的人的心目中，是"齐一变，至于鲁，鲁一变，至于道"了。是否真就至于道，

163

我没去看，不敢说，也可以不管。我想说说的是这一变再变使我记得的一些旧事都化为黄鹤，飞去而不复返。这旧，不是几年前的道之前的鲁，而是半个世纪前的鲁之前的齐，即隆福寺是寺而不是市时候的情况，地道的东京梦华之类，也许有好事的年轻人愿意听听吧？

三句话不离本行，由书说起。书有新旧之分。新与旧，那时候与现在，意义不尽同。那时候旧书有广狭二义：广义指昔人所作木板刻印的线装书，反之为新书，指近人、今人作的铅印的新装书；狭义指广义的新书中有人用过的二手货，即书商由读书人手中买来又上架出售的。现在所谓旧书是用那时候的狭义，因为广义的已经成为古董，一般人不敢问津。那时候说旧书，多用广义，所以讲书业的集中地，总是说：旧书，一是琉璃厂，二是隆福寺，即隆福寺街；新书，一是东安市场，二是西单商场。隆福寺街旧书店不少，孙殿起《琉璃厂小志》第三章"附隆福寺及其他"部分有较详细的介绍。我上学时期已近于强弩之末，印象深的只有三家。两家大，一是路北的文奎堂，一是路南的修绠堂，都在寺门之东。一家小，名三友堂，在寺门稍偏西的对面。大的两家书多，气派大，也许由于店大欺客吧，连是否从那里买过书也不记得了。三友堂买过，还记得两种。一种是玉勾草堂本《杜工部集》，巾箱本，只校异文而无注。一种是《阅微草堂砚谱》，徐世昌印，与《清仪阁砚铭集拓》合为一函。而万幸，这两种都闯过秦火，现在还卧在书柜中。

售精神食粮之外，售物质食粮的店铺也有值得说说的。大众化而名声也大众化的"灶温"在寺门稍偏东的对面，以卖面条闻名。面条名一窝丝，形容其细，调料是碎块烂肉，合起来名烂肉面。余生也晚，更遗憾的是余生也懒，30年代早期竟没有去尝。40年代早期亡羊补牢，去过一次。店里人说，温师傅还在，年纪太大，不上案了，再有，面质量差，也抻不了那样细了。不过既来之则安之，只好吃一碗名为灶温实非灶温的面而返。还有一家不大众化的，在街东口内不远路北，名福全馆，包办酒席，有戏台，可以办堂会。我穷而无位，没有机会去吃。大概是40年代早期吧，某巨公在此庆祝什么，有堂会，演空城计，余叔岩扮王平，杨小楼扮马谡，小报大事渲染，我也得耳食一次。现在是，灶温迁往东四北大街，其他都消灭，原址或翻修或不翻修，改为卖时装或冷饮了。

街指寺之外。应该着重说寺之内。旧时代，北京内城东西有两个大寺，东为隆福寺，西为护国寺。护国寺建于元朝，时代更早，有姚少师（广孝）影堂，土坯殿，古迹更多。隆福寺建于明朝，古迹不多，却有个著名的木雕艺术珍品，三宝殿藻井（天花板）。这藻井实物，我只从门缝看过；见过照片，确是很美，稀有。三四十年代，寺内建筑虽尚存而破旧，北京土著没有人去看。但东城人免不了要去，分两类，买家常用物的是间或，吃吃玩玩的是常常。这是指去逛庙会。旧时代，北京长年有定期定地的庙会，九十一二隆福寺，三土地庙（在外城，今之宣武医院），五六白塔寺，七八护国寺。至于庙会的情况，半个世纪以前我介绍过，这里偷懒，抄可参考的一些。

记庙会颇难，因其太杂。地大庙破，人多物杂，老远望去就觉得乱嘈嘈，进去以后，更是高高低低，千门万户，东一摊，西一案，保你摸不着头脑。……赶庙会的买卖人是既非行商，又非坐贾，十天来一次，卖上两天又走了，正像下乡的粥班戏，到了演期，搭上台子，就若有其事地吆喝起来，等到会期一过就云飞星散。庙会末天的晚上，他们或推车，或挑担，离开这个庙，走到另一个庙，地方总新鲜，人与货仍是那一群。庙会里货物的种类可真多，大至绸缎古玩，小至碎布烂铁，无论是居家日用，足穿头戴，或斗鸡走狗，花鸟虫鱼，无所不备。只要你有所欲，肯去，它准使你满意。而且价钱便宜，不像大商店或市场，动不动就是几块钱。庙会的交易时刻是短的，从午后到日落，此时以外没有人去，去也没有人卖。时间短而买卖多，所以显得特别匆忙。人们挨肩挤背地进去，走过每一个摊，每一个案。庙会的东西很少言不二价，常去的人自然知道哪一类东西诳多，哪一类东西诳少，看好了，给一个公道价，自然很快成交。……庙会专为住家而设，所以十天中开上两天也就够了。住家中有老少男女，色目不同，趣味各异，庙会商人洞明住家情形，预备一切住家需要的东西，不管你是老翁，稚子，或管家的主妇，将出阁的姑娘，只要你去，它准使你有所欲，或买或玩，消磨半日，眉开眼笑地回去。

（《北平一顾·北平的庙会》）

166

彼时我的住处离隆福寺近，记得结伴游过几次庙会。一进寺门是古玩摊，珠光宝气，不懂，不敢问价。往前走，是卖各种用物的，即使不买，可以看看买东西的男女老少，几乎是清一色的老北京。再往前走，是可吃可看的，即各种小吃，各种杂耍。记得总要在豆汁摊上坐一会儿，喝一两碗，以享受自己也成为老北京的优越感；还有个优越性，是喝完算账，一个人不过几分钱。

庙会什么时候绝灭，我不知道；只记得50年代中期我去，三宝殿还在，已经是人民市场，天天营业了。我去，是因为那里有两个摊，卖旧砚。靠北一个摊在路西，摊主名李万通，五十上下岁，一个伙计，三十上下岁，恍惚记得姓张。这个摊大本营在琉璃厂，这里设摊，专卖砚。物美者不多。我去过不少次，只买得一方，明坑，蕉白，很好用。靠南一个摊在路东，不专卖砚。人也多，记得其中一位是原在后门桥南路西开品古斋的齐长顺。因为不专营旧砚，物美而价尚可者更少。有一次，是"文革"前一年左右，我去，齐君拿一方砚给我看，说可以看看，有人让留一下，他不要才能卖。砚为端石，清初坑，石不薄而制为轻的行砚。背面有恽南田的铭，还记得末尾是，"伴我诗，伴我酒，伴我东西南北走，仍不嫌我丑"。款署"云溪外史"。像这样的旧砚，石质，做工，年代，铭文和书法的风格，都看不出破绽，属于可真可假（良砚工照真品做）一类。价也属于可真可假一类，三十元。我说如果那位不要，我可以要。过几天去问，说那位要了。我问是谁，小声告诉我，是邓拓。其后不很久，这位邓公随着三家村倒了，这方砚有康熙年间的铭，十足的四旧，下场也就不可问了。

　　"文革"之后，寺内的商业建筑一再增多，一再升高，终于成为大厦，出入大厦的人成为五方杂处，不要说三宝殿及其藻井，就是喝豆汁、看小戏、买锅盆碗箸的老北京味儿，也就再也找不到了。

农事试验场

　　我住北京半个世纪以上，拆城之前，内城九门，外城七门，除左安门以外，都出入过。专说出，印象最深的是西直门，因为可游的地方不少，并且曾多次往游，有些景象至今不忘。这可游的地方，可以分为远近两类。远的，如颐和园、玉泉山、香山、卧佛寺，以至更远行，黑龙潭、大觉寺、妙峰山等，都是，一部二十四史，无从说起。这里专说近的。近，指西直门外一带，以高粱桥起西行的长河为中心，其前（即河之南）是农事试验场（今动物园），后是长河堤岸、极乐寺、五塔寺、万寿寺。五塔寺荒凉，没有什么可看的；万寿寺较远还是小事，大的是有富贵气，进去心情不轻松。春天，长河堤岸看士女踏青，儿童放风筝，极乐寺看海棠，也有诗意，可是境地嫌敞嫌小，都不如农事试验场。所以当年有暇，结伴作近郊之游，几乎都是出西直门，直奔农事试验场。还要加说一句，往农事试验场是郊游，那里游人很少，有野意，不像北海、中山公园，在城内，游人较多，而且有衣冠裙钗气。

　　由前往说起。出西直门，当然要先到西直门。可以利用公共交通工具，只有一种，是由天桥到西直门内的有轨电车，或称一路，或称红牌。与现在相比，坐那时的车有优越性，是人不多，因而也就没有挤不上去的情形。如果自己有自行车，骑车前往更方便，同现在一样。我属于无车阶级，所以前往总是坐电车。那时候不喊环境保护，因而噪声没有人管，有的电车司机有招摇过市的兴趣，就大踩其车铃，于是车就在连续的当当声中前进。这也不坏，可以理解为宣告出游确是一件不平常的事。到终点，下车，离门洞已经不远。西直门有瓮城，出门洞之后，入目的是个不很大的方形砖城，西面上有城楼，南面下开门洞。出这个门洞，南望是一条无尽的城墙，这使人立刻感到，出城了，已经到了开放的郊外。然后向西转北，绕瓮城半面，再向西才是西直门外大街。西行不远，往北有一条路，是通往高粱桥、海淀以及西北郊诸名胜的大路；往农事试验场要直向西行。西行，先是一大段不繁华的街市，到尽头（今展览馆略东），是一小段野地，再到尽头，就是农事试验场围墙的东南角，墙内柳枝摇曳，不久就可以买票入门了。

说起这片园地，也是历尽沧桑，由来远矣。见诸文献，最出名的是乐善园，据乾隆年间吴长元作的《宸垣识略》，是"旧为康亲王园亭"，推想是清朝早年就有，乾隆年间改为皇家花园的。吴长元详记园内的建筑和景观，可见那时候还是繁荣完整的。可是到清末震钧作《天咫偶闻》，就说"（长河）南岸乐善园久毁"。推想园是在今动物园东部，因为西部，就我所知，还有乾隆皇帝堂兄弘景的邻善园。而说起这个花园，也颇可勾引不少红迷大发思古之幽情，盖弘景于乾隆四十二年（1777）死后，其公子永珊继承，不久就把它赠给明义，改名环溪别墅。而明义，就是著《绿烟琐窗集》，内有题《红楼梦》诗，竟多到二十首那一位。乾、嘉之后，据《天咫偶闻》，今动物园西部还有个可园，俗称三贝子花园，是否即环溪别墅的后身，就只能由有考证癖的人去详考了。且说北京人有个特点，或说优点，是不忘旧，比如阜成门，门楣上明明写着，可是交谈，要说平则门。依此例，农事试验场的大牌子在门口挂着，老北京还是说三贝子花园。老新党也有说万牲园的，推想是东部于清末豢养各种动物之后，曾经叫这个名字。总之，农事试验场这名字并不通行。

还是不管胜国的古，只说也可以称为古的我见到的今。第一次去看，大概是20年代后期，门口收票的那位特大的大人物还健在。他是北京一景，逛北京的不可不看。据我的知见所及，连古和外都算在内，身量之高，他是第一位。记得前些年，什么报上曾介绍他，我一时懒怠，没有抄存，现在是不只身高，连姓名也说不上来了。只好说印象，其时收票的是两位，这位特大人物总是站在西偏。东偏的一位也是巨人，可惜对面那位太伟大了，于是他就成为小巫见大巫。专说西偏那一位，是游人离很远就会大吃一惊。惊的程度，是大到用夸张的话形容也很难，除非到僧寺那里去求救，说他像天王殿内风调雨顺那四位中的一位。但他既朴实又和善，所以我买了入门票，总是愿意走向他，手上举，把票放在他前伸的掌心里，以过我的又接近一次伟大人物之瘾。

多去游，是30年代末到40年代初，经常与墅君结伴。入门，我们总是先东行，过名为"观鱼"的小桥，到豢养动物的地方看看。记得清楚的是最先看到的鳄鱼和东部象房里的大象。鳄鱼，不大，蜷伏在室内一个小池旁，死气沉沉。大象，身量高大，看来老了，孤独地立着，摇头，一足上有铁链，难得多移动，使人有英雄末路之感。

看动物是顺路性质，一会儿就北行而西，到游人照例要到的地方，豳风堂，牡丹亭，畅观楼，等等，或小坐，或登临，以完成随喜的任务。

说随喜，因为我们来游，是依照蔗境日甘的原则，时间和兴致的绝大部分放在后边。园西部有一片田园，种多种庄稼，多种果树。记得一个初夏的上午，麦田已经由绿趋黄，我们曾坐在麦垄间，闭目听布谷叫。这使我们想到世间，觉得它既很辽阔又很狭窄。比田园更可留恋的是溪水夹着的土冈，冈上的丛林，我们经常是在那里闲坐，闲谈，看日色近午，拿出带来的食品，野餐。丛林中，春夏秋三季景象不同，以秋季为更有意思。布谷鸟早没有了，草丛中却有大量的蟋蟀，鸣声总是充满凄楚。这使我们又想到世间，但不是辽阔和狭窄，而是太短促了。

说短促就短促，一晃到了80年代，事过境迁，大块劳我以生，我简直把农事试验场忘了。有那么一个星期日，不知什么原因，孩子们说已决定全家游园，更不知什么原因，不游较近的颐和园而游较远的动物园。我只好随着，故地重游。目力不好，看远处模胡，近处，除人以外，几乎什么也看不见。好容易挨到西部，搜寻，昔日听布谷叫的麦田，听蟋蟀鸣的丛林，都不见了，野意和诗意换为摩肩接踵。好容易挤出大门，到昔日伟大人物收门票的地方，才松了一口气。其后就没有再进去。想把这变化的情况告诉墅君，可惜嵩云秦树，通信地址也不清楚了。

药
王
庙

　　也许由于有较深的贵远贱近的陋习吧，我常常想到过去。舍不得，但时间铁面无私，终于都过去了。补救之道是以记忆为资本，想想，如果有人肯听就进一步，说说，以争取阿Q式的胜利。所想或所说，当然最好是比较远的，于是就想到药王庙。

　　药王庙是我的家乡镇立小学的所在地，在镇的西北角。我们村在镇西一里，人家不多，没有学校。民国初年，我六七岁的时候，到那里上小学。一天往返两次，都是取道村北。大概有一里多路吧，出村向东北望，可以清清楚楚地看见庙门和钟鼓二楼。在我们那一带，药王庙是个大建筑，坐北向南，有三层殿。前殿供着大肚子嘻嘻笑的弥勒佛。走过前殿是个大大的院落，我们称为前院，东西对立着两层的钟鼓二楼。中层正殿是全庙的中心，高大宽敞，前面还有方广的砖陛。殿内坐着药王的金面塑像。塑像背后，隔一层板壁，面北立着韦驮的塑像。正殿之后是后院，左右有两棵很老的槐树，夏日浓荫遮天，常由上面垂下俗名"吊死鬼"的槐蚕来。后殿三间，正中供着坐在大莲花里的菩萨。后院有东西厢房，改作小学的教室。后殿西侧有北房两间，是老师的宿舍。正殿西侧有南房两间，是看庙道士的住所，兼作烧开水的茶炉。

这庙是什么时候创建的，也许有碑文可查，可惜那时候我还没读过《碑版广例》之类的书，对于石刻等等不怎么热心，以致视而不见。但它是一座古庙却是无可置疑的，残旧且不说，就是传说也很有出色的。譬如说，正殿前有个铁钟，坐在泥地上，不很大，样子也没什么稀奇，可是据说，这是很早很早以前，发大水，菩萨骑着它来的。另一个传说，庙里住着一条大蛇，左近的人不只一次，看见它身子缠在钟鼓二楼之上，伸出头，到庙前的水池里去喝水。我那时想，这样的蛇，身子总当有大缸那么粗吧，很怕，却又颇想看见一次。但是不凑巧，始终没有遇见。蛇，庙里确是有，几年之间，也见过几次，但都不过二三尺长，像大指那样粗，而且并不胆大，看见人，总是惶惶然地钻到洞里。可怕的小动物之中，最多的是蝎，记得一个夏夜，我们几个学生提着铁桶，沿着墙根走，只是在后院转了一圈就捉到五十多只。

我的启蒙老师姓刘，是镇北五十多里县城以东某镇的人。听说中过秀才，所以在农民的眼里，是比"白丁"高贵得多的。也许就因为有这个资历，所以身量虽不雄伟，态度却非常严肃，即所谓不苟言笑的。秀才到"洋"学堂讲共和国教科书，这是大材小用，有点类乎公主下嫁蛮夷，推想心里总该有些不释然。果然，我们上学不久，他就劝我们一些人搬到学校里住，夜里他可以给我们讲点四书。我们不知道四书中还有什么治国平天下的大道理，反正老师既然要发愤忘睡，总当是好的，我们有些人就搬去了，住在菩萨大士的东隔壁。此后，老师吃过晚饭，就在西厢的教室里给我们讲四书。现在想，老师的教法颇为奇怪，一是不从《大学》开始而从《孟子》开始，二是不先背诵而先开讲，这或者就是维新吧？这样，从"孟子见梁惠王"起，老师一章一章地讲下去，我们一章一章地读下去。很抱歉，我们竟不像老师那样感兴趣，有时反而觉得有些厌烦。这倒不是对孟老夫子有什么意见，——说实在的，孟老夫子的话，我们觉得有些是很有风趣的。譬如"寡人好色"，我们当时眼中的大人都不肯说，而孟子说了。又如滕文公的爸爸死了，听了孟子的话，如此如彼一番，结果是"吊者大悦"，这就使我们像是看到一个戏剧的场面，觉得很好玩。我们感到厌烦，原因很简单，是发困而不得睡。老师讲书，正颜厉色，何况又是出于尽责之外的好心，我们当然不愿也不敢显出困倦的样子。但是睡魔偏偏不留情，常常是老师讲得兴高采烈的时候，我们的上眼皮就慢慢垂下来，说不定头还会突然地点下去。这很怕被老师发现，于是就想个主意，隔一会儿用墨盒向眼皮部分擦一擦，希望借此可以清醒一下。这个办法有些功效，但是作用不大，所以"如临深渊，如履薄冰"的心情还是难免的。我们最希望晚上老师来客人，那是镇西边不远另一个小学的老师，他一来，晚上就不上课了，我们如鸟出笼，皆大欢喜。"《孟子》者，七篇止"，我们读了一半或多一点，不记得为什么停了。四书读了不到一书！说到收获，却也不是一点没有，譬如考大学的时候，作文题是"不患寡而患不均，不患贫而患不安，试申其义"，我就利用当年的窖藏，写上"河内凶，则移其民于河东"云云，没有曳白出场，想起来是应该归功于秀才老师的。

这位秀才老师，借讲《孟子》宣扬圣贤之道；我们觉得，代圣贤立言的人当然是圣贤，至少必是躬行君子，所以对他总是怀有深深的敬意。但是有些事又颇使我们起疑心。主要的一件是对娶妻过于热心。也许是因为新丧了妻吧，老师鳏居了，不记得听谁说，正在有人给他作媒。这传说大概不假，因为看得出来，老师的心情是兴奋加一点点焦虑。不久，听说东邻的临时洞房找定了，接着是迎娶。据说女方是个寡妇，照当时的习俗，娶寡妇，行婚礼，男方要用秤钩把女方的蒙头红巾钩下来，然后第一次见面。结婚的时候不许我们去看，我们不上课，坐在屋子里想象老师迈着方步，举起秤钩去钩掉红巾，然后定睛相看旧新娘的样子，心里有些不自在。这是因为，那时候还没听到过"关雎，后妃之德"一类的大道理，以致认为这是男女之事，同老师的尊严很不调和。这怎么解释呢？总算勉强找到为老师辩解的理由，是"可一而不可再"。但是偏偏又不凑巧，老师的这个妻子，结婚不久就死了，接着找了另一个寡妇，很遗憾，那兴奋而焦急的样子，似乎比第一次更厉害。这使我们很惶惑，怎么也想不到，老师也会未能免俗。

庙里另一个重要人物是看庙的刘道士，那时候总不少于七十岁吧，我们都尊称他为"道爷"。他大概不是真正的道士，短短的白发垂在脑后而不束在头顶，也没见他戴过道冠，穿过道袍。这位干瘦的老人，态度是和善的，却不大喜欢说话，也许是不屑于同我们说话。只是有一次，我们在厕所的院里流连得太久，他有些不耐烦，就说："你们知道吗？县长拉屎都有急地，坐着轿，忽然让停住，下轿，噗哧，完了，即刻上轿，仍旧赶路。看你们，你们！"我们认为他的话是确实的。但我们不是县长，没有县长那样的要务，在厕所院里说说闲话又有什么关系呢？我们的县长因忙而择急地的推测，不久就得到证实，有一天，县长因公务下乡，到学校来休息了。老师率领我们列队迎接。在后院，我们看见一个中年人，白面长身，穿着绸袍，在正中走，左右簇拥着一些人。我们想，这当然就是县长了。他走得确是相当急促，但是走到屋门外却忽然停住，很轻捷地伸起一只脚，旁边一个人，想当是随从了，用布甩子熟练地抽了几下，然后伸起另一只脚，照样抽一遍，进屋去了。

在药王庙看庙是个美差。庙前后有一些田地，由道士自种自收，代价只是给老师做三顿饭。另一项收入是每月初一、十五，病家到庙里烧香时供献的供品和香火钱。再一项收入是卖秘方膏药的专利。这秘方膏药，其中一种药料是乌龟。每次制膏药的前几天，不知道从什么地方，道士就弄来一只乌龟，大约有碗口那样大，拴在后院西北角的墙根下。乌龟静静地伏在地上，两只小眼睛圆睁着看人。我们有工夫就围着它看。有的人还直立在它的脊背上，它坚忍地挣扎着。不知道谁从什么地方听来的，说乌龟可以用作柱础，只要让它面向西北，它就可以靠吸气而长生不死。我们不知道这是否确实，很想试验一下。可惜庙里没有修建房屋，而那个小乌龟，在院里瑟缩不了几天，就死于刀下，烂在药锅里了。熬膏药时候，一种奇怪的臭气使人欲呕，要多半日才能过去，我想，这或者就是乌龟对人类的无可奈何的抗议吧。

药王庙的生活是单调的。我们也看见过所谓"闹学"，年画上印着的，老师坐着打瞌睡，学生用墨笔在老师脸上画眼镜。但是我们的老师太严肃了，我们不敢。课堂里书声琅琅，空气却是沉闷的。破闷的唯一妙法是抢到出恭牌，到东小院的露天厕所去游荡一下。但是时间不能太长，因为后边总有不少人等着，还有，也可能被老师指出名来申斥一番。有个时期，不知道由谁发明，有不少人到厕所偷偷地吸起香烟来。烟是小鸡牌，盒子上印着一只大公鸡，一包十支，价钱最便宜。略贵一些的是海盗牌，盒子上印着一个西方武士，挂着一把军刀，我们称它为单刀牌。白白的一根纸棍，用火柴一点，一端就变红，用力一吸，向上一喷，一缕白烟就悠悠荡荡地飘上天空，很好玩。但是欢乐不久，扫兴的事来了，老师到厕所去，看见谁正在喷烟了。接着是老师怒气冲冲地坐在讲桌旁，大声呵斥："谁吸烟了？快说！"那个被看到的学生赶紧站起来声明："老师，我没吸。"老师冷笑了一声，说，"就是你，过来！"其后是用戒尺惩罚一番。这戒尺，是约一尺长的一根木板，光光的，平拍下去，打左手的手心，声音是清脆的。平心而论，老师惩罚学生还是偏于宽的，用戒尺训诫，不过十下左右，比起有些老年人所说，当年私塾里是让跪在砖上，头顶一碗水，或者用木棒打头，真是小巫见大巫了。

现在想，老师对于维新，也算尽了最大的力量，比如讲《孟子》在晚上而不在白天，训诫学生只用木板而并不罚跪。但是不知道是不是还是苦于赶不上时势，有一年春季开学，他不来了。推想是被辞退。接着学校就大举革新，沿着后殿往东建了新的教室，教室前面还竖起篮球架。新请来的老师是从师范学校毕业的年轻人，未必能讲《孟子》，却会念a、b、c、d、e；装饰也不同了，最显著的是脚上不再包一层布而头上加了油。道士也换了人。新来的一位姓宋，比旧的刘老道年岁小得多，世故却多得多。对于老师和镇上的士绅们，他当然是恭顺的，就是对于我们年级高的学生，也常常是客客气气，甚至不经意地称为"先生"。我们毕业的时候，他预言我们将大阔特阔，希望我们不要忘了他。过了一些年，我回家乡，曾经践约去看他。我没有阔，他却发了胖，听说由于很会修身齐家，已经由小贫升为小康了。

起火老店

几年以前的夏末，多年住在张家口的大学同学王君来信，说应该抓紧时间去游云冈石窟，不然，怕一再拖延，想去也办不到了。我同意他的高见。——还应该说佩服他的预见，因为几年之后，他有一次图近便，上街不绕行学校大门，继青少年之后，由施工临时拆的墙豁口上下，果然一滑就滚下去，住了很长时期医院，放还，只能借木拐之助由东屋走到西屋了。这是后话。还是回到几年前，是秋天，我由北京出发，到张家口住一夜，于次日过午，与王君登上西行往大同的车。当然不是一路无话，但说些什么早已忘记，只记得快到的时候他说，市长是他的老朋友，他不想找他，怕反而麻烦。我表示百分之百赞成。到站，下车，出站南行，迎面是个五层豪华建筑，牌子是什么什么宾馆。他问我的意见，我说太新，不想住。他说，那我们就往南，进城，找旧的。我心里盘算，北魏平城的风光自然看不到了，如果能找到个李凤姐当垆那样的酒馆，不是也很好吗？于是我们上了南行入城的公共汽车，言明想在城中心一带下。到了，下车，恰好路旁坐着一位老者，老者是总会同情老者的，于是上前说明所求，是找老店，越老越好。他说，再南行十几步就是城中心，往东是东街，过九龙壁不远，东门以内，路北有个店，可以去问问。我们东行，果然不久就找到，入门一个大院，都是平房，虽然还整齐，却不新，觉得好。到账房，坐着站着几位，都是妇女，知道是个妇女店。招待的办法也特别，先谈家常。问从哪里来，干什么的，多大岁数，到大同来干什么，为什么没有年轻人跟着，等等。我们说来看看云冈石窟。大概以为像我们这样的年纪，应该在家里坐以待毙吧，全屋人大笑。好容易才说到住宿的事，于是在一个本子上填写，填写完了，加问一句："在店里起火吗？"我们一惊，没想到80年代了，居然还有这样的老店。但没有经过再思，就据实陈述，说到饭馆去吃，不起火。

晚饭在附近路南一家饭馆吃，质量很坏。第二天早起，看看附近街巷，没有遇见李凤姐当垆那样的酒馆。不得已，只好现代化，找高级饭馆。承人告知，是西街靠近华严寺那一家。去试，门面，陈设，果然高了；只是可惜，饭菜的质量还是不佳，就是山西第一名菜的过油肉也是难于下咽。晚上，我们回到妇女起火老店，对床夜话，禁不住自怨自艾，说我们俩都胡涂："人家问起火不起火，为什么说不起火？"如果说起火，推想那些大笑的大姐大嫂们一定来指导帮忙，热热闹闹，弄两样菜，坐在店房里，佐以白酒二两，能够酒足饭饱且不说，此生还能到哪里去找这样的诗境梦境呢？但君子一言，驷马难追，三四天之后，我们只能怀抱着这个遗憾，连带下面的半空肚皮，与起火老店的大姐大嫂们作别，自西徂东了。

从那次以后，我才知道起火老店还有这个类型的。这大概应该算作正牌的，因为顾名思义，是旅客可以在这里起火，自己动手。自己动手有好处，是吃什么有较多的自由，而且可以合口味，省财力。但这样的优点并不是人人能利用，因为没有人力和技术就办不到。我和王君一无人力，二无技术，而想利用，起因有二：一是想取巧，推想我们这样的老朽下厨房，在这些大姐大嫂眼里是天外飞来的笑料，岂能放过，而一来，一看，大笑之余，必不免技痒，或说想显显，于是我们就可以让位，坐享其成了；二是对于上面提到的诗境梦境实在爱不忍释，于是就饥不择食，学有些聪明人，为达目的不择手段了。但是，再说一遍，遗憾的是只是想了想，良机错过，悔恨也无济于事了。

与大同这一家相比，另一个类型也许应该算作副牌的，也起火，只是不由旅客下手，而由店里人下手。旧时代，没有特快软卧，更没有波音747，出外，旅途难免劳顿，好容易熬得走进旅店之门，就不想再活动。于是起火的设备或措施就显露了优越性，问问店主东有什么吃的，三言两语，一会儿端来，热气腾腾，就真是宾至如归了。住大同起火老店之前，我只知道，也想象，只有这个类型的。知道或想象，根据的绝大部分来于旧小说。依厚古薄今之例，印象最深的是唐人写的。一处是在邯郸旅舍，为不得富贵而叹息的卢生，得吕仙翁的仙枕之助，做了五十多年的繁华梦，及至醒来，店"主人蒸黍未熟"，见于沈既济的《枕中记》。旅客在枕上酣睡，店主东在不远的地方蒸黄粱米饭，是地道的起火老店的风光。另一处，更可以引人入胜，是十八九的绝美女郎红拂，思想解放，学习卓文君，跟随李靖北逃，到灵石旅舍，忙里偷闲，解发梳头，虬髯客在旁边欣赏，"炉中烹（羊）肉且熟"，其后是李靖买来胡饼（今名烧饼），大家一起吃，见于杜光庭的《虬髯客传》。英雄美人在店房之内聚会，不远处羊肉就要出锅，也是地道的起火老店的风光。

记得什么人发过高论，人就是那么回事，算作劣根性也好，优根性也好，反正最欣慕的是自己缺欠的。我自然也未能免俗，出外次数不很少，旅店，住过各种形式的，包括高层的大楼，却总是希望，像旧小说所写，就是不能遇见吕仙翁，能够斜倚被卷，看看店主东蒸黄粱米饭的炊烟也好。可是事与愿违，一直找不到这样的起火老店。说来也可笑，还为此发过神经。一次是用放大镜，在影印大幅的《清明上河图》上找，结果失了望。又一次，在窗前晒太阳，却一阵神飞天外，仿佛经过一天的长途跋涉，日落之前，终于望见城郊的起火老店。于是旧病复发，诌五绝一首，是：严城遥在望，夕照满谯门。客舍青梅酿，今宵馨几樽？

这不是黄粱梦，是白日梦，所以比卢生更加可怜。想变可怜为安慰，于是挖空心思想，而万幸，就真想起一次，千真万确的实境。那是上小学时期，到县城去开观摩会。同行十几个人，由家乡起程，西北步行五六十里，当然很累。望见城垛口，已经是太阳偏西时候。平生第一次入城，北行，住在北门内路东一家旅店，是名副其实的起火老店。晚饭由店里人做，烙饼，熬肉片白菜豆腐，直到现在印象还清楚，是既味美，又亲切。夜里，睡在起火的火炕上，暖而偏于热。清晨早起，精力恢复，一齐上城，半走半跑绕了两周，然后下城吃饭。就这样，总有三四天吧，观摩完了，怀着恋恋之情，与这起火老店分别了。

一晃几十年过去，是前年，有偶然的机缘，又到县城。这一回是由西北向东南行，可以在上面跑一圈的砖城连痕迹也没有了，北门自然找不到。走到一条由北向南的街，同行的人说，这起点就是昔年的北门。路东有房，已经不见旅店。我禁不住想到当年的起火老店。连带地也想到大同的起火老店，那一次，有更多的获得劳顿后的温暖的机会而轻易放过，怨天，尤人，都无济于事，还是只能怨自己胡涂了。

记得在一篇什么文章里看到，北京的名石有三：一是青芝岫，在颐和园乐寿堂前；二是青云片，在中山公园来今雨轩前；三是青莲朵，在北京大学朗润园内。名列榜首的青芝岫，因为得地利，逛过北京的人差不多都见过。这块石以体大胜，横卧在基座之上，像个长圆的丘陵，既不玲珑，又不剔透。从考证学家的角度看，它有个优点，是大名刻在上面，可以使看客放心，保证无误。名列第二的青云片，前些年见过，而且不止一次。高也许逊于苏州留园的瑞云峰，而腰围过之。以佳人为喻，瑞云峰是赵飞燕，青云片是杨贵妃。优点有胜过青芝岫的，是确系太湖石本色，多孔，多凹凸。也是身上有刻名。名居榜末的青莲朵，不在可买票入游的园里，想看看就不那么容易了。——应该说大难。难的情况还有些蹊跷。我住朗润园，至今整整二十年，看到那篇文章之后，注意找过，所得是茫然。朗润园中，太湖石有一些，都没有刻字，由第一、二名有文字标志类推的办法行不通了。其次的办法是询之故老，而老不多，故尤其少，问过几位知天命以上的人，都说不知道。再其次的办法是依情理推测，即大而好、立在显要位置的可能是。于是比较，经过初赛复赛，只有两块可以参加决赛。一块在园的东北部，现在北招待所的东侧，高约三米，形状不坏，有几株柏树围着。另一块在园的西南部，石桥东的湖北岸，高约五米，体大而剔透。两块角逐，当然是后一块得冠军。青莲朵有大名，也许就是这一块吧？可惜没有文字的佐证。但可以找到个旁证，是周围有四块不高而大的石簇拥着，像是当作莲瓣布置的。治学，我受过乾嘉学派的传染，无征不信，这一次例外，证据不足，却信了。这湖北岸是我散步常走的路，因而与这块石就有了朝夕相见之缘。湖之南还有一个湖，莲花很盛，近几年奉行扩张主义，由窄窄的相通处侵入此湖，于是每到夏日，湖内的莲花就与这石莲花高低大小辉映。可惜今世已经没有周濂溪，我注意，不常有的过路人，老少女士，老的买菜，少的接送孩子，几乎都是直视而过，连头也不扭。湖内莲花，我不想管；这石莲花是我推定的，北京三名石之一，竟至如下台之"故李将军"，无人理睬，世态炎凉，未免可叹。

太湖石，装点园林，装点庭院，甚至只装点寒士的两三间小平房，都好，或很必要，是我的老友微翁的理论兼理想。可惜天不假之以寿，去年初秋作古，所居平房的窗前终于还是没有太湖石。又可惜我没有问过他有关太湖石的理论的根据，现在想评价，就只能凭自己推想了。推绎好之理，由巨而细。其一是可以表示主人身在朝市而有潘岳的江湖山泽之思，正如爱竹之何可一日无此君，得之便雅。这是道家思想，奇怪的是，炎黄子孙，连宋徽宗、贾似道之流也有而不少。但事实是舍不得朝市，或入不了山，怎么办？只好让山林来就我，其家大业大者是运大量石块，堆成假山；小者无此大力，那就找一块太湖石，或大或小，立在庭中，茶余饭后，夕阳影下，面对凝思，做白日梦，觉得真就入山了。自山林而下，其二是米颠一流，确是能于石的奇形怪状中看出美，于是而爱，甚至拜。其三是如现在之着高档时装，吸高级烟，喝高级酒，为的显示自己有钱的身分，即阔绰，因为太湖石不像柴米油盐那样触目皆是，价钱是颇为可观的。

何以价昂？据说北京的太湖石，查历史，都来自宋徽宗时期，朱勔到江南采的花石纲。石运到汴京，在城东北隅堆成山，名艮岳。这位能书善画兼嫖娼的皇帝，也未能打破腐必亡的历史规律，连带儿子钦宗，成为金兵的俘虏，辗转到东北五国城，冰天雪地中苟延生命去了。金人，也依照历史规律，打胜了，喜欢什么抢什么。看见太湖石，觉得也好玩，于是就运到现在的北京，多数皇家要，少数王公要，石比人寿命长，所以直到现在，我们在北海等地还能见到。这样说，查清历史之后的太湖石，由拥有者看是豪华风雅的延续；由小民看就不完全如此，还杂有上的压榨和下的血泪。

这压榨、血泪的想法会引来有关看古物或玩古董的一些疑虑。古物都有历史价值或文化价值。这价值的意义还可浅可深。浅是看看老家底，明白我们所自来。深是鉴往知来，即日光之下并无新事，可怕；或更进一步，取长舍短，即尽人力，求苟日新，日日新。赏玩就不这样单纯，因为要适应自己的感情，主观成分多了，躲不开爱憎甚至悲喜。举个最极端的例，食具和刑具，古物中都有，前者的菱花镜，可以登大雅之案，人人，尤其男士，看见，想象其中的情影，心爱；刑具的桎梏就不成，大概酷吏传中的人物也不会把它请入书斋和客厅吧？物有所用，就会唤起用以及用之人等等的联想。再举个诛男书呆子之心的例，他们都爱砚，尤其古砚，假设有二古砚，年代皆明末，一是史可法的，一是叶小鸾的，言明可任取其一，也许十之九取叶小鸾而舍史可法吧？本之此理，或本之此事实，古物，从赏玩的角度看，要排队，分为上上至下下九等。显然，物太多，遍举，我无此能力，读者也不会有此耐心。可以举一点点例，以一斑显示全豹。一组，如乾隆皇帝与其十一子成亲王永瑆的字，我们取后者，因为造诣较高。另一组，如杨继盛遗物与严嵩遗物，我们取前者而舍后者，因为前者为正人所有，后者为坏蛋所有。另一组，同是磨人之墨，一出于李廷珪，一出于方于鲁，我们也是取前而舍后，因为物以稀为贵。再一组，问题就复杂了，如玩物与实用物之间，宫廷物与民间物之间，取舍，有时就会左右为难，因为"钱"的价值与"德"的价值经常会分道扬镳。

这左右为难又使我们想到太湖石。它既是玩物又是宫廷物，其挖取、运输、布置，都是小民为统治者服务，其上有小民的汗水甚至血泪。我们赏玩这类古物，守近年必须清查历史的新法，似乎就不能不透过形体的可爱，也看到小民的汗水和血泪。但这样一来，顺势类推，事情就麻烦了，由商周的青铜器起，到现在大家争着看的故宫、颐和园等等止，哪一种上面没有小民的汗水和血泪？但由怨而怒，由怒而毁的办法也不可行；又语云，要历史唯物主义，统治者既然一贯高高在上，那就只好听之任之，或行圣人之道，忠恕而已矣。但恕也应该有个分寸，所以还要分门别类。为省事，不得不由原则方面下手。原则可以有两个：一是害民不甚者，谅解，反之不谅解；二是也于民有利者，谅解，反之不谅解。举例说其一，如宫苑中立个承露盘，花钱不很多，装作没有那么回事也无妨。说其二，修长城，开运河，人民也可能分得一些安全、运输之利，虽然也费了汗水和血泪，可以怨而不怒，哀而不伤。

无论如何，怨和哀是不会泯灭的，因为事实俱在。时间不能倒流，已然的不能变为未然，这是一面。还有另一面，是记得的也难于一霎时变为忘却。于是，赏玩古物，对于统治者独占的那些，幸或不幸存于今的，求得单纯的叹观止就不那么容易了，因为，如果不忘历史，就不能不想到小民的汗水和血泪。这想到，幸而经常是力量有限，可以不在话下。极少数时候就未必然，如有那么一次，一位有所得就愿意与朋友共的某君，看了秦始皇墓的兵马俑，认为稀有，想到我，就约我去看，我谢绝了。他追问谢绝的理由，我守佛门不妄语之戒，告诉他：对于这位以李斯、赵高为左右手，焚书坑儒，想万世拥有统治权的专制暴君，我一向没有好感；此感延伸，及于兵马俑，我看见会想到，已经成为死尸的在上者仍在横行霸道，小民则在下，俯首听命，忍，忍。这景象还会使我想得更多，如人性，历史，今及其后，俟河之清，等等，因而就难免要痛心。炎汉高帝的吕后有高见，是人生短促，不宜自苦，明知会痛心，躲开也罢。这位朋友通情达理，约请撤回，还担心我这方面想得太多，会挫伤惯有的思古之幽情。我想想也是，那就奉劝自己，此后为了养生，还是随缘看看太湖石，少想秦始皇吧。

彗星

我喜欢读英国哲学家罗素（1872—1970）的著作，因为就是讲哲理范围内的事物，也总是深入浅出，既有见识，又有风趣，只有板起面孔讲数理逻辑的两种（其中一种三卷本的与白头博士合著）例外。这位先生兴趣广泛，除了坐在屋里冥想"道可道""境由心造"一类问题之外，还喜欢走出家门闲看看，看到他认为其中藏有什么问题，就写。这就难免惹是生非。举例说，一次大的，是因为反对第一次世界大战之战，英政府让步，说思想自由，难得勉强，只要不吵嚷就可以各行其是，他说想法不同就要吵嚷，于是捉进监狱，住了整整半年。就我所知，还有一次小的，是租了一所房子，很合心意，就要往里搬了，房主提出补充条件，是住他的房，要不在那里宣扬某种政治主张，于是以互不迁就而决裂。这是迂，说通俗些是有那么点别扭劲儿。别扭，缺点是有违"无可无不可"的圣人之道；优点是这样的人可交，不人前一面，人后一面。话扯远了，还是言归正传，说彗星。是1935年，罗素又出版了一本书，简名是《赞闲》（商务印书馆曾出版译本），繁名是《赞闲及其他》，因为除第一篇《赞闲》之外，还收《无用的知识》等十四篇文章，其中倒数第二篇是《论彗星》。这里应该插说两句，是《赞闲》和《无用的知识》两个题目会引起误解，其实作者的本意是，应该少一些急功近利，使闲暇多一些，去想想，做做，比金钱虚而远却有真正价值至少是更高价值的事。

以下可以专说彗星了。且说罗素这篇怪文，开篇第一句是："如果我是个彗星，我要说现代的人是退化了。"（意译，下同）现代的人比古人退化，这是怎么想的？他的理由是，由天人关系方面看，古人近，现代人远了。证据有泛泛的，是：住在城市，已经看不见充满星辰的夜空；就是行于村野，也因为车灯太亮，把天空隔在视野之外了。证据还有专属于彗星的，是：古人相信彗星出现是世间大灾难或大变异的预兆，如战争、瘟疫、水火等，以及大人物如凯撒大将、罗马皇帝的死亡；可是17世纪英国天文学家哈雷发现哈雷彗星的周期，其后又为牛顿的引力定律所证明，彗星的神秘性完全垮了。他慨叹说："与过去任何时代相比，我们日常生活的世界都太人工化了。这有所得也有所失。人呢，以为这就可以稳坐宝座，而其实这是平庸，是狂妄自大，是有点精神失常。"

罗素自己也是科学家，大概是干什么嫌什么，所以在这里借彗星发点牢骚，其意若曰：连天都不怕了，还可救药吗！可惜他没有机缘读《论语》，否则发现"畏天命"的话，一定要引为知己吧？但也可能不是这样，因为让他扔掉科学，必是比扔掉神秘性更难。所以折中之道只能是走老新党或新老党的路，在定律和方程式中游荡累了，改为看看《聊斋志异》一类书，短时间与青凤、黄英为伴，做个神游之梦，以求生活不全是柴米加算盘，或升一级，相信沙漠中还有绿洲，既安慰又得意，如此而已。罗素往矣，青凤和黄英也只能想想，所以还是转回来说彗星。罗素在这篇文章里说，多数人没见过彗星；他见过两个，都没有预想的那样引人入胜。见彗星而不动心，显然正是因为他心里装的不是古人的惊奇，而是牛顿的定律，可怜亦复可叹。且说他见的两个，其中一个当是1910年出现的哈雷彗星，这使我想到与这个彗星的一点可怜的因缘。

我生于1909年初，光绪皇帝死，慈禧皇太后死，宣统皇帝即位，三件所谓大事之后不久，哈雷彗星又一次从地球旁边溜过之前一年多。就看哈雷彗星说，这样的生辰是求而难得的，因为如果高寿，就有可能看到两次（哈雷彗星76年绕日一周）。即如罗素，寿很高，将近一百，可是生不逢时，就难得看到两次，除非能够活到超过115岁。不久前才知道，彗星的可见度，与相对的位置有关。北京天文馆的湛女士告诉我，1910年那一次位置合适，彗星在天空所占度数是140，天半圆的度数是180，减去40，也总可以说是"自西徂东"了。这样的奇观，推想家里人不会不指给我这已经能够挣扎走路的孩子看看，只是可惜，头脑还没有记忆的功能，等于视而不见了。

不知是得懒的天命之助还是勤的磨练之助，到1987年哈雷彗星又一次光临的时候，我竟还能够出门挤公共车，闭户看《卧游录》。于是准备迎接这位稀客，以补上一次视而不见的遗憾。后来看报上的介绍，才知道这一次位置不合适，想看，要借助天文望远镜的一臂之力。有一天遇见湛女士，谈起看而不能单靠肉眼的事，她有助人为乐的善意，说可以安排哪一天到天文馆去看。我既想看，又怕奔波，最后还是禅家的"好事不如无"思想占了上风，一拖再拖，彗星过时不候，终于有看的机会而没有看，又一次交臂失之。

幸而在这一点上我超过罗素，竟还有另一次看的机会。那是1970年春夏之际，我远离京城，在明太祖的龙兴之地，干校中接受改造的时候，有一天，入夜，在茅茨不剪的屋中，早已入梦，听到院里有人吵嚷"看彗星"。许多人起来，出去看。吾从众，也出去看。一个白亮的大家伙，有人身那样粗，两丈左右长，横在东南方的夜空中。因为是见所未见，虽然心里也存有牛顿定律，却觉得很引人入胜。还不只心情的入胜，不知怎么，一时还想到外界自然的必然和自己生命的偶然，以及辽远的将来和临近的明日，真说不清是什么滋味。这个彗星像是走得并不快，记得连续几夜，我怀着无缘再见的心情，入睡前都出去看看。想知道它的身世，看报纸，竟没有找到介绍的文章。直到十几年之后，承湛女士相告，才知道它的大名是白纳特。

万没有想到，这与天空稀客的几面会引来小小的麻烦。这也难怪，其时正是四面八方寻找"阶级斗争新动向"的时候，像我这样的不得不快走而还跟不上的人，当然是时时刻刻如临深渊，如履薄冰，想在身上发现"新"不容易；而这位稀客来了，轻而易举就送来

"新"。上面说"吾从众"，这"众"里推想必有所谓积极人物，那就照例要客观主义地向暂依军队编制的排长报告：某某曾不止一次看彗星，动机为何，需要研究。排长姜君一贯嫉恶如仇，于是研究，立即判定这是阶级斗争新动向。其后当然是坚决扑而灭之。办法是惯用的批判，或批斗。是一天早晨，上工之前，在茅茨不剪的屋里开会，由排长主持。我奉命立在中间，任务是听发言。其他同排的战友围坐在四方，任务是发言，还外加个要求，击中要害。所有的发言都击中要害，这要害是"想变天"。我的任务轻，因而就难免尾随着发言而胡思乱想。现在回想，那时的胡思乱想，有不少是可以作为茶余酒后的谈资的，如反复听到"变天"，一次的胡思乱想严重，是，如果真有不少人想变天，那就也应该想一想，为什么竟会这样；一次的胡思乱想轻松，是，如果我真相信彗星出现是变天的预兆，依照罗素的想法，那就是你们诸君都退化了，只有我还没有退化。这种诗意的想法倏忽过去，恰巧就听到一位战友的最为深入的发言，是想变天还有深的思想根源，那是思想陈腐，还相信天人感应。直到现在我还不明白那时候是怎么想的，也许有哈雷、牛顿、罗素直到爱因斯坦在心里煽动吧？一时忍不住，竟不卑不亢地驳了一句："我还不至于这样无知！"天下事真有出人意料的，照常例，反应应该是高呼："低头！""抗拒从严！"等等，可是这回却奇怪，都一愣，继以时间不太短的沉寂。排长看看全场，大概认为新动向已经扑灭了吧，宣布散会。

住干校两年，结业，有的人作诗，有"洪炉回首话深恩"之句。

我也想过，关于洪炉云云，所得似乎只有客观主义的一句，改造思想并不像说的和希望的那样容易。但我也不是没有获得，那是思想之外的，就是平生只有这一次，真的用自己的肉眼看到货真价实的彗星。——如果嫌这一点点获得太孤单，那就还可以加上一项，是过麦秋，早起先割麦，然后吃早点，有一天有算账的兴趣，一两一两数着吃，共吃了九两。这是我个人的饮食大欲的世界纪录；现在呢，是一整天也吃不下这些了，回首当年，不能不慨叹过去的就真不复返了。

风
雨

拙作《负暄琐话》出版以后，承中国历史博物馆谷林先生不弃，不但看了，而且写了一篇评论文章，刊于《读书》1987年6月号。文章标题是由苏东坡《赤壁赋》的"逝者如斯"顺流而下，"而未尝往也"。他这个标题有褒奖或（或"和"）安慰之意，我不能不感谢。但感谢是感谢，对于"逝者如斯"，我却不能放弃，或不能完全放弃。这样说，站在谷林先生一边的会要求我说明理由。这不好办，因为说明就会给人一种印象，是我好辩，甚至对于善意也辩，那就大杀风景了。但是另一面的"不能放弃"也难于处理。不得已，想躲开人事，再说说自然现象，昔日应写入《五行志》的，以证明有些什么，确是"逝者如斯"。这样的"斯"，记忆中也太多，为了避免拖得过长，只说风雨。

先说风，长记在心的有两次。一次是民国六七年（？）的春天，我住在京津之间略偏东的故乡，一个只有几十户人家的小村庄。记得已经上小学，午饭之后，余力难消，几个年龄差不多的，不约而集在一起，到村南，一个名为南河（传说是旧运粮河道）的水塘之南，一片高地上，跑跑跳跳。像是时间不很长，一个小伙伴大喊："你们看，那是什么!"都举头往西北看，地平以上，约有到天顶的四分之一，已经被一个昏黄色的大折扇形遮蔽了，扇的曲线边整整齐齐，看得出来，正在飞速向上扩张。我们几个人，不知是出于本能还是出于推算，都感到大的灾难即将来临，于是又不约而同，用尽全身力量往家里跑。大概只有两三分钟吧，跑进家门，那个昏黄扇形的边已经到天顶。接着是，如旧小说的滥调所说，天昏地暗，虽然太阳只是正中略偏西，屋里没有灯也不能做什么了。家里人都呆呆地看着窗外，风像是并不大，可是昏黄得太厉害，几乎连中门也消失了。都不敢出门，对付着吃过晚饭，睡。第二天早晨，外面还是那样，屋里却变了，各处都蒙上一层黄土，也成为昏黄色。这样，又是一天，家里人还是不敢出去，都坐在屋里呆呆地看着。第三天，昏黄的程度下降，入夜，并急转直下，第四天就又是蓝天了。人解放了，到大街交换传闻，据说有在外行路，掉在井里的。道听途说，难得证实；可是本村的狗确是少了几只，自然是逍遥游得太远，回不了家的。这场怪风给庄户人家带来麻烦，也带来利益。麻烦是屋里屋外，屋上屋下，都要清扫，费的力量和时间都不少。利益是都积存了大堆的黄土，为牛马圈垫脚，每年要由村外使土坑去运若干车，这一年就不必多劳了。

另一次是30年代晚期的春夏之间。其时我住在北京北城，大概是到外城去干什么吧，回来的路上起了风。天还清朗，只是风速太大，人几乎不能在街中心走，一是立不住，二是吹起的豆粒大小的石子会打伤眼，打破头。连续两天，街上几乎断了行人。也是第三天好一些，第四天才恢复平和。后果，只记得永远不关的和平门，有一扇被风吹得猛然关上，有六个人因此丧命；还有的人，或有什么不得已出来，避难就易，紧贴着商店前面走，碰巧上面的花盆吹下来，也送了命。

转为说雨，长记在心的也是两次。一次是20年代早期的夏天，午后两点多钟。其时我上小学高年级，在学校观音大士殿东侧新建的教室里。忽然下起大雨。我们乡村形容雨大，说像瓢泼似的，看了这次雨，才知道这立意夸大的话远远不够。应该说整个天河下来了，因为往外看，不是雨，由上空垂下的都是水。我们预感到将有非常的灾难出现，都凝视着窗外，不敢说话。幸而时间不长，渐小并渐渐停了。我们都出去看。学校前后，不但水塘、小渠没有了，连低洼些的地和路也没有了。当时想，幸而乍来乍去，如果再延续一两个小时，那就会连田地和禾苗也不见了。

另一次是1932年或1933年的暑假，午饭之后不久。其时我在北京大学上学，住在北河沿第三院口字形楼的宿舍里。不记得哪个熟人住在三院略北骑河楼东口内路南一家的西房，我，像是还有别人，去串门。忽然变了天，来了暴风雨。风狂到连方向也难于辨别，四合院，四面的房，纸窗都破了，雨呢，也是成为天河下降，譬如我们从西房往东看，东房完全消失了，入目的都是水，往上看是无边的水。也许下有半点多钟吧，雨停了。我们辞别主人，回宿舍。出了门才知道，不但街口外的河满了，岸上的路也不见了，水有膝盖以上那样深。蹚着水回到第三院，听到大家正在嚷嚷，河水倒灌，用作洗脸室的地下室淹了。其后是等水稍退，大家都进地下室，到水里去摸脸盆。接着是听取传闻，是许多汽车抛了锚，因为路上的水上升太快，把发动机泡灭了。这没看见，可以姑妄听之。确凿无疑的是第二院东南墙角外的古槐，要两三个人才能合抱，竟连根拔下倒在路旁了。说到拔树，还联想到不久之后，我坐汽车路过通县马头镇以北，大约有两华里，公路两旁，略小于一人合抱的树，总不少于几百棵吧，竟是一扫光地连根拔掉倒在路边，颇疑惑也是这次暴风雨的后果。

风，谈两次，雨，也谈两次，四次有共同的特点，客观是罕见，主观是可怕。说起可怕，还可以补说一次虚惊。大概是民国十年左右，一个夏天的过午，我在乡村的家里。忽然变了天，风，雷，紧接着由西南方飞快地冲来遮满半天的黑云，下缘仿佛离树梢不远，刚到头顶，屋里就什么也看不见了。一点不夸张，是白天立即变成黑夜。没有人敢说话，都面向窗外，等待大灾难的降临。果然听见落了特大的雨点。再等，竟渐渐平静了，亮了，真像一场梦，倏忽过去。又想到旧小说滥调的天昏地暗，如果稀有而间或有，我想，只有这一次才是最货真价实的。

这种稀有而可怕的限于风雨的天象，近半个世纪以来，我不再遇见，说是"逝者如斯"，总不能说是过分吧？当然，我并不希望这样的天象常常出现。不过，如果天人惯于单行而不两面夹攻，那就让可怕的稀有都归诸天象，以换取恐怖的不来自人为，也当是很合算的吧？

物
价

我母亲年老耳聋。我继承这个传统，发白之后接着就是耳不聪，其后还进一步，加上目不明。依照我国祖传塞翁失马的人生哲理，耳不聪也有好处，那是语云：耳不听，心不烦。耳聋有等级之差，如我的老友周汝昌先生是上等，不闻雷声。我只能考个中等，窃窃私语自然不能闻，还常常人家说"演出"，我听作"念书"。但也奇怪，近来耳边总是回荡着"物价""物价"的声音，问旁人，却没有听错。与不少人相比，物价跟我的关系并不密切，比如名烟吧，我不吸烟，就是涨到一万元一条也与我水米无干。当然，也不能说一点关系没有，因为，虽然我也一唱三叹地读过《史记·伯夷列传》，但读完是还要吃的。鱼虾吃不起，可无遗憾；如果连买烤白薯都要犹疑，心里就未免有点那个。这样说，是物价也给了我不小的影响。这影响还引来前思后想。老了，新事不注意，旧事却有些还记得，于是趁兴之所至，说说物价的旧事。

这"价"是抽象物，身分要靠数字来表示，钱币来体现。我记忆中的第一次看到钱币当是皇清与民国之间。农民住在农村，家风还是十足的旧式。我随着母亲住在北房西间，室内西北角整齐地垛着约有二尺高的成串的黄铜制钱。后来听说，那时候买卖大件东西，如田地、房屋、车马之类，是已经用银元。有不少是墨西哥铸造的，一种正面图形是个鹰，一种是个握刀的海盗，俗呼为"站人儿"，重量都是库平七钱二分，我当然都没用过。就是制钱，记忆中也没有用过的痕迹，这原因是自己年幼，不能独立，而花钱是或多或少可以表示一些独立性的。到我上小学时期，共和体制已经积累了几年的历史，现在回想，就我的家乡说，变动最快的应该说是钱币，其次才是有些激进派的男人剪去发辫。制钱不用了，零星开销用不再有方孔的红铜币，俗名"铜子儿"。计有两种，一种小的，当十文，一种大的，当二十文，都比制钱大而厚，可是仍以制钱为尺度来衡量身价。铜币与银元的比价，是随着时间的前行而银元涨，铜币落，具体说是由一比一百左右逐渐增到一比四百多。就早年的一比一百左右说，以现在的钱币之名为尺度，那就彼时的一枚铜币相当于现在的一分。铜币的力量有多大呢？举我印象深的，亲友家有婚丧事，一般关系的礼是八枚或十枚，即现在的八分或一角。我清楚地记得拿当二十文的换当十文的事，因为八枚或十枚，如果用当二十文的，就只有四个或五个，不像八个或十个，往账桌上一放，好看。这是中青年的意识，多考虑脸面；至于老年人，就都在那里叹息世风不古，因为十枚铜币相当于制钱一百文，贺一次婚或吊一次丧，这还了得！再说一件，是上元节，家乡东南十五里的崔黄口镇（与《红楼梦》的曹家有些关系，那时候还不知道）富，有各种会，好看，我想去看。家里同意，而且给了饭钱和零用钱，共铜币十枚。我下午启程，在镇上吃一顿晚饭，记得用了六七枚，次日回来，还把袋里的剩余交了。

小学念了几年，像所有的农家子弟一样，先找机会到外边闯闯，路不通再回家当农民。我就近考了省立的通县师范。学校很多，选这一个，是因为那时候，也许是尊师重道吧。这类学校是官费，住宿、学、杂等费不收之外，还管饭。记得初去是每人每月四元，以后增至四元五角。通县还有个女子师范，也是省立，待遇与男师范一样。饭由学生自己办，据非正式的调查，这四元或四元五角，男师范是多一半用于主食，女师范是多一半用于副食。其结果是我们吃得很平常，人家吃得很讲究。大概就从那时候起，对于宝二爷的女人是水做、男人是泥做的高论，我总是举双手表示赞成。还是回到本题说物价，记得一学期，家里只给银元约二十，要支出往返路费，要买书和笔墨本本毛巾肥皂等，但有时候实在馋得慌，还可以到学校附近张家小铺吃一顿肉饼或炸酱面，而总起来不过是面额十元的钞票两张而已。

出入于北京大学红楼时期，虽然贫困一如往昔，但总是随着年事日长，独立性增加，与钱币打交道的机会增多了，因而对于物价，印象的多而清楚就远远超过从前。印象多，宜于分类说。分类可以用传统的，曰衣食住行；穷学生，很少远行，近靠双腿，不花钱，所以行可以免，只说衣食住。衣食住，内容太多，所以宜于举一点以概全面。先说衣，只举一种。北京大学有不成文的规定，即风气，是不管内衣如何，外面总要罩一件蓝布大褂。自己做，用布十四尺，不如到东安市场新衣店，先试后买，一件大洋一元，可以穿一两年。那年头也是嘴厉害。省心而不费钱的办法是包饭，学校西斋包是每月六元，学校附近饭馆包是每月七元或八元，都是每日三餐，有菜有汤，不要粮票，管饱。如果欣赏灵活性而不惮烦，也可以不包饭，到附近小饭馆吃，那价钱就难得固定，但据耳闻的调查，也总是在六元和十元之间。这是学生生活的常规。依照什么什么规律，常中必有变，比如自己想换换口味或来了客人，那就可以到不很远的东安市场，饭馆很多，照顾哪一家都会受到笑脸的欢迎。最常吃的是东来顺，下酒之菜照例是酱腱子加酥鱼，都是一角六分一盘，味道很美。少数学生还有自己起火的。自己买柴米油盐，种类太多，只说其中尊贵的几位：最好的鲜猪肉（那时候还没有冷藏之说）一元四斤半；香油身价相同，也是一元四斤半；鸡蛋论个不论斤，春天生蛋旺季，记得一元是一百个，因而曾出现，一位同学李君，买一元钱的，放在抽屉里，慢慢吃，从抽屉里钻出小鸡的笑话。最后说住。学生住学校宿舍，东斋或西斋等，不收费，不足为训。专说租民房，租金以月计，大致是一元上下一间。旅馆呢，一般的，以房间计不以床位计，是一夜七八角，如果住三人，不过是一人两三角钱而已。

离开北京大学，曾在保定某学校混了一年，有关物价，长记在心的只有食一项，也可以说说。食也太多，只说一项，那是督署（原直隶总督衙门）街路南，保定赫赫有名的马家老鸡铺，卖的酱牛肉和酱牛杂碎（肝、肠、肚儿等），一生所曾吃，我觉得那是最好的。价钱却不贵，肉，一斤二角五分，杂碎，一斤二角。有一次，同一位家在保定与石家庄之间的某君闲谈，说起马家老鸡铺的物美价廉，他说，物是美，价并不廉，因为到他的家乡，生牛羊肉都是一元十斤以上。

以上所说物价都是常态的。所谓常是社会没有大变故，到商店去买，家家价钱一样，而且随时可以买到。有变故就不同了，如40年代之尾，凭我的记忆，是一袋面粉最高价曾到三千五百万元。这是向上钻的。还有向下坠的，如50年代即将成立人民公社，家家准备砸锅吃食堂的时期，据道听途说，出人民币数十元就可以使自己的住屋摆满紫檀红木家具，其中甚至还有明朝制的。向上钻，向下坠，都会粘连着一些人的眼泪，以少说为是。以下改为说另一类也不属于常的情况。但这不属于常，主要不是因为什么大变故，而是因为碰巧，周瑜打黄盖，买卖双方都愿意，于是成了交。为了避免重复，只说衣食住行以外，有它也不坏、没它也无妨的。

这也不很少，只好仍用分类法，一类以举一种为限。书应该位最上，先说书。那是明汲古阁刻绿君亭本《苏米志林》，二册，一册苏，一册米，毛边纸大字，很爽目，因为是由乱书堆里拣出来的，价一角。再说书画的书，也举一种，是明代后期名书法家许初写的扇面，有宫子行收藏章，价三角。再说书画的画，也举一种，是清恽南田画的碧桃扇面，有徐颂阁收藏章，价也是三角。再说碑拓，也举一种，是原拓说磬本《砖塔铭》，有杨继振（收藏一百二十回抄本《红楼梦》

那一位）收藏章，价八角。最后说砚，也举一种，是长方形歙砚，明清之际物，左侧有清书法家梁山舟题记。有意思的是砚盖上的题记，是："咸丰五年春，从戎东下，购于王氏家藏。此龙尾歙也，石中妙品，诚不易得。携归，即属苣生镌之，以志鸿爪。"下有"刘氏伯子"印。这会使人想到太平天国时事，可以发些思古之幽情。与以上三件相比，这一件价冒了尖儿，是人民币二元。

上面说买得这些，价不高，都是碰巧。其后还有巧，是，文物九死一生的"文革"中，这些都有幸而混入一，没有混入九。再其后，国内因为九死，国际因为所谓发达国家暴发户太多，也许还有其他原因，竟刮起争买文物之风。《世说新语》所谓"长物"竟是一登龙门，声价万倍。日前过琉璃厂，一鼓作气走进文物店，绕场一周，发现一幅千真万确为伪品的八大山人画，价八千元。我只好笑一笑，走出来。看报，最近又添了新花样，是敦聘西方所谓拍卖专家来中国，以拍卖方式推销文物，据说今人写的几个字，也是增到以万元为计数单位，才啪的敲了一下，成交。"土"已经贵得吓人，又引来"洋"，像我这一生只有阮囊，以及跟我不相上下的人，如果还不能完全忘情于长物，当然就只能望洋兴叹了。

老字号

　　俗语说，天有不测风云。而风，根据圣人的"草上之风必偃"之理，有吹动之力，于是有些事物，其方向，甚至位置，就变了。说起因风变而变的事物，真是笔不胜书。比如我认识一个早已由青而壮的人，得天独厚，纵横丈量，都比一般人大一块，只因为有个弟兄不在国内挣饭吃，多年来就一贯是见人低头，少言寡笑，至少是精神上，像是比一般人小了一块。近些年风一变，他也一变，昂头阔步，大声言笑，像是比一般人大了两块。这是人因风而变。地也会因风而变，最典型的是我当年在那里吃经济饭、买廉价书因而梦寐难忘的东安市场，前些年一阵风刮得变为东风市场，不久前刮了不测之风，居然又变为东安市场。有个虽也白发但能眼观六路、耳听八方的朋友告诉我，像东安市场这样的官复原职的变，多了，于是由王府井大街起，到同仁堂药铺止，一说就是一大串。我随听随忘，但保留或说引起个关于老字号的记忆，想了想，像是也值得说说。

　　老字号，太多，不得不大题小作。想由两个方面往下削减。一是只保留性质最亲的吃，这样，像全胜斋的老头乐棉鞋，花汉冲的佳人惯用的脂粉，就可以丢开不管。二是只保留自己还记得并感兴趣的。这第二把刀神通广大，它能够使我既有瞎说的自由，又有挂一漏万的权利。以下言归正传。

我有个关系不深的相识金受申，老北京，旗下人，也是北京大学出身，时间早得多，因为年岁大得多。年轻时候似曾有为，有《公孙龙子释》在商务印书馆出版，我没看过。我认识他是40年代末，他长身，患关节炎，两手不能平伸。但精神很好，不再谈白马非马，而很喜欢谈老北京的掌故。不但作为旁观者谈，而且能置身于内，比如货声，他都能学，而且学得很像，现在还记得学"箍桶"，"箍"音高，转为"桶"，忽然下降几个音阶，简直比真的还像真的。有一次，谈起北京的名吃，他由砂锅居的全猪席一直说到东直门内谁家的豆汁儿，总有几十种吧，可惜我手懒，没记下来。其前或其后，在报上偶然见到一篇也谈老北京名吃的杂文，所举与金君所谈差不多，这次只须剪刀而不劳抄录，于是就剪而存之，又可惜，受俗语所说搬三次家等于失一次火之累，想再看看就找不到了。幸而手头还有30年代北平市官修的《旧都文物略》，其中《杂事略》曾谈到名吃，抄有关部分如下：

平市著名食物，如月盛斋之酱羊肉，六必居之酱菜，王致和之臭豆腐，信远斋之酸梅汤，恩德元之包子，穆家寨之炒疙瘩，灶温之烂肉面，安儿胡同之烤羊肉（应为烤牛肉，即烤肉宛），门框胡同之酱牛肉，滋兰斋之玫瑰饼，同和居之大豆腐，二妙堂之合碗酪，新丰楼之芝麻元宵，都一处之炸三角，正阳楼之螃蟹，东来顺之涮羊肉，西来顺之炸羊尾，兰华斋之蜜糕，金家楼之汤爆肚，便宜坊之烤鸭，致美斋之萝卜丝饼，福兴居之锅贴，虾米居之兔儿脯，聚仙居之灌肠，砂锅居之白肉，冬日之菊花锅，夏日之冰碗，均极脍炙人口，喧腾一时。

这段记载以"如"起，表明只是举例，所以遗漏在所难免，单说我熟悉的，如丰泽园的九转大肠，会仙居的炒肝，天福号的酱肘子，中三元的烧羊肉，正明斋的自来红，大葫芦的小甜酱萝卜，就都漏了网。漏也无妨，反正这里想说的只是"老"的高风难继，因为难继，有时不免想念而已。

由最先跳到心头的天福号的酱肘子说起。这个老字号，原在西单十字街心东北部的把角，一间门面，西向，质朴无华。可是货甚高而价略贵。怎么高，也是冷暖自知的事，不好说。且从享用方面说说，是30年代之末，我与妻及友人毕君，穷极无聊，在西单一带闲走，近午，由天福号买酱肘子半斤，西行过街，走入路西的小饭馆兴茂号。吃叉子火烧夹酱肘子，佐以高汤海米白菜，至今回味，仍然馋涎欲滴。一晃四十多年过去，西单因道路展宽而大变，天福号迁到西行一段路的路南，门面扩大了，因为是老字号，生意很兴隆。有那么一天，饭桌上有酱肉，我尝了尝，比左近店铺卖的好一些，问从哪里买的。孩子说是天福号，随着赞叹一句："老字号，当然很好。"没想到我把标准定在昔日，说："虚有其名，不见佳。"又没想到吾道不孤，看报，见有个记者访问制作的老师傅，也提到质量。那位老师傅说，不能与过去比，主要是原料不成，那时候用京东的八十斤重的小猪，黄豆做的酱油，现在呢，科学化了，猪一般是二三百斤重，而且经过冷藏，酱油由土法变为化学，做到原先那样不成了。

我想，月盛斋酱羊肉也必是巧妇难为无米之炊，我吃过几次，也是质量大降。当年，这老字号在前门内东侧的户部街近南门，路东，邮政总局北邻，也是一间门面，质朴无华，我多次由北城往南城，出南池子往西再往南，一进户部街北口就嗅到强烈的酱羊肉的香味。现在呢，迁到前门外路西，也是门面扩大了，但是排队抢购的人还是要在门外挤。幸而挤得，像天福号酱肘子一样，原来是缺牙齿的老人也能吃，而今不成了，也不再有当年那样的香味。

写到此，忽然想到，这样写下去不好，一是流水账，会没完没了；二是翻来覆去今不如昔，人将疑为有意怎么样。想就此打住。但是还有两种，虽然出了北京城圈，却因为过去印象太深，现在还在享用，不说，实在舍不得。只好破例，再说两种。

一种是海淀莲花白酒。当年有个时期，我喜欢与二三同好，星期日骑车作郊外之游，地点几乎永远是玉泉山。出西直门，沿平坦的土路西北行，十余里到海淀镇。进东南口，到西端北拐是西大街，商店集中地。先买烧饼、酱牛肉、花生米，最后买酒。卖莲花白酒的是仁和号，在近北口路东，两间门面，靠南一间开门，柜台上有酒坛，卖酒。我们酒量都不大，只买半斤。到玉泉山，总是在西部山下树林的草地上野餐。莲花白酒是好白酒加若干种有香味的中草药蒸馏而成，味醇厚而幽香，当时觉得，在自己喝过的多种酒中，它应该排在第一位。大概是50年代吧，仁和号没有了，莲花白酒随着断了种。幸而时间不很长，像是70年代，市面上有了瓶装的莲花白酒，瓶上贴着说明，仍是老法做，可是品尝，醇厚变为有力，幽香变为浮香，也是名同而实异了。

另一种是糕点，通县大顺斋的蹲儿饽饽和糖火烧。通县是我的第二故乡，吃方面的名产还有小楼（义和轩）的肉饼和烧鲇鱼，但不像大顺斋的蹲儿饽饽和糖火烧那样远近闻名。两个店都在旧城中心鼓楼以南的牛市口，我在通县上学时期当然常过其门，可是阮囊羞涩，经常是过门不入。专说大顺斋的名产，记得有一次，同宿舍的几个人入睡之前，忽然"各言尔志"，没有一个说愿乘长风破万里浪的，而以同班田君的壮志最不冠冕，是：有了钱，枕边总放着蹲儿饽饽、糖火烧，什么时候想吃，一伸手就拿到。毕业之后不很久，田君就作了古人，推想这个愿望必是终于未能实现。我自1931年离开通县，很少故地重游，只记得"文革"后期，听说蹲儿饽饽和糖火烧早没有了。大概是七八十年代之间吧，大顺斋恢复生产，但不知为什么，只有糖火烧而不再提蹲儿饽饽。起初很难买，后来，商品经济的风越刮越猛，古老的大顺斋也开了窍，竟是北京城内也有了代销处，而且不止一个。孩子守"老者安之"的古训，有时候就买了来。质量呢，我在那里上学时期如果评一百分（主要原料芝麻酱、红糖好而多，可放置三个月还酥软），现在至多值五六十分；但仍可以算作不坏，因为北京生产的，也许只值二三十分吧？

这样说，老字号，几乎都是名易复而实难及，为什么？我想，原料虽然是个原因，却未必是主要的。这样认识，是受到两件亲历之事的启发。一件来自莲花白酒，有一次去买，称赞一两句之后问："我们住城内，想喝，那里能不能买到？"卖酒的人说："没有代销的地方。您要想喝，就到这门里来买。门外都是假的。"一件来自天津以北的杨村糕干，有一次我由故乡往天津，经过杨村，绕到运河西岸，找到面对运河的糕干小铺，想买一些，说没货。问为什么，店里那个中年汉子说："没有好大米，没做。"我说："米稍微差点，总比没货好吧？"他说："这是我们的老规矩，宁可不卖，货不能差。不能败坏了名声。"宁可不卖就是宁可不赚钱，这是坚守老字号名声的"死心眼儿"；没有这个，即使原料没问题，被钱至高无上的风一吹，老字号也就不能不年轻了。因此，我有时，主要是吃老字号名产的时候，就不由得想到，大力恢复老字号，用意很好，但不管是吃的、穿的还是用的，恢复，就不只要换上那个某某名家写的老牌匾，更重要的是继承那个死心眼儿，否则就会如一个歇后语所说（也是现在街面上的一种流行病），驴粪球，外面光而已。

以上的闲话留下个漏洞，或用时代八股的模棱词，矛盾，即说不见佳而仍旧吃。只好加说几句辩解的话。一是以宋徽宗为例，离开"东京梦华"，到五国城，还吃喝拉撒睡，此之谓到哪儿说哪儿。二是借用李笠翁的退一步法，上者难得，取其中，总比其下甚至没有好。这样说，对于老字号，我就由挑剔者一跃而成为拥护者，因而也就可以从众，安然吃月盛斋酱羊肉、喝仁和号莲花白酒了。

直言

不久以前，乡友凌公约我到他家里吃晚饭。凌公带着一个刚成年的女儿，在北京过准《打渔杀家》的生活，父女都上班，照例是饱腹之后才回家，而要请人在家里吃饭，我当然感到奇怪。问原由，知道是老伴从家乡来了，想做点家乡口味，让我发发思故土的幽情。我既感激又高兴，遵嘱于晚饭时到达。凌夫人年过花甲，可是身体还健壮，仍是家乡旧时代那一派，低头比抬头的时候多，不问不说话。我要表示客气，于是用家乡惯用的礼节，寒暄道谢之外，问娘家是哪个村。答"乔个（轻声）掌"（这是语音，写成文字是"乔各庄"）。这使我忽然想起一个多年不忘的歇后语："乔个掌的秧歌，难说好。"

多年不忘，是因为这歇后语的来由，一位佚名的乡先辈的轶事，使我大感兴趣，或说深受教育。据说是这样：若干年前，各村也是有中幡、高跷、小车、旱船等会，每到送走旧年，上元节及其前，要排定日期，邻近各村的会交换，某日聚在一村表演。目的，用旧说是利用农闲庆丰年，行"一日之弛"，用新说是，虽然是农民，也应该有艺术享受。可是会，不止一个，虽然那时候还没有各种花样的大奖赛，但人总是人，性相近也，你不给他奖，他也要赛。评分是非阿拉伯数字的，一要看的人多，里三层，外三层；二要喊好的声音多而响。且说有那么一次，乔个掌的秧歌（指高跷会）表演得很起劲，看的人却不多，喊好的声音大概也不多或没有吧，正在为缺少钟子期而扫兴，听见有人说一句："难说好！"会内的少壮派正在愤懑无处发泄的时候，听见这句话，当然要火冒三丈。于是找，原来出于一个瘦弱的老者之口。接着是围着质问。老者没有赔礼道歉之意，于是决定拉到场外去打。人间不乏和事佬，为了大事化小，小事化无，特为就要挨打的老者修建个台阶，是："大概是刚来，还没看清。让他再细看看。"少壮派同意，于是把老者推到场内，请他细看。表演者尽全力跳闹，可不在话下。时间够长了，少壮派和和事佬都在等待转机，没想到老者淡淡地说了一句："还是拉出去打吧，难说好！"

结果是打了还是另有转机，没有下文。也可以不再问，我关心的是这故事使我想到很多与"言"有关的问题，其中心是直言的难易问题。言，人嘴两扇皮，很容易，可是其中有得体不得体的分别，反应好不好的分别。因为要照顾反应，就不能从心所欲。这或者正如孟老夫子所说，"难言也"吧？

难言，这里也未尝不可以反其道而行，由"易"说起。从道理上讲，言为心声，言应该都是直言。这样说，直言如顺水推舟，不是难，而是很容易。但这是道理，或说架空的道理。道理还可以说得头头是道，如一种是由"自然"方面说，见于《毛诗序》，是"情动于

216

中而形于言";一种是由"应然"方面说,见于某道学家的文本,是"事无不可对人言"。表现为活动,都是心有所想,嘴里就说。总而言之,是容易得很。

但人世间很复杂,言不能不受时、地、内容、听者种种条件的限制。就说事无不可对人言吧,日记中写"与老妻敦伦"可以,因为清官难断家务事;但如旧笔记中所记,一阵发疯,头顶水桶,喊"我要做皇上"就不可,因为象征统治权的宝座是决不能容忍自己以外的人坐的,即使只是想想也不成。这类的轻与重可以使我们领悟,世路并不像理想主义者想象的那样平坦;如果缩小到政场,那就更加厉害,一定是遍地荆棘。也就因此,皇清某两位大人才有了关于言的重大发明:一位造诣浅些,是少说话,多磕头;另一位登峰造极,是不说话,净磕头。但这不说话的秘诀也不能不受时地等条件的限制,因为时移事异,还会有要求以歌颂表示驯服的时候,那就闭口不言也会引来危险。总而言之,是直言并不容易。

直言,在道理领域内容易,在现实领域内不容易,怎么办?当然要让道理跟现实协商,以求化不协调为协调。但现实是最顽固的,所以结果必是,名为协商,实际是道理不得不向现实让步。具体说是要用"世故"的机床把直言改造一下,使不合用变为合用或勉强合用。这种改造的努力也是由来远矣,如关于直言,常见的说法总要加点零碎,如说"直言不讳","恕我直言",言外之意是本不该这样说的。不该说而说,影响大小,要看听者为何如人。可举近远两类为例:近者如掌家政的夫人，充其量不过饭时不给酒喝，可一时忍过去；远者如恰好是已经稳坐宝座的，那就不得了，会由疑由怒而恨，也就会有杀身甚至灭族的危险。

为了避免杀身或灭族，要精研以世故改造直言的办法。古人在这方面用了不少力，成就自然不会小。依照造诣的低与高，常用的办法可分为四种。一种程度最低，是换为委婉的说法，如连中学生都熟悉的触詟（新说是触龙），劝娇惯孩子的赵国掌权老太太允许儿子出国当人质，里边提到"一旦山陵崩"，这比说"有一天你死了"委婉得多，就不会有惹老太太生气的危险。附带说一句，还是古人人心古，要是皇清末尾那位那拉氏老太太，大概说"崩"也不成。再说第二种程度略高的，是讽谕或影射，所谓声东击西，指桑骂槐。也是连中学生都熟悉的白居易《长恨歌》，开头一句，"汉皇重色思倾国"便是。第三种程度更高，是说假的。这非绝顶聪明办不到，所以举例，只能请荣宁府中最拔尖儿的凤丫头出马，那是老色鬼贾赦想吃鸳鸯的天鹅肉，胡涂虫邢夫人大卖力气系红丝，找她求援，她先说真话，失败，改为说假话的那些。

因为话太精彩，碍难节录，全引如下：

太太这话说的极是。我能活了多大，知道什么轻重？想来父母跟前，别说一个丫头，就是那么大的一个活宝贝，不给老爷给谁？背地里的话，那里信的？——我竟是个傻子！

拿着二爷说起，或有日得了不是，老爷太太恨的那样，恨不得立刻拿来一下子打死；及至见了面，也罢了，依旧拿着老爷太太心爱的东西赏他。如今老太太待老爷，自然也是这么着。依我说，老太太今儿喜欢，要讨，今儿就讨去。我先过去哄着老太太，等太太过去了，我搭讪着走开，把屋子里的人我也带开，太太好和老太太说，给了更好，不给也没妨碍，众人也不能知道。

（《红楼梦》第四十六回）

到底是太太有智谋，这是千妥万妥。别说是鸳鸯，凭他是谁，那一个不想巴高望上、不想出头的？放着半个主子不做，倒愿意做丫头，将来配个小子，就完了呢！

（同上）

把两段的画龙点睛之笔挑出来，是"我竟是个傻子"，"到底是太太有智谋"，对比着欣赏，就更值得一唱三叹。再向上还有程度绝高的，是第四种，上面已经表过，是不说话，净磕头，不重述。

闲话到此，好像世故获全胜，直言被斩草除根了。其实不然，如我的乡先辈"难说好"先生就是突出的例外。还有，如果世风日下的原理不错，到所谓古那里搜求一定会更有收获。为篇幅所限，只举一位我最感兴趣的。那是南唐"酷喜老庄之言"的潘佑，对李后主的不干正事、跟大小周后混日子，江北有赵宋的强敌而看不见，他十分着急，连上七疏，却换来免官，只修国史，于是着急化为愤激，上最后一疏。幸而有陆放翁作《南唐书》，这篇妙文保存下来，只引应加圈的部分：

> 陛下力蔽奸邪，曲容谄伪，遂使家国惴惴，如日将暮。古有桀、纣、孙皓者，破国亡家，自己而作，尚为千古所笑，今陛下取则奸回，败乱国家，不及桀、纣、孙皓远矣。臣终不能与奸臣杂处，事亡国之主。

（卷十三本传）

说李后主是亡国之主，百分之百的直言，也百分之百的正确，可是换来的是被收和自到。这是死心眼儿，或说迂或愚一类。其实杀他的李后主，在这方面也不比他聪明多少，如到汴京成为阶下囚，对答昔为属下、今为宋太宗特使的徐铉探问的时候，竟一阵发神经，由口里迸出一句："当时悔杀了潘佑、李平。"与刘阿斗的乐不思蜀相比，这话说得太直了，咎由自取，所以换来牵机药，从潘佑、李平于地下了。

纵观历史，因直言而从潘佑、李平于地下的人究竟有多少呢？显然，这是数学家也毫无办法的事。不能办的事且不管它。还是想想直言与世故间的纠葛，就我自己说，其中是充满酸甜苦辣的。直言向世故让步，成年以前是大难，俗话说，小孩说实话，委婉，以致于假，他们不会，也不想学。成年以后，人心之不同，各如其面，如有所谓造各种假的专家（包括一些广告家），当然说假的比说真的更为生动逼真。至于我们一般人，放弃直言而迁就世故，就要学，或说磨练。这很难，也很难堪，尤其明知听者也不信的时候。但生而为人，义务总是难于推卸的，于是，有时回顾，总流水之账，就会发现，某日曾学皇清某大人，不说话或少说话，某日曾学凤丫头，说假的。言不为心声，或说重些口是心非，虽然出于不得已，也总是哑巴吃黄连，苦在心里。苦会换来情有可原，但这是由旁观者方面看；至于自己，古人要求"躬自厚"，因而每搜罗出一次口是心非，我就禁不住想到我的乡先辈"难说好"先生，东望云天，不能不暗说几声"惭愧"。

关于贤妻

　　望文生义，这个题目不妥当。一是有男性本位气。如果是上一世纪及其前，那就没有问题，因为就是女性，也认为夫唱妇随是理所当然。事实是现在已经是20世纪的近于尾声，由门户开放到一切开放，女性走出家门，与男性并肩挤汽车，对面跳交谊舞，还是讲唱，讲随，就真是落伍了。二是范围太大。野史、笔记之类且不算，单是正史，屈居于尾部小块块与道释为邻的"列女"，数目也大有可观；而且盛德有各种类型，梳理，分组表扬，又谈何容易。所以这个标题，如果求名实相副，就应该改为：关于旧时代的我认为值得说说的某种类型的所谓贤妻。如果还允许加注，最好进而解说：一，是说旧时代，新时代的诸位女士可不必在意；二，是我的私见，本诸思想有自由的大道理，无妨"情动于中而形于言"；三，只是某种类型，非全体列女，可不避挂一漏万，又决不意味着其他类型就无足取；四，"贤妻"前加"所谓"，表明这名称是沿用世俗的，适当与否可不必多管。但不知根据什么成文法或不成文法，且不说加注，文题也不容许这样唠叨，无可奈何，只好文题从简，这里先加一点解释。

且说本篇所谓贤妻，是指谦退型的。大概是受了圣道的"天行健，君子以自强不息"，"知其不可而为"的感染吧，就连照例要在深闺中伤春悲秋的女性，也是"刑天舞干戚，猛志固常在"。这志也表现在于归之前，格调低的老爹爹嫌贫爱富，有悔婚之意，累得佳人借聪明伶俐、主持正义的丫环之助，月夜花园赠金，勉励才子求取功名，于是而上天不负苦心人，不久之后，果然状元及第，衣锦荣归，赢得全家大喜，邻里艳羡，只有老爹爹灰溜溜。总之，是进取，因而胜利了。于归之后，因进取而获得胜利的更多，如乐羊子妻之流，竟至用割断机上丝缕的办法，把害相思的良人赶回学塾，其后当然也是学成释褐，飞黄腾达了。

严格说，飞黄腾达不是老牌的儒家思想，因为依孔孟之道，腾达要有条件，曰"不义而富且贵，于我如浮云"。当然更不是道家思想，因为庄子是宁"曳尾于涂（途）中"。用这个标准衡量，衣锦荣归的进取，十之九也是受世俗思想的支配，说穿了不过是，名利与荣誉合二为一罢了。但与"思想"相比，"世俗"是看得见、摸得着的，由朱漆大门、锦衣玉食直到路人的笑脸、青史的列传都是。看得见，摸得着，力量就大；力量大，违抗就难。违抗难，似乎也有性别之别。举时下的情况为例，进门屋里不见彩色电视，出门身上没有黄色饰物，一般说，男士的心情不过是不满足，女士的心情就是难忍受了。在这类事情上，女性的表现常常是更进取，因而逼得男士也就不得不随着进取。

有没有例外呢？或者说，有没有偏偏不进取而甘心谦退的呢？对于时下，语云，没有调查就没有发言权。还是说昔日，人总是人，因而也不多。唯其因为不多，物以稀为贵，所以就是我这健忘的人，看闲书，偶尔碰到一两位，也是较长时期、较清楚地记在心里。推想世上人多，心之不同，各如其面，一定也有同于我而偏爱这种怪脾气的，取什么什么"与朋友共"之义，抄一些如下。

一见于刘向《列女传》卷二的"贤明"一类，题目是《楚老莱妻》：

> 楚老莱子之妻也。莱子逃世，耕于蒙山之阳，葭墙蓬室，木床著席，衣缊食菽，垦山播种。人或言之楚王，曰："老莱，贤士也。"王欲聘以璧帛，恐不来。楚王驾至老莱之门，老莱方织畚。王曰："寡人愚陋，独守宗庙，愿先生幸临之。"老莱子曰："诺。"王去，其妻戴畚莱、挟薪樵而来，曰："何车迹之众也？"老莱子曰："楚王欲使吾守国之政。"妻曰："许之乎？"曰："然。"妻曰："妾闻之，可食以酒肉者，可随以鞭捶；可授以官禄者，可随以铁钺。今先生食人酒肉，授（受）人官禄，为人所制也，能免于患乎？妾不能为人所制！"投其畚莱而去。老莱子曰："子还，吾为子更虑。"（妻）遂行不顾。至江南而止，曰："鸟兽之解毛，可绩而衣之；据（当作"捃"）其遗粒，足以食也。"老莱子乃随其妻而居之。

这老莱子就是年及古稀，装小孩，穿花衣服在地上打滚，以图二老不知老之已至，因而得入二十四孝图的那一位。可是走出家门，对付世事，站在某种生活态度的立场看，显然就没有其贤妻高明，至少是听到训诫还表示再想想，是没有其贤妻坚决。不过无论如何，最后还是跟着贤妻走了，如果容许以成败论人，总当还算作好样的。这情况有时使我想到阮大铖之流，以及历代的老朽无用而不肯告退的诸公，如果有幸而也有这样的贤妻，也许就不至于堕落为千千万万人的笑料吧？

又一见于《东坡志林》卷二的"隐逸"一类，题目是《书杨朴事》：

> 昔年过洛，见李公简，言（宋）真宗既东封（祭泰山），访天下隐者，得杞（今河南郑州）人杨朴，能诗。及召对，自言不能。上问："临行有人作诗送卿否？"朴曰："惟臣妾有一首云：'更休落魄耽杯酒，且莫猖狂爱咏诗。今日捉将官里去，这回断送老头皮。'"上大笑，放还山。余在湖州，坐作诗追赴诏狱，妻子送余出门，皆哭。无以语之，顾语妻曰："独不能如杨子云（杨朴号）处士妻作诗送我乎？"妻子不觉失笑。余乃出。

这位贤妻的处世，大道理与老莱妻相同，是不沾染官场；实行却后来居上，能够用幽默的诗句，化决绝为委婉。碰巧真宗皇帝也识趣，用现在的话说是勇于接受批评，不"捉"了，于是"老头皮"就得以保全。男方杨朴，与老莱子相比也是后来居上，因为，如果自己不能富贵于我如浮云，答皇帝问，就会把这样的妙句藏起来，那就成为把老头皮豁出去，贤妻的一片苦心也就枉费了。妻贤，夫也不差，此之谓珠联璧合。

珠联璧合，比较少见。但只举这一点点嫌孤单，怎么办？忽然想到又一位，也是北宋人物，虽然谦退的程度差一些，但总是没有明白表示进取，也就无妨抄在这里，算作聊以充数也好。这故事见于欧阳修《归田录》卷二：

> 梅圣俞（名尧臣）以诗知名三十年，终不得一馆职。晚年与修《唐书》，书成未奏而卒，士大夫莫不叹惜。其初受敕修《唐书》，语其妻刁氏曰："吾之修书，可谓猢狲入布袋矣。"刁氏对曰："君于仕宦，何异鲇鱼上竹竿耶？"闻者皆以为善对。

对于"鲇鱼上竹竿"的坎坷之境，刁氏有谅解或怜悯之意，算作与老莱妻、杨朴妻鼎足而三，也不能说是牵强附会吧？

有人会问，这样凑成鼎足而三，誉为贤，何所取义？曰，除了发思古之幽情以外，还略有古为今用之意。对于"三月无君，则皇皇如也"，"天下有道，丘不与易也"，这类为理想献身的精神和行为，我向来也是高山仰止。但理想终归是理想，至于实际，正如韩非子所说，多数人还是"今之县令，一日身死，子孙累世絜驾（有车坐）"。说穿了不过是，作官与权势富厚常常是一回事。权势富厚，老莱妻和杨朴妻看到的连带物只是不安全，其实还有更重大的，是容易以他人之肉肥己身，无所不为。"人之所以异于禽兽者几希"，是孟老夫子的感慨。这意思还可以从积极方面发挥，是，既然生而为人，就应该争取异于禽兽。争取，应致力处很多，其中之一，或重要的之一，是不热衷于权势富厚。这当然很难，因为想活得适意，至少就一般人说，与权势富厚划清界限必是十之九做不到。或者说，取难舍易，除传说的巢父、许由等少数人以外，大量的男士都会感到不轻易。不轻易而志在必成，那就不得不求助于内力和准内力。内力是己身的进德修业；准内力就是贤妻，因为依传统，她是内助，又多在家门之内打转转也。这准内力，还常常能够在许多或应看作小节的事上大显神通，比如不少男士，并未入朝，可是也容易头脑发热，于是而听到一点什么，不再思三思就奋臂而起，想冲到长街去混入人流，山呼万岁，如果这时候家有贤妻，用一盆冷水从头浇下，使十分狂热变为五分清醒，岂不是功德无量吗？

食无求饱

《论语·学而》：子曰："君子食无（毋）求饱，居无求安，敏于事而慎于言，就有道而正焉，可谓好学也已。"朱熹注："不求安饱者，志有在而不暇及也。"现在看，这些话的意思颇有可取。可是回首当年，不知怎么想的，对于第一句却表示过不敢苟同；还为了显扬己见，自篆，请东安市场的刻字工人照刻个长方、上有瓦纽的红铜图章，文曰"食求饱斋"。且说这个图章，七七事变开始，就随着其他衣物书籍等毁于战火，或转入趁火打劫人之手。幸而还有少量书存同学李君处，如青柯亭本《聊斋志异》等，有时翻翻，还可以看到代表那时的点滴心情的这一方印记。现在推测，这种反圣道的思和行的来由，大概是常常不能饱而有牢骚，其意若曰：你们是"从大夫之后"的，吃饱不难，所以才说这样的风凉话；至于我，常常是难得一饱，既然没有飞黄腾达的幻想，那就穷则独"善"其身，只求能吃饱吧。新出生的牛犊不怕虎，大胆反圣道，竟连"君子食无求饱"，则"食求饱者非君子"的逻辑推理也不管了。幸而这方图章化为空无，反圣道的想法成为过去。但是也有不幸，是有关"食"和"饱"的一些问题没有随着化为空无，并且经常在身边，甚至在心里，纠缠。本诸"一吐为快"的凡人规律，干脆说说。

我出身于农村的中产偏下之家，直到小学毕业，日子都是在农村过的。其时是大清帝国转为共和不久，农村生活还维持昔年或说祖先的老套，专说吃，都是自产的粗粮加自产的蔬菜。也自产少量细粮，即小麦，也养猪、鸡等，但那主要是用来换钱的，不是供食用的。来亲戚时候不多，就是来，粗粮换细粮，吃鸡蛋，间或有肉，陪客也只是男性长者有份，妇女和小字辈的不能上桌面，所以只可看，不能吃。粗换细，有肉，只在可数的几个节，如清明、中秋、年节等。年节最好，除了多吃几顿之外，像我们小字辈的男孩子，还可以排满日程到外祖、姑、姨等近亲戚家拜年，依例，可以大吃，还可以得一些压岁钱。此外还有每年一次的自己生日，但待遇不算高，只是煮鸡蛋一个而已。这样，可见求饱就大不易。至此，要穿插说说我的关于饱的高论，是积数十年之经验，才发现并确信为不诬的，就是，饱有低级、高级二义：低级的是不"愿"再吃，或具体说，还可以吃，因为不顺口，算了；高级的是不"能"再吃，也具体说，是已经填满肚皮，再下箸就没处装。本诸取法乎上的要求，我以为，饱应该指高级的，这样，直到小学毕业，离开农村之前，我就一贯是食不能饱，虽然由立志方面说并不冠冕，由实况方面说却是离君子不远了。

由1925年秋天起，我到通县师范学校上学。也许是意在表示尊师重道吧，除了学、杂、宿等费不收之外，还官费吃饭。我刚入学的时候是每人每月四元。校当局为了避贪污之嫌，也许兼图省事，饭归学生自办，由各班推举经理二人，会计二人，出纳二人，负责一个月。我彼时曾显露企业家之才，当经理不止一次，因为是一生中最光荣的经历，恕我这里大书特书。光荣还不止"职称"一宗，比如到城中心去逛大街，粮店、酱园等铺的人见到，都是满面堆笑，鞠躬打拱。还有一次，是省教育厅长严智怡（严范孙之子）来视察，在西街宝兴居吃午饭，我是饭厅经理，成为学生代表之一，去诉苦，请求增加饭费。不久就居然增了，每人每月变为四元五角。记得另一篇说过，通县还有女子师范学校，男女新城、旧城不亲，待遇却平等。而不管四元还是四元五角，"她"们是绝大部分用于副食，我们（如旁观，应写"他"们）则绝大部分用于主食。于是她们就可以得高级饱，我们则只能得低级饱。也就因此，从那时起，我就更加赞同"爱哥哥"的女人水做、男人泥做的妙论。话题回到正路，是通县六年，得高级饱的时候很少。这很少，指破例，或大改善，到城中心的小楼（牌匾名义和轩）去吃牛肉饼，甚至兼吃烧鲶鱼；或小改善，到学校西边不远的张家小铺去吃馅饼。改善要花钱，而阮囊羞涩，所以可偶尔而不能常常。

1931年夏我由小城移到大城北京，名号由师范生升迁为大学生。吃的官费变为私费，而钱包的情况变化不大。私费的吃有优越性，是主观能动性大增，比如学校附近的海泉居和林盛居，走入哪一家，以及进去，吃炒肉丝还是吃张先生豆腐，我都有绝对自由。放大为理论，消极的，自由是幸福的必要条件，积极的，自由是通往幸福的最近的路，于是理论化为实际，关于吃，就常常是，虽不能说已经得到高级的饱，却可以说，两端之间，以接近高级那一端的时候为多。也有不只接近而真就到了的时候，那是有什么机会，伴随其他人，到沙滩一带之外的什么馆子，很少时候还是大字号，去吃。与现在相比，彼时的馆子有可爱性，材料好，用心做，利润低，而食客不多。这些可爱性使大众化的种种，如东来顺的牛肉饼，馅饼周的馅饼加粥，同福居的锅贴，仿膳的肉末烧饼，等等，不只价廉，还很好吃，进门入座，担保可以得个高级饱。大众化之上还有不少可以过屠门而大嚼的，因为很少光顾，又怕勾出馋涎不好办，只好不说。遗憾的是，这种任意进入哪一家的自由时间有限，先是改为自做自吃，接着还要自做给孩子吃，而阮囊羞涩如故，得高级饱的机会就越来越少了。

一晃，多少年？算算，总是二十年以上吧，"所谓"自然灾害的三年困难来了。先是感觉不饱，继而渐渐，反而胖了，医学家另有专名，曰浮肿。到长街拾锈烂铁钉以大炼钢铁的命令无声无臭地撤消，换为轮流到崇文门外一个招待所去休养。还是不饱，但总是比在家里好一些。可是心不能安，因为贤妻在家侍奉二老（我之母，她之母），巧妇难为无米之炊。韩非子有远见，《五蠹》篇中说："饥岁之春，幼弟不饷。"我们也由王道变为法治，买了秤，由小女儿掌管，依定量，合而做，分而食之。天助老寿，两位老人居然没有喊饿。贤妻也不饱，也是反而胖了。她属街道管辖，也有休养之道，是中午到街道委员会聚餐，菜有公备的什么鱼云云。有一天，她照例至时起程，我帮她整理应带的主食，是刚出锅的窝窝头两个。不知一时由哪里冒出一股大勇之气，我说："我吃两口行吗?"贤妻不愧为贤，说："你吃吧。"我吃了两口，大概咬去一个的三四分之一吧，当然还想继续吃，可是看看贤妻的可怜样子，只好"义亦我所欲也"，不再咬。万没想到，贤妻记忆力并不很好，却把这件事记得牢靠而清楚，于是每有亲友来，言及旧事，必绘影绘声地述说一番。说者笑，听者笑；我也笑，是苦笑。我想，如果说三年挨饿损失不少，这次乞讨大概是最重大的，虽然施主是贤妻。我有个老友李君，若干年前变听诊器为倚市门，发点小财，高级饱的经历自然就多了，却有个相反的高论，是困难时期收获很大。我请问理由，是：吃刚出锅的窝窝头，比当年吃烹对虾、烂扒鱼翅还香。总而言之，这一阶段是，求低级饱而不得。语云，天塌砸众人，也就可以饥肠辘辘而无怨。

困难终于过去。福也不单行，孩子学校毕业。可以自食其力了，而且不止一个。正想唱"日出而作，日入而息"的击壤之歌，"文革"的风刮来。专说食和饱的问题，经常是即使食有肉而不知肉味，因为不知道第二天会怎样。感谢时间公道，不为难人，总算也过去了。饱的情况呢，大致还是，得低级的似不难，得高级的时候很少。

为了避免厚古薄今之嫌，转为专说现在。旁观者多有厚意，劝说我现在有了条件，应该吃好些。所谓条件，是：一，二老先后作古，不再需要供养吃穿；二，孩子都能自立，当然不必再管；三，旧习难改，写些不三不四的东西，赖主编大人有眼无珠，居然换来一些稿酬；四，常说的衣食住行，住不贵，行很少，花钱只有衣食。而衣，我和老伴几乎不买，一些旧的非时装，穿上可蔽体，一也，电视上看到的时装，无兴趣，二也，于是可用钱之处就只剩下食一项。厚意，条件，两全，得高级饱应该不难了。然而不然，因为还有不少，旁观者不知或未注意的反面条件。我现在过的是东食宿、西食宿的日子，东是单位，每周少半，西是家，每周多半。先说西。老伴是不越雷池一步的人物，同住的下代都忙，因而采购不易，得合意之品尤其不易，又即使两道难关都闯过，还有一关，是没有烹调技术，于是各种相加，之和就成为，得低级饱不难，得高级饱大难。再说东。离家，入了城，我成为单干户。也由旁观者看，单位食堂的饭平平，可以不吃；有几张钞票，无人考勤，应该顿顿走入什么饭馆，一菜一汤，换个果腹含笑而归。含笑，大佳，可惜得之不易，因为反面条件更多。可总括为三种。第一种是外界的，即饭馆之难于走进去。这有两种情况。一种是路近的，十之九为个体户，经济效益第一而货色不佳，常常是花钱不少，连低级饱也不能得。另一种是路远的，有些甚至是赫赫有名的，想去，困难有二：一是常常客满外加不少立候的；二呢，恕我直言，因为我还记得一些昔日的情况，对比，绝大多数是有名无实，因而也就不易得到高级的饱。反面条件的第二种是半外半内的，远去就馆，除立候外，还要挤车，我老了，已经缺少勤奋和耐心去为嘴伤身。反面条件的第三种是纯内界的，老伴坚信而我半信半疑的，说是我因老而食欲不振，所以吃什么也不香。这论断，我半信，因为可以举三年挨饿时期的狼吞虎咽为证；也半疑，因为，例如不久前，到乡友凌公家吃他夫人做的家乡饭就吃得很多。这样说，关于食，我是念旧至于顽固不化了，且不管它。只说东食，反面条件难于克服，但又不能不吃，于是有时晚饭，就买一个豆包或一块烤白薯搪塞过去。现在这年头，青中年妇女穿上时装，还雅兴有余，愿意逗逗男老朽，以增加一些人生乐趣，看见我啃豆包或烤白薯就说："这老头子真俭朴，省下那么多大团结干什么？"她笑了。我也陪着笑了，是笑她不知道取得高级饱之不易。

又是难，又是不易，成为诉苦，不好再说下去。依照什么什么作文法则，结尾要照应开头。开头是引《论语·学而》，复看，觉得誉为颇有可取有问题了，因为事实不是食"无"求饱，而是食"难"求饱。知过必改。《论语》入《十三经》，不敢动笔；可以试试朱注，似可改为："不求安饱者，得难，故戒之在得也。"不过无论如何，我的"食求饱斋"总是失之过于理想，那就早早失落了也好。

犊车驴背

写下这样一个题目是出于不得已；所谓不得已，主要是求雅，如果用大白话，就要说"坐牛车和骑驴"。不得已之外，还有缠夹，因为想说的情意很杂，甚至很怪，无以名之，碰巧其中牵涉到驴，于是找不到和尚就拉个秃子充数。且由杂和怪说起，是不很久以前，不止一次，一个比我年轻的好心的友人，有悲天悯人之怀，看我的生活太单调，劝我分出一些时间，说旅游，也许要求太高，就算是换换环境也好，总之，应该出去一下。出去，可以近，比如人间天上的苏杭；也可以远，比如港九，那就可以开开眼，看高楼，吃大菜，见识见识现代化的繁华。我，不知怎么一阵发神经，不只没表示谢意，反而说："我也想换个地方闲散闲散，但想去的地方不是港九，而是乡村的亲友家。如果真就去了，住十天八天，就可以放下纸笔，吃家乡饭，睡土炕，星晨月夕，听听鸡鸣犬吠。"这样说，好像我是死守着老庄阵地的战士，连现代化的衣食住行也看作出于机心而鄙弃之了。事实又并不如此，比如前几年，为审校一本书，我单身到上海，因为不堪旅途寂寞，往返就都乘飞机。这表示，至少是有时候，我也承认，现代化的飞机，较之犊车驴背还是有不小的优越性。但人生是复杂的，恐怕不止我一个人，有时候又偏偏想骑骑驴，以过其踏雪寻梅之瘾。这真是一笔胡涂账，很难算清。以下就沿着胡涂往下说，不求算清。

提起坐牛车，是半个世纪以前的事了。记得的当然是感到最有意思的。叔父家养一头黄牛，温顺不稀奇，稀奇的是记性好，于是，比如让我们几个孩子去看几姑母，她住在一二十里之外的某村，就于早饭后让这头牛挂帅出征，我们几个孩子坐上去，大人牵牛送到村外的岔路上，然后就由牛作主，不再管。牛走得慢，车轻轻摇动，我们可以在上面东瞧西看，打打闹闹，还可以下去掐花草，十步八步就赶上。总要走两三个钟头，到姑母家门口，站住。午饭后回来还是那样，可是我们累了，常常在车上睡，到家门口停车还是不醒。

再说骑驴，记得的时间较晚，是在通县上师范学校时期，每次开学前，家里派人送到三十里外的汽车站，总是借西邻王家的驴，骑着上路。驴和牛一样，也是温顺，认真。最值得欣赏的是外貌和表情都憨厚，使人禁不住想到《堂吉诃德》中那一匹以及它的伙伴那匹瘦马。送我出行的经常是那位雇工，人呼为傻韩的。他只是直爽，并不傻，因为每年元宵节的高跷会，他扮演傻小子，要装傻，所以得了这么个称号。他健谈，喜欢谈他前几年在天津拉洋车，欢迎窈窕淑女、拒绝肥头大耳富商的英雄事迹。他年近四十，还没找到窈窕淑女，但他总是说说笑笑，像是很乐观。只有一次，送我往汽车站的路上，经过离家七八里一个村的村外，他指着村内一处说，某某姑娘是他的情人，嫁在那里。我在驴背上，他在驴后，没看见他的脸色，想来不会是淡淡的吧？

由30年代起，我离开乡村到城市，犊车驴背的机会不再有了。有时很想，因为在城市，人由稀而挤，行由慢而快，外嗅不到青草味，内不能长养闲情，确是有另一种滋味的苦。在这方面我还强硬，不放弃苦中作乐的幻想，是80年代初，在丰台南一农村落户的蓝姓表弟约我去住两三天，我复信，表示高兴前往，并提出个希望，用驴车到汽车站接，因为推想，在农村，有驴，有车，拼凑一辆是不难的。这位表弟念过四书，可惜没念过《世说新语》，不能领会我的坐驴车之梦的伟大意义，因而下汽车一看，等待的竟还是汽车。幸而他还有一半的知人之明，已经备下烤白薯和柴锅炸（读阴平）饼，晚上，同卧一土炕，谈幼年夏夜蚊声中看驴皮影戏的旧事，总算不虚此行。

还是说驴。上面提到《堂吉诃德》中桑丘·潘沙君的驴，那是外国的。本诸张文襄公"中学为体"之义，驴，骑驴，也应该说中国的。手边恰好有《宋人轶事汇编》，选抄两则骑驴的故事供欣赏。又本诸古今通用的官以高为贵之义，所选限于宰相。

（1）富郑公（富弼）致仕归西都（宋以洛阳为西京），尝着布直裰（便服长袍），骑驴出郊。逢水南巡检呵（呵道）引（开路）甚盛。前卒呵骑者下，公举鞭促驴。卒声愈厉，又唱言（大声说）："不肯下驴，请官位。"公举鞭称名曰："弼。"卒不晓所谓，白其将（主官）曰："前有一人骑驴冲节（官徽，即仪仗），请官位不得，口称弼弼。"将悟，乃相公也，下马伏谒（跪拜）道左，其候（虞候，随从武官）赞曰（依仪制唱说）："水南巡检唱喏（行礼兼口说行礼）。"公举鞭去。

（卷八引《萍洲可谈》）

（2）王荆公（王安石）领观使［得某道观使的职位、领俸（通称祠禄）而不管事，是宋朝优待下台高官的办法］，归金陵，居钟山下，出即乘驴。余（笔记作者王巩）尝谒之，即退，见其乘驴而出，一卒牵之而行。问其指使（管事人），相公何之。指使曰："若牵卒在前听牵卒，若牵卒在后即听驰（任驴随意走）矣。或相公欲止则止，或坐松石之下，或田野耕凿（凿井）之家，或入寺……"

（卷十引《闻见近录》）

抄这类旧文有什么意义呢？一种可能的意义是，因为宰相骑驴，所以我们也要重视骑驴。显然，我们不能取此义。主要不是因为有势利眼之嫌，而是因为绝大多数宰相（纵使是下台的）之事，我们想学也学不了，如见官不避就是一例。所取之义来于不久前与一位诗翁的闲谈，他说他喜欢作诗，可是坐波音747，皇冠上高速公路，总是心情加速，生不出诗意。于是我由诗而想到驴，富郑公洛阳郊外挥鞭，作不作诗，我不知道；王荆公是一定作的，这诗就来于驴背之上。可见驴与波音747、皇冠或奔驰相比，至少在这一点上，还是占了上风。过于现代化的人或者会问，这写在小本本上的一些平平仄仄平有什么价值呢？

问题不简单，或说太大，我只好躲开，王顾左右而言他。且说近些年来，我有个不能申请专利的发明创造，曰一叶落而知秋论，其内涵是：与个人有关的一切人为的有形事物，十之八九可以从中推出无形的价值观念或人生态度来。根据我这个高论，可以断定，即将登记的小两口，家用电器不全、三金首饰不备就不干的是一类，全不全、备不备无所谓的是另一类。还是说驴，无皇冠或奔驰就不能出门的是一类，想骑驴到野外嗅嗅青草味，甚至带回一首平平仄仄平的是另一类。语云，人各有志，彼亦一是非，此亦一是非，强分高下，不妥。但牵累大小却是分明的，就说家用电器和三金首饰吧，要用钱换，而钱，总是走来难飞去易的东西，怎么办？这就会引来心情平静不平静、社会安定不安定，值得人人深入思考的种种大大小小的问题。也是我的高论，问题也有重量，小者不轻，大者更重。近些年来，这些小的大的，已经汇聚为风气，压在不少人，或说整个社会的肩上，心上。表现为价值观念或人生态度是：眼所望，心所求，只是阔气（与方便、舒适小同而大异）；阔气来于有钱，于是眼所望和心所求就成为只是钱。复杂的人生成为单项的。这单项有强的拘束力，于是身和心的自由就所余无几甚至没有了。我，说句坦白从宽的话，一生穷困，因而对于钱，是既离不开又无好感。这两者之间就容许保存个超过单项的复杂，打开窗户说亮话，就容许用犊车驴背之类来抗拒阔气，也就可以和钱保持个虽不远但不近的距离。这就是我宁可往乡村听鸡鸣犬吠而不往港九看高楼、吃大菜的理由。——写到此一想，不好，篱下的闲谈成为讲坛的论道，岂不糟糕！还是回到骑驴吧。依照以上我的高论，骑驴就会有两种伟大的意义：一种是诗意的享受，陌上花开缓缓行之类是也；一种是战略的防卫，保持见阔气而漠然的心情自由是也。伟大意义说清楚之后，万不得已，还要说个遗憾，是不要说骑，就是驴，除了《堂吉诃德》的插图所印、黄胄君所画，已是多年见不到了，于是这一篇就不能不成为纸上谈兵，可叹，可叹！

集句

几天以前，在日本进修的杨女士寄来一封信，告知出国前访问篆刻家（二代）刘博琴的情况，绘影绘声，有小说意味。末尾说，如果能给她写点什么寄去，她将感到荣幸。荣幸二字有言外意，是在她的眼里，我有架子；如果不写，那就不只是有架子，而且是有大架子。于是为了澄清事实，赶紧拿笔砚和纸，写。写什么呢？当然最好是自嘲，或说自己打嘴巴之类的。翻旧稿，恰巧就碰到一首有打油气的标题为"自伤"的五律，诗云："大道叹多歧，龟蓍问所之。中原常水火，下里少胭脂。有感皆成泪，无聊且作诗。乐清仍履浊，惭愧寸心知。"写完，入封，寄，测轻重的女士判定寄费为二元之后，斥责我不该用厚纸信封。我表示谨受教，知过必改，一件不得不做的闲事才算完事大吉。

且说这首打油诗写完之后，入封之前，不幸被一位由青走向中的人看见，念一遍之后，想听听作旧诗的道理。我大为狼狈，不得不由孟老夫子那里借个搪塞的武器，曰："难言也。"然后是"王顾左右而言他"。但更不幸的是这不幸没有截止，他的发问竟在我的心里回旋不去。我自问自答，所得竟然也是"难言也"。为什么难言？总的说是理想与实际可以合而常常不合，于是就不免鱼龙混杂，解说，适于鱼的未必适于龙，适于龙的未必适于鱼，正是不能不左右为难了。以下说说所以左右为难的道理。

先说理想的一面。"诗者，志之所之也。在心为志，发言为诗，情动于中而形于言。"见于《毛诗序》。这是说，作诗是由于人性的不得不然。"温柔敦厚，诗教也。"见于《礼记·经解》。这是由不得不然变为应然，升了一级，虽然不免带有功利主义的色彩。孔子说："不学诗，无以言。"功利主义的色彩更加浓厚。这个传统下传，到唐朝发扬光大，或说登峰造极。有妇孺皆知的不少所谓美谈为证，只举两事。一是依通例，由才子佳人的才子出头，在门板上写"去年今日此门中"的诗，勾得佳人神魂颠倒。一是打破通例，由才子佳人的佳人出头，在红叶上写"水流何太急"的诗，勾得才子神魂颠倒。据说结果都是有情人成了眷属。总而言之是诗有大用，有大用的诗当然是货真价实的。

可惜的是诗作并不都货真价实，这就成为上面提到的实际跟不上理想。由拙作的打油诗说起，第五句云"有感皆成泪"，我自己也得承认是夸大了，因为闭目反省，是"有感"的时候不少，"成泪"的时候不多。不多而说"皆"，我想，这也不当完全由我负责，而应该由诗的传统甚至本性分担一部分。即如杜老，"何时倚虚幌，双照泪痕干"，恕我大胆，以己度人，久别团圆，到倚虚幌时候还对坐流

242

泪，"清辉玉臂寒"的那位也许会这样，"白头搔更短"的杜老像是不容易这样。如果这个大胆的推测不错，关于用文字写的泪，我们可以用近于数学定理的形式总而言之，是出于佳人之眼的也许能够真假各半，出于才子之眼的就必是假多于真。泪这样，常见于诗的其他种种花样想必也是如此。以描绘形态的美言妙语为例，"云想衣裳花想容"，唐朝还没有现代化的引进技术，能够织出轻柔飘忽像云那样的衣料吗？至于那位喜吃荔枝的玉环女士，胖胖的，什么花会这样厚重呢？诗句用了两个"想"字，这也是不打自招，想当然罢了。

以上由"有感皆成泪"顺流而下，想不到竟说了这样多的诗的坏话。所以应该改弦更张，由"无聊且作诗"顺流而下试试。这意思也许可以算作偷韩文公的，因为他曾说："余事作诗人。"余事者，闲事也。清代词人项莲生说得堂皇郑重些，是"不为无益之事，何以遣有涯之生？"总之，都是认为诗不妨作；抒情，如果有情，为什么不可以抒？但无论怎么说，这总是闲事。闲事，可有可无，这是一面。但还有另一面，说来也是人的天性使然，至少是有不少人，越是闲事越是放不下，越是愿意费大心思，甚至鞠躬尽瘁，死而后已。这样，就中国说，由"关关雎鸠"起，中间经过数不尽的人，更数不尽的诗作，而且可以预言，只要神州以及神州的人在，诗的命运总会亨通。

我有时想，诗运所以能够亨通，原因的一半当然是有不少人未能太上忘情。这一半是"天命之谓性"，只好接受，没有什么好讲的。另一半却大有文章可作，是诗有魔力。所谓魔力，可以分作源和流两类。流，或说效用，上面已经举过例，是导致才子佳人神魂颠倒。源，或说能力，用旧话说是"无可无不可"，用新话说是"测不定"。以下专说这测不定，具体情况是：（所表的）情意是恍兮惚兮，其中有物，（能表的）诗句是其中有物，恍兮惚兮，双方都没有棱角，因而，打个比方，那就像是两碗稀粥，倒在一个容器里，总会水乳交融的。这说得刻薄一些，是哪方面有缺漏或不合用，都不容易显露，也就是可以蒙混过关。我最初得此小悟，是受了清代大画家恽南田的一次棒喝。那是看他的一首题自画碧桃的七绝："何处香车紫陌尘，一枝斜倚落花津。美人独立东风里，半为春愁翠黛颦。"偶然翻《瓯香馆集》，见卷六也有这一首，题目却是"题杨柳"（"一枝斜倚"作"枝枝斜堕"）。这是一顶帽子，既给杨柳戴了，又给碧桃戴了。但是我们分在两处看，也不会觉得有什么不合适，原因就正是在于情意和诗句中都有恍兮惚兮。变为具体就不成，因为方的总不能说是圆的。传世的不少诗句，尤其李义山直到王渔洋的，意思常是粗看似清楚细看又抓不着，都可以作如是观。

但这样也不无好处，那是在高难动作之中偏偏容许偷巧。所谓高难动作，一方面是原料，要一往情深；一方面是技术，要在平平仄仄平等多种限制之下活动，写出来，却又像是没受什么限制。这自然不容易，可是很多很多的人却轻易地就化难为易，我的体会，就是得了恍兮惚兮之助，偷了巧。说偷巧，很多诗人，尤其为一句半句捻断髭须的，会大不高兴。那就说两点近于辩解的意思。一点是，所谓偷巧，是说有些人有时，不是一切人总是。另一点是，确是有偷巧之事，非我向壁虚造。非虚造，要有证据。证据可以举出很多，为了省精力和纸张，只说其中最有力的一种，是"集句"，就是自己偷懒，请几位（绝句四位，律诗八位）古人出马，各捐赠一句，拼凑成一首，以表"自己"的情意。自己有情意或装作有情意，可以请几位古人合伙代说，也可见恍兮惚兮的魔力之大了。

据说集句始于北宋的石曼卿（名延年）。起而效尤的大名人是王荆公，今传文集里有"集句诗"和"集句歌曲"各一卷。那还是草创时期，如《怀元度三首》之二：

舍南舍北皆春水　　恰似蒲萄新拨醅
不见秘书心若失　　百年衰病独登台

拼凑痕迹明显，意不贴切、文不自然且不说，还有大过，是借古人之光而毫无感谢之意（不注明作者）。

凡事如积薪然，都是后来居上。集句也是这样，赵宋之后就求精而能精。举大户的两家为例。一是汤显祖的《牡丹亭》，各出下场诗的七绝都用集唐法。如第三十二出《冥誓》是：

梦来何处更为云　　**李商隐**
惆怅金泥簇蝶裙　　**韦氏子**

欲访孤坟谁引至　**刘言史**

有人传示紫阳君　**熊孺登**

第四十二出《移镇》是：

隋堤风物已凄凉　**吴融**　　楚汉宁教作战场　**韩偓**

闺阁不知戎马事　**薛涛**　　双双相趁下残阳　**罗邺**

　　另一个大户是清初的朱彝尊，所著《曝书亭集》卷三十名《蕃锦集》，收词一百多首，都是集句。如《江南好》：

三春暮　**郎大家**，看竹到贫家　**王维**。高树夕阳连古巷　**卢纶**，小桥流水接平沙　**刘兼**。把酒话桑麻　**孟浩然**。

又如《临江仙》：

无限寒鸿飞不度　**李益**，太行山碍并州　**白居易**。白云一片去悠悠　**张若虚**。饥乌啼旧垒　**沈佺期**，古木带高秋　**刘长卿**。　　永夜角声悲自语　**杜甫**，思乡望月登楼　**魏扶**。离肠百结解无由　**鱼玄机**。诗题青玉案　**高适**，泪满黑貂裘　**李白**。

246

所举四首，意和文都合得来，像是多狐之腋集成一袭天衣无缝的白裘，如果那位拗相公还有知，能看到，也总当自叹望尘莫及吧？

就我涉猎闲书偶尔碰到的说，还有更望尘莫及的。那是一位不知名之士，清代晚年苏州的金子春，以《四十述怀》为题，集了四首七律，有幸借邹弢《三借庐笔谈》之力，传了下来。抄录如下：

其 一

四十无闻懒慢身	**戴叔伦**	生涯还似旧时贫	**朱庆余**
谁能阮籍襟怀旷	**刘 谷**	自叹虞翻骨相屯	**韩 愈**
药圃茶园为产业	**白居易**	柴门草舍绝风尘	**刘长聊**
物情多与闲相称	**刘 咸**	却恐闲人是贵人	**李山甫**

其 二

一想流年百事惊	**薛 能**	青袍今已误儒生	**刘长卿**
时难何处披怀抱	**刘 象**	身贱多惭问姓名	**卢 纶**
薄有文章传子弟	**白居易**	更无书札答公卿	**方 干**
壮心暗逐高歌尽	**韩 偓**	白发新添四五茎	**薛 逢**

其 三

出门何处望京师	**戴叔伦**	几度临风动远思	**牟 融**
多病漫劳窥圣代	**罗 隐**	无才不敢累清时	**王 维**

蹉跎冠冕谁相念	薛 能	寂寞烟霞只自知	薛 逢
一卧沧江惊岁晚	杜 甫	芭蕉叶上独题诗	韦应物

其　四

不解谋生只解吟	郑 谷	寒斋长掩暮云深	唐彦谦
未酬阆泽佣书债	韦 庄	却用文君取酒金	李商隐
红蜡有时还入梦	罗 隐	青云无路觅知音	赵 嘏
年年今日谁相问	李山甫	探得黄花且独斟	司空图

就是我这以"偷巧"立论的人，也不能不由不重视变为点头称叹了。理由有二：一是东拼西凑，竟凑得这样贴切自然（尤其中间两联的对仗）；二是肚子里装满唐诗，而且滚瓜烂熟。这两点相加，产生了岔出去的力量，使很多人提及集句，想到的就主要不是偷巧，而是博学和慧心。

对这岔出去的观点，我的态度是姑妄听之，因为总是觉得，自己有情意，借别人之口抒发，恰好合适的机会必是不多的。但这是理论；至于实际，至少有一次，我也未能免俗。那是约十年前，一位老友寄来一首《高阳台》词请和。信中说明填此调的原由，是听说当年有情人差一点成为眷属的，住在西部某地，已寡居多年。词有真情意，缠绵悱恻。我却为了难，想随着呻吟，可是因为无病，竟几次也呻吟不出来。急中生智，想到集句。生性健忘，不敢集唐，更不敢集律诗。缩小范围，只集李义山，成七绝三首。也抄在下面，凑凑热闹：

其 一

远书归梦两悠悠　同向春风各自愁

纵使有花兼有月　他生未卜此生休

其 二

良辰未必有佳期　万里南云滞所思

却忆短亭回首处　黄蜂紫蝶两参差

其 三

不信年华有断肠　古来才命两相妨

离鸾别凤今何在　万里西风夜正长

交了差，换来老友的感谢。我，至少在这短时期，变了对集句的态度，因为它救了我的急，使我无病也能够呻吟得像是有病。

记
忆

　　不久以前，孩子送来一本《汉语拼音词汇》，说是我的书。我想那是错了，我不会买这种性质的书。翻开看看，扉页上竟有题字，确是赠给我的，下款署"周梦贤"，还有我补写的时间，是1965年5月24日。我搜索枯肠，终于想不起来这位周君是什么人，是在哪里认识的。1965年，"文革"的前一年，距离现在正好是两纪，许多事就从记忆里溜掉，并一点点痕迹也不留，我不能不兴起很浓的伤逝之感。

　　我想到我常常提到的一点意思，是一切技艺，想成家，必须三项条件俱全，天资、功力和学识；后两项可以人为，前一项只能靠定命。我想记忆力也是这样，上天吝啬，不多赋与，你着急也没有用。这样说，至少是在这方面，我是失败主义者。或中庸一些，是怀疑主义者，怀疑多种增强记忆力的秘方，我推想，那功效还只能在功力范围之内，而不能以人力变天。至于我，还有可悲的一种越渴越吃盐的情况，是而立之年患贫血病，据说这是会严重影响记忆力的。总之，情况就成为，往事如烟，许多经历若有若无，因而不想则已，一想就不能不感到所失过多的悲哀。譬如有一次，大概是1960年前后，小民都填不满肚皮的时候，同学刘君喜欢苦中作乐，述说昔年的吃，其中一件是30年代初期，旧历正月初一，我们一同逛东岳庙的事。他说那天和暖，回来的路上，进朝阳门，很渴，进一个元宵铺吃元宵，问掌柜的可以不可以多喝些汤，掌柜的说："您随便，就是不吃元宵也可以随便喝。"于是我喝了两碗，他喝了三碗。说完，问我还记得不记得。我说一点印象也没有了。这是一种"失"，照《庄子·大宗师》篇的讲法，无所谓；我修养太差，不能舍，所以就不免于烦恼。

也就因此，对于记忆力强的人，我总是有羡慕之心。说起记忆力强的人，记载，传说，如应奉之记半面，杨愔之记草驴，多了。又据说古希腊雅典的一位政治家，全国公民十万，他都认识，能叫出名字。还有更突出的，恕我记不清见于什么笔记，是苏州一个读书人，出门没带雨具，遇雨，到街头一个小染坊暂避。无聊，见柜台上有一本收活的账，记某月日收到什么人的什么料若干尺，染什么颜色，何日交活，等等。一本将写满，他翻看一过，恰好雨停了，道谢离开。过了三五天，小染坊失火，偏偏把临街的门面烧了，账自然随着成为灰烬。掌柜的急得要死，这位读书人听说，就给补写了一份。这就比雅典的政治家更为难及，因为那位是有意记，这位是无意记。但这两位的事迹都来自据说，可靠性如何就难说了。说个可靠性没问题的，那是北宋的大学者刘敞（字原父），有名的博雅之士，《宋稗类钞》记载，欧阳修常向他请教。有一次，欧阳修派人来问入阁的起源，说急用，他拿起笔就写，完了，跟别人说："好个欧九（欧阳修行九），极有文章，可惜不甚读书。"说欧阳修不甚读书，大概没有人相信，推想事实是，都读得很多，只是刘敞记忆力好，成为活书库，欧阳修就不能不甘拜下风了。

旧日记载，像刘敞这样，记忆力特强，大致可信的，很多，举不胜举。只好换个方向，想想有没有我亲见的。用力搜索，居然找到一位，用旧称呼，是一个小饭馆的跑堂的。那小饭馆在北京宣武门外草厂口略北路东。以下倒叙，是40年代晚期，小饭馆邻近有个长城印刷厂，副经理赵君是我的朋友，因而我主编的一个月刊在那里排印。有一天近午，我去看清样，经理王君和赵君招待我，到那个小饭馆吃午饭。喝一杯白酒，本未想说而话来，我就说，这地方，我以前还吃过饭。其时那位跑堂的，看来四十岁上下，正在旁边，接过去说："是，十六年前吃过两次。"我大吃一惊，因为说得完全对。那是1931年春天，我由师范学校毕业，随着全班同学到北京参观，住在小饭馆对面的燕冀中学，所以曾就近在那里吃，至于是否两次，我也记不清了。我佩服他的记忆力，也感激他没有忘掉十六年前像我这样毫无特色的穷学生。

像他这样记忆力强的人，以及次于他却比我强得多的人，谈到昔年的人和事，都使我既羡慕又烦恼。这高下之别使我有时想到记忆的性质，或说记忆力的生理来源。我不懂以生理为基础的心理学。有时设想，人所经历，长久不忘，是不是像印刷排版后打型那样，外界事物的性状一压，脑神经或脑细胞上也出现凹凸不平的痕迹，于是把应记的一切保存上面？如果是这样，那我的脑神经或脑细胞就近于顽固不化，压时虽然也出现一些凹凸，但不久就复旧，凹凸成为不明显甚至完全平了，应记的自然就随着化为空无。如果我的设想有些道理，这脑神经或脑细胞的顽固不化就是我得天独薄，只能认命了。记忆的清晰、模胡以至消亡，是沿着时间的水流渐变的，这使我有时又想到"时间"。时间是个怪东西，它无形无声，其（常识的）存在和性质，是我们由许多所觉知的事物推出来的。以"现在"为例，我们常说，像是也知道它何所指，其实稍一追问，如最简单的，它的长度，就会茫然。而就以这茫然为中心，由记忆推出有"过去"，用归纳法推出有"将来"。——这还是说康德的时间。20世纪又冒出个爱因斯坦，说时间的快慢并不像康德设想的那样，均匀而万古不变，而是因事物活动的速度不同而有变化。这样，就理论说，我们安坐，散步，乘汽车，乘飞机，所经历的时间就成为四种，而不是我们钟表上的一分等于六十秒的一种了。这颇难领会，联系记忆的变，多歧，我常常感到可怕。怕的是人力难于胜天，甚至难于知天。

还是说记忆，我是失败主义者，当然要承认人力难于胜天。有人说，这也不无好处，像是有个哲人说过，时间能够使痛苦淡化；如果不是这样，那生活的担子就更加沉重了。这等于说，随着时间的流动，清晰的记忆化为模胡，以至消亡，也会带来好处。我想，这是随缘主义者的美妙想法：成，为王，很好；败，为寇，也不坏。人各有见，或人各有感，只好随他。至于我，所感就不同，而是：败，不免于怅惘；成，更糟，不免于悔恨。以下分别说说这两种情况。

先说记不清。记不清是有所失。这所失是无形的，像是可以不必计较，其实不然。哲理方面的理由难说，只好不说，单说事实方面的。先说一件近的，是一年半以前，写什么，要查看敦煌本《六祖坛经》。1966年"文革"，先是因为必须反唯心论，后是因为所居地盘缩小，不得不清除有关佛学的书。但像是清楚地记得，几种《六祖坛经》都留下，因为还不想舍弃禅。又像是清楚地记得，就放在某一个书柜的最下层。于是抱着唾手可得的必胜信心，打开柜门去拿。可是找，竟没有。还以为是记错地方，仍旧抱着必胜的信心，到其他地方找。直到找遍所有存书的地方，还是没有，才放弃必胜的信心，垂头，对着看不见的可怜的记忆力长叹一口气。再说一件远的，是50年代中期，我正在工作单位的一间房里看稿，有人叩门找我。我出去，那位来客很热情，握着我的手嘻嘻笑，并且故意问了一句："还认识我吗？"我一愣，不好答话。他也一愣，很明显是感到意外，于是加说一句："是哈尔滨来的。"我还是茫然。他的意外变为当机立断，说："我是谁谁，你不认识了？"我哎哟一声，不由自主地说："想不到是你，我记性太坏了。"这使我很难过，也很难堪，因为40年代后期，他也住在北京，我们不但交情很厚，而且过从很密，他回东北以后，还不断有书信来往，想不到几年不见，他的清瘦的外貌就在我的记忆中消失了。

自然，我的记忆的口袋里还没有成为空无。有些什么呢？琐屑的，或关系不大的，包括能背诵的子曰、诗云等等，都可以不说。值得衡量一下的是与价值观念有关的，即诸多行事之中，哪些是好的，哪些是坏的；哪些是对的，哪些是错的。好的，对的，也总当有一些吧？可是很奇怪，常常浮上心头的差不多都是坏的和错的。这些还可以分为两个等级。低级的来于自己的迂和不通世故，引起的心情是"悔"。还有高级的，来于自己的天机浅和修养差，引起的心情是"悔"加"愧"。两个等级相比，后者是更严重的失误，给我带来的伤痛也就更多。而说起这伤痛，又是由来远矣，记得若干年前，还求友人王君刻了个图章，曰"行多不是"。全句是"回思昔所行多不是"，记得是马上得天下的汉高祖说的，见于何书也忘了，我断章而取其全义，一则表示自伤，二则表示自勉。值得痛心的是，若干年过去，有时算算生涯之账，毫无例外，都是自伤之意有增无减，自勉之意则完全落了空。

就是这样，想到有关记忆的种种，我一则以喜，因为我还没有像我的一位舅父那样，得病记忆力丧失，连舅母也不认识了；又一则以惧，因为它既使我怅惘，又使我悔和愧。我写这篇闲话，主要是想说说这后一种的后一半，就是分明记得：行，多失误；心，多悔和愧。为什么要这样揭伤疤？曰：并无求什么人谅解之意，只是不愿意以半面妆见人而已。

机遇

　　一生跟我交往时间最长的裴大哥作古三年多了。时间最长，是因为始于民初的小学同学，终于80年代的送他到八宝山。他比我年长两岁，不知为什么上学较晚，在小学跟我同班。毕业后到北京上一两年中学，因为父亲吸鸦片家道骤落，不得不改行，自食其力，挑担卖一种早点小吃杏仁茶。穷苦，结婚晚，这位嫂夫人身体很坏，长年与药锅为伴，五十多岁就提前移住西天。我们几乎一生同在一城，见面机会较多，其中绝大多数是在他的宣南住所共晚饭。他爽直开朗，虽然生活相当困顿，却总是眼观顺利或有希望的一面。晚间少事，喜欢喝一两杯酒，面红之后，谈天说地，大有燕市狗屠的慷慨气概。可是晚年小变，大概是也看到不顺利的一面吧，记得常常说："人不服老不成。""人不信命不成。"这两句都是深入生活的经验之谈，可是性质有别，借用《易经》里的现成话，前者属于形而下，后者属于形而上。形而上，根深，所以更值得慨叹。我的老友韩君，由我之介，也跟裴大哥很熟，对于这形而上的信命也有同感。但是他说，依照传统，命有迷信色彩，不如说是天性加机遇。我的领会，他说的天性和机遇，都在因果锁链之内，所以即使总括为不可抗的命，仍是科学的。这可以举例以明之。先说天性，不同的人受生之后，多方面千差万别，只说智愚和刚柔，如《出师表》中的诸葛亮与刘禅，智愚有别，《捉放曹》中的曹操与陈宫，刚柔有别，都是与生俱来，非人力所能左右。再说机遇，问题比较复杂，韩君的想法可能是，巧到室内有胡蝶之梦，室外真就中了奖，都是前因必有的后果，同样没有什么回旋余地，也就没什么稀奇。但常人的常识未必这样领会，比如"他乡遇故知"，惊叫一声"太巧了"，至少是情绪上，必含有"偶然"之意。偶然不同于必然。那么，说起机遇，究竟是纯必然呢，还是纯偶然或含有偶然成分呢？问题太大，太复杂，但与人生关系密切，所以想"老骥伏枥"一次，碰碰。

先要说句泄气的话，生涯的由过去而现在，由现在而将来，所经历的大大小小，究竟都是必然还是也有偶然，我们闹不清楚。消极但并不无力的理由是，偏向哪一方的一言以蔽之都有困难。这里就由困难立论。先说不能不承认因果规律的普遍性和确定性。理由之一是有大量的事实为证；之二是我们难得离开它，试想，如果种瓜不能得瓜，种豆不能得豆，那还得了吗？谈到此，像是物理学胜利了，因为规律有一网打尽之力，连某时想作一首歪诗，作，得某字，都成为必然。但是同样与人生有密切关系的伦理学（或称道德哲学）不会同意，因为这样板滞，意志自由就无处安放，也试想，如果懒散不干事，或热心吃喝玩乐，甚至杀了人，都说是因果规律注定的，非主观能动性所能变动，那就勉励、责任、向上等等人类寄与希望的，都成为泡影了。显然，这里关键在意志的性质。我们主观觉得，至少是有时候，在岔路口，我们像是有任选其一的力量。但是因果论者会说，选这一条而不选那一条，也一定不是无因的，若然，就还是没有跳到因果规律之外。可是喜欢抬杠的人会更深追一步，说因果论还有不小的漏洞：一是最初因问题，说有说无都有理论的困难；二是没有办法证明，决不能出现新生因。公说公的理，婆说婆的理，一笔胡涂账，难于算清，只好不算。

那就躲开理论的一团乱丝，只用常识的眼看看机遇，或者说，不问其中有没有偶然成分，只说面对它，我们会有什么感受。显然，这要看机遇具体成什么样子，会产生什么影响。淝水之战，前秦强，东晋弱，可是强的败了，弱的胜了，是机遇，因此而得的感受，谢安与苻坚的必大不同。缩小到个人，相差甚微的机遇会引来得失、苦乐、荣辱的大分别，感受也就会因之而大异。概括说，程度深的感受可以分为两类：一类是有幸，俗话所谓吉人天相；另一类是不幸，俗话所谓受命运的播弄。自然也容许中间的，或大量中间的，如未刺绣文而倚市门，托终身，未得张三而得了李四，以至持票子上街，未买金项链而买了电子琴，得失苦乐，界限不明，回顾时也会一言难尽。这种种情况会汇聚成一种总的情况，即机遇的总的性质，是"它力量很大"而"我们无可奈何"。这也会引来感受，就我自己说是敬而畏之。何谓敬畏？《论语》有"畏天命"的话，天命只能顺受，人无可奈何，这是敬畏，不是恨畏。康德在《实践理性批判》中说："有两种事物，我们越深入地思索，就越生敬畏之感，那是天上的星空和心中的道德律。"这是更典型的敬畏。与康德的星空和道德律相比，机遇较下而零碎，可是力量像是更大，因为更切身，影响更显著。这需要进一步研究。以己身为本位，机遇还可以分为已然和未然两类，两类的重要分别是可知和不可知。这分别又会引来感受的不同。还是说我自己的，对于已然的，感受常常是惊奇加敬畏；未然的，感受常常是疑虑加敬畏。未然的，不可知，除坐待之外，没有多少话好讲；以下着重说已然的。

先说两种大的。一种是"地"，或说自然环境。生而为人，具有形和神，是生在冰岛还是生在赤道线上，自己不能选择，只能听从机遇。缩小到神州之内，是生在苏、杭还是生在北疆，也是自己不能选择，只能听从机遇。机遇有别，其下一连串的分别就随之而来，只说一种关系不大的，是食息于北地，听"吴娘暮雨潇潇曲"的机会就没有了。地的机遇中还有天灾的机遇，其中最可怕的有火山、地震、决口之类，如1976年的唐山就是一例。另一种大是"时"，或说社会环境。翻阅历史，远的，有"时日害（曷）丧，予及女（汝）偕亡"的环境，有"天下之民皆引领而望之"的环境。其后，有战国百家争鸣的环境，有秦皇焚书坑儒的环境。再后，还有五胡乱华的环境，贞观之治的环境。环境不同，所受和所感就会大不同。但浅斟低唱也罢，痛哭流涕也罢，个人终归是渺小的，绝大多数，除了听从机遇的摆布以外，似乎很难找出其他办法来。

悲观气氛太浓了，又理太多，失之枯燥，还是赶紧回来谈闲话。换为说有关机遇的"事"。为了亲切，避免道听途说，只好现身说法。想由大而小，由近于常而真正巧，说三件，以略显示机遇的性状和神通，然后也许加点感慨，收场。

第一件，说说机遇使我走上如果容许思考、选择就未必肯走的路。为了不太拖长，由师范学校毕业时说起。念师范，理当的出路，或者还可以加上个人的愿望，是到小学当孩子王，每月可以拿大洋三四十，那年头，这个数目，既可以养家又可以肥己。我1931年暑假毕业，不记得是自己没奔走还是没有人肯要，总之是到该有着落的时候竟没有着落。又，师范学校毕业，照规定是不得及时考大学，可是这一年例外，却有法而不执行。于是我就由通县而北京，费大洋二元，报考北京大学和师范大学。北京大学考期在前，侥幸录取，于是由人生的岔路口走入北大红楼。这自然也会种瓜得瓜，种豆得豆。瓜、豆是什么？半个世纪以后拿起算盘，加加减减，不幸所得竟是三种轻则值得慨叹、重则值得涕泣的。一种是"穷"。《送穷文》不好作，也不宜于作，改用省事而形象之法，举例，比较。我的一位老友李君，有选定路线之明，很早就投笔从商，而不很久就肚子大了，额头放光了。我呢，多年来是殃及池鱼，连老婆孩子也衣不能暖，食不能饱。不幸中之幸是妻有入《列女传》之德，看见旁人家的亮堂堂、黄澄澄、软绵绵而居然不想下堂，有时反而表示一些怜悯之意。我当然感激，但总是不能免于内疚。另一种是"苦"。苦不少，只说一种感受最深的，是本不当涂抹而不得不涂抹。不当涂抹，因为自知写不出有利于国计民生至少是给痴男怨女一点点安慰的东西。而还要写，起因一言难尽。上面说到穷，稿酬有救穷之力，纵使微乎其微，0.0001总比0大，这就有吸引力，或说强制力，于是就不能不拿笔。不幸这竟与吸纸烟、喝白酒有性相近之处，到不需要它换衣食的时候，它还是赖着不走，于是还是拿笔，写。所写幸而变成铅字，看到的人，少数有嗜痂之癖，又本之好话多说的古训，甚至也用铅字喝彩；但我深知确信，必有不少人是轻则皱眉、重则嘲骂的。此之谓费力不讨好，所以本质是苦。还有一种，貌似渺茫而分量更重，是"无归宿"，即深思冥索而终于不能心安理得。有人说，这是大家共有的缺憾，可以不计。我说不然，因为很多人是"虚其心，实其腹"，"不识不知，顺帝之则"，也就是不求而已经心安理得。这是幸运的，如果我不走入北大红楼，也就不会轻易地混入这幸运的一群吧？不幸是受了北大求知求真精神的"污染"，不能安于"虚其心，实其腹"，于是也求。而很可怜，如我在旁处所说，终于未能如培根所推崇："始于怀疑，终于信仰。"始于疑，终于疑，而又不能不吃喝拉撒睡，这有时集中为感受，就成为迷惘，失落，空。不是佛家的求之不得的空，是常人的本不想空而没有着落，所以比佛家的所谓烦恼更加烦恼。总括以上，是我走错了路。何以会错？是机遇。机遇已然，能不能补救？我的经验，说说容易，行就大难。再现身说法一次。大概是半年以前吧，想起《读书》编者赵女士的一席话，是说她的光荣经历，在王府井，连续七年，一手捉刀，在店门外吆喝卖西瓜，我一时灵机一动，这山看着那山高，就提笔诌了一首打油诗，曰："欲问征途事，扬鞭路苦赊。仍闻形逐影，未见笔生花。展卷悲三上，寻诗厌六麻。何如新择术，巷门卖西瓜。"明白表示想改行，反赵女士之道而行。可是又二百天过去了，我不只没有改立巷口，而且仍在室内写不三不四的文章，因而就更不能不慨叹机遇的力量之大。

第二件，旁人之口，会说是属于吉人天相一类。1971年春天我干校结业，被动往京、津之间运河以东的故乡过两肩担一口的生活，其后几年都是乡居避暑，城居避寒。1976年，承友人南京郭君和苏州王君的好意，由四月中旬起，到南京、扬州、无锡、苏州、杭州转了一圈，费时一个多月。回北京以后，腿劳累，心像是更劳累，到该往乡居避暑的时候，忽然想破例，不去了。贤妻同意，因而两三句话就定下来。不久就是七月下旬，唐山大地震，后来听近邻说，只几秒钟我住的房子就倒塌，如果我回去，就必致埋在房顶之下，其后自然就是不幸遇难了。这也是机遇会有大影响的一例，现在想，如果那一年不作江南之游，那就不要说这本《续话》，就是前几年那本《琐话》，也就写不出来，因而也就不至尘有兴致听闲话诸君的慧目了。

第三件，无关紧要却巧得有意思。我有个同祖的表弟蓝君，中年在北京丰台以南大葆台汉墓旁的郭公庄落户，是十几年以前，我还有精力，想骑车兼郊游，到他家去看看。早饭后由海淀起程，南行二十多里到丰台北部。有岔路，不知道该怎么走。左近没有人，正在犹疑，由镇内来一个多半老的男士。我上前说明要往郭公庄，请求指点的意思。他既老练又认真，说："是郭庄子还是郭公庄，要分清楚。"我说："是郭公庄，没错。"以为他该指路了，他却岔出去，问到谁家去。我说姓蓝的。他紧接着的一句话使我大吃一惊，是："您姓张吧？"我说："是。您是谁？"他先是不说，过来就推车，然后说："到家再说。"我跟着到他家，喝着茶，才知道他是跟蓝表弟既幼年同村又在郭公庄共同经过商的孙君。我知道他，没见过，想不到这样遇见了。

三件事说完，不禁又总的想到机遇。糟糕的是我们既躲不开它，又管不了它。看来只能敬畏了。但畏，与"天行健，君子以自强不息"的精神不合，怎么办？强者或乐观者是知其性质而不畏，并以尽人力来扭转或补救。我呢，仔细想想，大概还是只能甘居下游，为庄子之徒，至少是明知无力扭转的时候，就"知其不可奈何而安之若命"吧。

身后名

一位共事三十多年，又同有砚癖的朋友，近年来健康情况日下，病种逐渐增多，住医院的时间逐渐加长，不久前，终于如某先辈所说，家与医院之间，往往返返，总会有一天，往而不返，他就真往而没有返，与世长辞了。人生不过这么一回事，少壮时候，骑马倚斜桥，满楼红袖招，甚至澄清宇内，放马华山之阳，到头来也终于不能闯过这一关，要撒手而去。就撒手的人说，似乎佛家的说法也大有道理，那是"万法皆空"。不过空，终归是说容易；至于做，那就完全是另一回事。且说这位朋友，辞世之后，迟迟不火化。我感到奇怪，问参加治丧的人，知道家属希望的举行仪式，并不是一帆风顺。我心里说，这又何必，人死如灯灭，下者填沟壑，上者入乾陵，也只是给活人看看，反正死者是不能知道了。比较起来，数月前，南京一位老友的办法好，不拖泥带水，那是他家属在寄来的讣告中说明的，遵照遗愿，不举行任何仪式，不接受任何礼品。这态度是达，或说能看破。当然，彻底破，是连禅宗六祖也做不到，因为还要为真身建塔。南京这位朋友不建塔，却在前几年，自己掏腰包（出版社不印，因为会赔钱），刻印了诗稿，分赠诸故旧。目的很明显，是自知不久于人世，人走，把诗留下。

走了，留下点什么，有必要吗？可以有相反的两种看法。一种是"彻底"的哲人的，是无所谓，因为或早或晚，总要湮灭，费力争一点时间，不必；还有，所得至多是身后名，为自己不能知道的什么辗转反侧，不值得。但哲人，尤其彻底的，太少；而且，即使有，也总当是察见渊鱼者不祥。生活的上计也许应该是郑板桥的，难得胡涂。胡涂也难得，于是我们就不能不中庸。那就看法说是另一种，常人的。"君子疾没世而名不称焉"，这是代表常人的圣人的意见。但要名（包括生时和身后），麻烦就来了。一般是通过各种渠道，用相当大或非常大的力量，以求取得。而能得不能得，那就不一定，因为不能完全依靠主观能动性。总而言之，人生，有了生，能够一辈子饱暖，平安地走入泉下，大不易；能够获得超过姓名之名的名，尤其不易。更值得慨叹的是，这名还会带来一些难于弄明白的问题：靠得住吗？有什么意义吗？因而，值得兢兢业业，甚至为之献身吗？这类问题，其实不想也就罢了。而人，有不少是惯于自寻苦恼的，如我就是其中的一个。还是若干年前，无事可做，有时闷坐斗室，就不由得想到人生的玄远方面的一些问题。胡思乱想，自然难于纳入流行的规范。但家有敝帚，享之千金，也就随手记下来，以便"藏之名山"。日前检视，谈了十几个方面，却漏掉"名"的方面。于是一鼓作气，补了一篇，标题为《不朽》。所谈正是"身后名"的问题。这是板着面孔谈的，推想喜欢听听闲话的诸君未必有耐心听，但是语云，人各有所好，又社会的最高理想是各取所需，那就只给也喜欢自寻苦恼的少数诸君看看也好，所以不避偷懒，把那篇不加不点地抄在下边。

不　朽

不朽是乐生在愿望方面的一种表现。不是最高的表现，是让步的表现。最高的表现是长生，如秦皇、汉武所求的那样，炼丹道士如葛洪之流所幻想的那样。长生做不到，不得已，才谦退，求不朽。这有多种说法。如俗话是："人过留名，雁过留声。"太史公司马迁是："立名者，行之极也。……亦欲以究天人之际，通古今之变，成一家之言。……藏之名山，传之其人。"《左传》说得全面而细致，是："大（太）上有立德，其次有立功，其次有立言，虽久不废。"不废，表现有多种。最通常的是见于文字。如苏东坡，不只有各类著作传世，而且《宋史》有传。其他形式，如某制度是某人所创，某建筑物是某人所建，某宅院是某人所住，某器物是某人所遗，某坟墓是某人的长眠之地，等等，都是。表现方式不同，而实质是一个，即死人存于活人的记忆里。

这可怜的情况是近代科学知识大举入侵的结果，以前并不是这样。晋阮瞻作《无鬼论》，据说鬼就真正来了，可证流传这故事的人还是相信有鬼的。鬼由灵魂不灭来。灵魂不灭，形亡神存。比只是存于其他人的记忆里会好得多吧？因为这虽然不是长生，却是长存，并没有人死如灯灭。可惜的是，这种美妙的幻想有无法弥补的缺漏。神与形合，成为某人，死则离，离后的神是什么样子？与形同（世俗的迷信这样看），说不通，因为神是独立于形外的；与形不同，难于想象。其次，灵魂也离不开处境。一种可能，暂借世间的形，在世间以外的什么处所长存，如杨玉环，在海上仙山，如《聊斋志异》的连琐，在坟墓（代表阴间）里，这样的长存，当事人会安之若素吗？至少是活人以为，不会安之若素，所以还要再找个形，复返人间（托生）。可是，这样一来，前生是王二，此生是张三，来生是李四，三人形貌不同，互不相知，还能算作长生吗？何况还有佛家的六道轮回说，此生是张三，来生也许不是李四，而是一头驴，这离长生的设想就更远了。幸而我们现在已经不信这些，可以不谈长生、长存，只谈不朽，即所谓人过留名。

先由反面说起，也有对留名不感兴趣的。通常是把世事看破了，反正是那么回事，混过去算了。"服食求神仙，多为药所误。不如饮美酒，被服纨与素。"是常人群里有这种看法。也可以出自非常人，如汉高祖的吕后就不止一次地劝人："人生世间，如白驹过隙，何至自苦如此乎！"还有带着牢骚的，如说："生则尧舜，死则腐骨；生则桀纣，死则腐骨。腐骨一矣，孰知其异？"反正同样是消灭，名不名无所谓。更进一步是逃名，远的有巢父、许由等，后来有寒山、拾得等，只是因为世间不乏好事者如皇甫谧、丰干之流，他们才事与愿违，竟把名留下来。

对留名无兴趣有多种原因，可以不深究。但有一点却绝顶重要，就是货真价实的非常之少。大人物，连反对个人迷信的在内，都多多少少会恋恋于个人迷信。一般人，幸而能达，男的就争取登上凌烟阁，女的就争取建个贞节坊；办不到，退让，总还希望盖棺之后，墓前立一块刻有姓名的石碑。平时也是这样。求立德，立到能够出大名，难。立功，如管仲、张骞，自然也不易。立言像是比较容易，但写点什么，有人肯印，有人肯买了看，尤其改朝换代之后还有人肯买了看，也不是轻而易举的。不得已，只好损之又损。有些人连衣食都顾不上，当然要把精力和注意力全部放在柴米油盐上。稍有余裕就难免旧病复发，比如有机会到什么地方旅游，就带上一把小刀，以便找个适当处所，刻上某年月日某某到此一游。总之，人，有了生，就无理由地舍不得，但有生就有死的规律又不可抗，怎么办？留名是无办法中的一个办法，于是求不朽就成为人生中的一件大事。

上面说，不朽，不管表现方式如何，实质只能是存于来者的记忆里。这不是空幻吗？如果深追，会成为空幻。以苏东坡为例，直到现在，还有很多很多的人知道他，从知道他这方面衡量，他确是不朽了。可是，他能知道吗？他早已人死如灯灭，自然不能知道。就自己说，自己不能觉知的事物究竟有什么价值呢？还可以看得更远些，文字的记载，甚至人，以及我们住的世界，都会变化以至消亡，一旦真成为万法皆空，所谓不朽还有什么意义吗？这样考虑，我们似乎就不能不怀疑，所谓不朽，也许只是乐生而不能长有，聊以自慰，甚至自欺的一种迷信吧。

但我们也可以从另一面看，那就答复即使是肯定的也不要紧，因为人生就是这么一回事，究极价值，我们不知道，那么，为了率性而行，在有些事情上，我们就无妨满足于自慰，甚至安于自欺。秦始皇自称为"始"，在沙丘道中，长生的幻想破灭了，却相信子孙统辖天下可以万世不绝，这由后代读史的人看是自欺。但他得到的却是安慰，货真价实，不折不扣。不朽就是此类，生时自慰，心安理得，甚至因想到不虚此生而欢乐，而不畏死，功用确是很大的。

还有己身之外的功用。不朽，就理论说有两类，流芳千古和遗臭万年，而人的所求总是前者。这样，存于来者记忆里的所谓不朽就有了导引的道德力量，因为来者和古人一样，也不能忘情于不朽。

不过无论如何，不朽总是貌似实实在在而实际却恍兮惚兮的事物。死前，它不是现实，只能存于想象中。死后，它至多只是活人给与死者的一种酬报，而可惜，死者早已无觉知，不能接受了。

自嘲

　　自嘲可以有二解。一种肤面的，字典式的释义，是跟自己开个小玩笑。一种入骨的，是以大智慧观照世间，冤亲平等，也就看到并表明自己的可怜可笑。专说后一义，这有好处或说很必要，是因为人都有自大狂的老病，位、财、貌、艺、学等本钱多的可能病较重，反之可能病较轻。有没有绝无此病的人呢？我认为没有；如果有人自以为我独无，那他（或她）就是在这方面也太自大了，正是有病而且不轻的铁证。有病宜于及时治疗，而药，不能到医院和药店去求，只能反求诸己，即由深的自知而上升为自嘲。至于自嘲的疗效，也不可夸大，如广告惯用的手法，说经过什么什么权威机构鉴定，痊愈者达百分之九十九以上；要实事求是，说善于自嘲，就有可能使自大狂的热度降些温。

　　为什么忽而说起这些呢？是因为偶然翻翻《笑林广记》，觉得其中《腐流部》的一些故事颇有意思。有意思，主要不是因为故事中的人物可笑，而是因为，至少我这样看，故事中人和编写的人，大概不是对立的而是同群，于是持镜自照，就看见自己可怜可笑的一面，这眼力就来自超常的智慧，而写出来，用现在流行的话说，就有教育意义。本诸陶公"奇文共欣赏"之义，先抄出几则看看（据旧刻本，因系不登大雅之堂的书，多误字，少数字以意定之）。

（1）腹内全无：一秀才将试，日夜忧郁不已。妻乃慰之曰："看你作文如此之难，好似奴生产一般。"夫曰："还是你每（们）生子容易。"妻曰："怎见得？"夫曰："你是有在肚里的，我是没在肚里的。"

（2）识气：一瞎子双目不明，善能闻香识气。有秀才拿一《西厢》本与他闻，曰："《西厢记》。"问何以知之，答曰："有些脂粉气。"又拿《三国志（演义）》与他闻，曰："《三国志》。"又问何以知之，答曰："有些刀兵气。"秀才以为奇异，却将自做的文字与他闻，瞎子曰："此是你的佳作。"问："你怎知？"答曰："有些屁气。"

（3）穷秀才：有初死见冥王者，王谓其生前受用太过，判来生去做一秀才，与以五子。鬼吏禀曰："此人罪重，不应如此善遣。"王笑曰："正惟罪重，我要处他一个穷秀才，把（给）他许多儿子，活活累杀他罢了。"

（4）问馆：乞儿制一新竹筒，众丐沽酒欢贺，每饮毕辄呼曰："庆新管，酒干！"一师正在觅馆，偶经过闻之，误听以为庆新馆也，急向前揖之曰："列位既有了新馆，把这旧

271

馆让与学生罢。"

前两则是嘲笑秀才之流不文，后两则是嘲笑秀才之流穷苦，如果我的推断不错，都是秀才之流自编，那就大有意思。这意思，如果用宋儒解经的办法，就大有文章可作。但那会失之玄远，不亲切，所以不如只说说自己的感受。我青少年时期犯了路线错误，不倚市门而入了洋学堂，古今中外，念了不少乱七八糟的，结果就不得不加入秀才之群。虽然也如《颜氏家训》所讥，"上车不落则著作（断章取义，原义为著作郎，官名）"，可是一直写不出登大雅之堂的，更不要说藏之名山的。我有个老友，有学能文，可是很少动笔，有人劝他著述，他说："在这方面，献丑的人已经不少，何必再多我一个！"我每次拿笔就想到他这句话。可是老病难于根治，只好心里说两次"惭愧"敷衍过去。再说另一面。我是芸芸众生的一分子，与其他芸芸众生一样，也毫不犹豫地接受定命，衣食住行，找伴侣，生孩子。自己要吃饭，伴侣要吃饭，孩子还是要吃饭。可是饭要用钱换，而钱，总是姗姗其来迟，而且比所需的数少。这样，无文，无钱，两面夹攻一秀才，苦就不免有万端。可是可以自求一大乐，就是翻看《笑林广记·腐流部》，如上面引的那些，如果还有锦上添花的雅兴，可以向曾是红颜今已不红颜的荆妇借一面小镜，看一则，端相一下镜内的尊容，于是所得就可以远远超过看戏剧、电影，还是避玄远只说感受，用俚语说是真过瘾，用雅语说是岂不快哉。

以上可算是不惜以金针度人了。以下说为什么这是金针。提纲挈领地说，这是由自知而更上一层楼。还要略加解释。先说自知。俗语说，人苦于不自知。这是由希求方面立论；如果追根，说事实，应该是人惯于不自知。男士、女士，十之九确信自己为今世之潘安、飞燕，这是切盼有求必应时的不得已，可以谅解。不可谅解的更多，小者如盗窃而以为必不败露，大者如一发动什么而以为必利国利民，等等都是。哲人就比较高明。据说有个所谓先知问苏格拉底，神说苏格拉底是最聪明的人，为什么，苏格拉底答，想是因为他明白有些事他还不明白。中国的孔老夫子说"不知为不知"，大概也是这个意思。患自大狂病的人就不这样想，而是以为无所不知；有时病加重，还会举起刀，劈不同意自己之知的人，甚至抢起板斧，劈不可知论。其结果呢，自然是事与愿违，只能证明自封的无所不知恰恰是无知。所以，回到上文，确是应该说，人苦于不自知。换为积极的说法，是人应该有自知之明。自知之明包括两个方面，一方面是知己之所能或所长，一方面是知己之所不能或所短。自知所能或所长，容易，但也容易失实，因为有自大狂的老病在阴暗处作祟；自知所不能或所短，不容易，也因为有自大狂的老病在阴暗处作祟。所以一旦自知了，就证明已经冲破自大狂的藩篱，智慧占了上风。接着说自嘲，怎么是更上一层楼呢？是因为这要跳到身外，用悲天悯人的眼睛看生活在人群中的自己。这眼睛射出的光里含有怜悯，但旁观者清，并不妨害有强的透射力。于是一射而透，就看见自己的可怜可笑的一面：原来以为才高八斗，实则充其量不过一升半升；原来以为力能扛鼎，实则不过仅能缚鸡；原来以为美比潘安、飞燕，实则充其量不过貌仅中人；等等。这样，如果曾经向上爬而跌下，著文而无处肯发表，甚至十分钟情而受到冷遇，也就可以视为当然而一笑置之了。这笑是大智慧所生。笑也能生，所生不只是心情的平静，而且是心情的享受，还是用前面的话形容，真是岂不快哉。

顺势说下去之前，还要先说几句谨防假冒的话。其一，自嘲与自谦大不同。街头常闻、纸面常见的"鄙人才疏学浅……"，是依惯例，等待答话"客气，客气"的说法，这是自负从另一个渠道放出来，如果联宗，就只能去找自大。其二，与牢骚也大不同，因为牢骚中有自负的成分，而且显然并没有跳到身外。其三，与幽默的关系，是有同也有异。于郑重中看到轻松的一面，是同。异呢，以小说为例，果戈理的《死魂灵》和夏目漱石的《我是猫》，我们读，都能看到含泪的微笑，可是前者，作者不是现身说法，后者是，我们说前者是讽刺他人的幽默，后者是讽刺自己的幽默。讽刺自己的幽默才是自嘲，讽刺他人不是。两者都是用慧眼看到的，因为看自己要跳到身外，所以是大智慧。

大智慧，稀有。也许就是因此，想洗耳听听自嘲，拭目看看自嘲，就大难。长期跳到身外的人大概没有吧？那就来个一霎时也好。可惜这也不多见，尤其货真价实的。以鲁迅的《自嘲》诗为例：

运交华盖欲何求，未敢翻身已碰头。

破帽遮颜过闹市，漏船载酒泛中流。

横眉冷对千夫指，俯首甘为孺子牛。

躲进小楼成一统，管他冬夏与春秋。

这名为自嘲，其实情意的主要成分还是牢骚，那就不能算是真正老王麻子。

像是可以到故纸堆里找找。可惜我昔日念的，几乎忘光了。搜索枯肠，只想到作《酒德颂》的一位，且抄旧文：

（刘）伶处天地间，悠悠荡荡，无所用心。尝与俗士相忤，其人攘袂而起，欲必筑（拳击）之。伶和其色曰："鸡肋岂足以当尊拳。"其人不觉废然而返。

（《世说新语·文学》注引《竹林七贤论》）

与战败而仍坚信"非战之罪也"的项王相比，自知为鸡肋就高明多了。

往昔不易求得，那就看看现在。果然就跃出两位，就说这两位。一位是我的大学同学王君，在我的同行辈中最善于并乐于自嘲的。值得谈的不少，只举二事，都是当作他的轶事告诉我的。一件是：（在日本）他去理发，见个理发馆就进去，坐在先来的人之后，等。一个一个叫，他后边的人也叫了，还不叫他。他发怒，站起来大声责问。女店主来前，道歉之后，让他出去看看招牌。他出去一看，原来是女子理发馆，只好自认胡涂。另一件是：更年轻的时候，他也谈情说爱，自以为完全胜利了，昼夜飘飘然。一个偶然的机会，得知女方正在买结婚用物，就更飘飘然。又一个偶然的机会，得知女方的心目中人原来不是自己。就这样，他说："又失望一次。"他说这些，真像《我是猫》中猫和主人那样，既慧眼，又大度，所以我许为自嘲的真正老王麻子。

另一位是大名鼎鼎的启功先生，也要长话短说，只抄一首《沁园春》为例：

检点平生，往日全非，百事无聊。计幼时孤露，中年坎坷，如今渐老，百事俱抛。半世生涯，教书卖画，不过闲吹乞食萧。谁似我，这有名无实，饭桶脓包。

偶然弄些蹊跷。像博学多闻见解超。笑左翻右找，东拼西凑，繁繁琐琐，絮絮叨叨。那样文章，人人会作，惭愧篇篇稿费高。从此后，定收摊歇业，再不胡抄。

（据手迹，《启功丛稿·前言》引小异）

启功先生告诉我，单是这种内容的《沁园春》，他作了十首。我希望他抄给我，以便快读，换取"真过瘾"。可惜他能者多劳还引来能者多苦，连抄几首词的余裕、余兴也很少，所以直到写此文的时候，我还是只能欣赏这一首真正老王麻子。

闲话该结束了，忽然想到，读者中不乏好事者，也许要问："你自己如何？也自嘲吗？"答复是也曾附庸风雅，写了一些。为节省篇幅，只抄一首最短的《调笑令》凑凑热闹：

书蠹，书蠹，日日年年章句。搜寻故纸雕虫，不省山妻腹空。空腹，空腹，默诵灯红酒绿。

其实，我自己知道，这不过是文字般若。祖师禅呢，一言难尽。我曾经有理想，或幻想，于是，有时候在某些方面就不能不痴迷。其结果，如我那位同学王君所领悟，就常常是失误，是幻灭。怅惘，苦恼，无济于事；自知最好还是走自嘲的路，变在内的感慨为在外的欣赏。但是惭愧，为天和人所限，常常是知之而未能行。不能行，自嘲的金针如匏瓜，系而不食，可惜，所以宁愿度与有缘的读者诸君，也借一面小镜，对着《笑林广记·腐流部》照照自己吧。

自祭文之类

　　有人说，到龙年要谨小慎微，因为容易出事儿。如果不信，有事实为证，其中有天灾，如地震之类，有人变，如某某见了上帝之类。对于这样的高论，我只能接受一半，即所举的证据不假，与辰龙的联系不真。但不管我怎样亲近相对论而疏远推背图，今年又逢龙年，相知的，半知的（不知彼方是否还记得），果然作古的不少；其中还有可以称为巧遇的，是由八月二十四日到二十六日，三位相知的忌辰各占了一天。作古的人多，听或看悼词的机会也多。依惯例，悼词要罗列盛德。人，我想，如戏台上有生旦净末丑，应该是心和面各有特点。可是听或看悼词，除姓名、籍贯、职务等之外，说到为人的优点，几乎都是千篇一律。这使我想到章实斋《文史通义》上的一点意见：

　　　　每见此等传记，述其言辞，原本《论语》《孝经》，出入《毛诗》《内则》。刘向之《传》，曹昭之《诫》，不啻自其口出，可谓文矣。抑思善相夫者，何必尽识鹿车、鸿案？善教子者，岂皆熟记画荻、丸熊？自文人胸有成竹，遂致闺修皆如板印。与其文而失实，何如质以传真也？

（卷五《古文十弊》）

皆如板印来于执笔者的胸有成竹。成竹有来源，是"时风"，即有关什么是光荣的一整套制艺式的不成文规定。这样的规定就一定不好吗？当然不是。这里的问题是，制艺会成为严厉的绳墨，人，作古了，入悼词之前要用这绳墨检校并调整一下，于是而认为多余的，要削去，缺欠的，要增补，用俗语说是要灶王老爷上天，好话多说。其结果呢，是常常，由相知的人看来，轻则也像也不像，重则面目全非。人死如灯灭，像不像，想开了也无所谓。但想法还可以有另一面，人死留名，名与实不合，尤其像尊称傅青主、顾亭林一流人为徵君那样的事，就真是有点杀风景了。

这使我想到人死留名的种种办法。最常见的也是借他人之笔。其上者是入正史，如《史记》的"本纪""世家""列传"中人都是。等而下之，花样繁多，有的像是坐专车，也写成传；更多的是见于各种杂记，非专，只是连类而及，也总算点了名。（记言行的《论语》《孟子》是一种特殊形式的传，好，只是稀如星凤。）这样出于他人之笔，其可信程度究竟有多少呢？一言难尽。太史公司马迁的写作态度，后人不敢置疑，但他是草创，史料库存不多，不能不接受传说，而传说，经过不少人的口和耳，失实的情况显然不会少。其下，有时候会有不敢写的情况，如唐太宗时期记建成、元吉的事就是这样。还可以更下，如魏收撰《魏书》，是以送好处多少定好话的多少。更没办法的是人人戴着评价的眼镜，这眼镜自然也要影响取材。总之，其结果必将如孟子所说："尽信书则不如无书。"但事实是有书，于是就只好乞援于抉择。可惜的是，抉择的人也无法摘掉眼镜。——幸而这些问题的专利权都是史学家的，我们只是谈谈闲话的可以不管。

也许就是由于不敢信赖他人之笔，有些人，有了名，估计有的出版商会印，于是自己动手，写自传。自己描画自己，也有好话多说的可能，但以常情而论，总会比出于他人之笔的近于真实，因为只有自己才有更多的透过面容写内心的能力。可惜的是，能写自传、肯写自传而且有出版商肯印的人不多，这就有如理想，虽然美好，变为实际并不容易。不得已而求其次，是这样那样的准自传。有正牌的，如《史记·太史公自序》，王充《论衡·自纪篇》，颜之推《观我生赋》之类，虽然所写不能全面，总是说得上针针见血。(陶渊明《五柳先生传》也可以归入这一类。)有副牌的，那就花样更多了。只说两种最常见的。一是日记。日记本来是只备自己查考的，自己对自己，没有寒暄甚至虚应故事的必要，因而无论写身的活动还是写心的活动，都可以，也应该一是一，二是二，一点不含糊。如果真能这样，那就成为比自传更为真实细致的自传。可是世风日下，近代以来，也许由于有不少人对别人的私事更有兴趣吧，于是而有刊印日记之举，其中如《越缦堂日记》，并且是原件影印。这样一来，有些人，一天过完，灯下伸纸，录自己之像，就不能不有戒心，即坏话少说。再下者是有"成心"，录像前先化装，于是而貌仅中人就变为环肥燕瘦，可信程度就更差了。还有一种，不是怕灾梨枣，是怕查抄拿去检查思想，于是而笔下只能写一点点无违碍之行，如早起曾刷牙、睡前曾洗脚之类，而永远不写心，那就可以说是虽有如无了。虽有如无，还要这样写，是时势使然。时势，力大，自外来，非主观能动性所能左右，不说也罢。再谈副牌的另一种，是书札。写信，经常是处理一些未能面谈的杂事，或秘事，但处理，办法和态度也会因人而不同，于是这不同就成为另一种方式的写身和写心。有少数书札是直接而专一地写自己的身心的，如大家都熟悉的司马迁《报任安书》，他的外孙杨恽《报孙会宗书》，西汉实行裸葬的怪人杨王孙《报祁侯书》，明朝宗臣《报刘一丈书》，都是很好的样本，可以说是读其书如见其人。

说到如见其人，有一通书札值得提出来单说说，那是嵇康的《与山巨源绝交书》。我的领会，这是一篇游戏文章，或说借题发挥的文章，因为嵇康和山涛（字巨源）是竹林的酒友，交谊很厚，嵇康被杀之后，他儿子嵇绍仍是借《山公启事》的光才作了官。借题，题是否为山公无所谓，要点是发挥。发挥什么？无非是自己愤世嫉俗，甘心众人皆醉我独醒。由皆醉的人看来，有些话说得未免太尖刻，如：

> 自惟至熟，有必不堪者七，甚不可者二。卧喜晚起，而当关呼之不置，一不堪也。抱琴行吟，弋钓草野，而吏卒守

之，不得妄动，二不堪也。危坐一时，痹不得摇，性复多虱，把搔无已，而当裹以章服，揖拜上官，三不堪也。素不便书，又不喜作书，而人间多事，堆案盈几，不相酬答则犯教伤义，欲自勉强则不能久，四不堪也。不喜吊丧，而人道以此为重，己为未见恕者所怨，至欲见中伤者，虽瞿然自责，然性不可化，欲降心顺俗则诡故不情，亦终不能获无咎无誉，如此，五不堪也。不喜俗人，而当与之共事，或宾客盈坐，鸣声聒耳，嚣尘臭处，千变百伎，在人目前，六不堪也。心不耐烦，而官事鞅掌，机务缠其心，世故繁其虑，七不堪也。又每非汤武而薄周孔，在人间不止此事，会显世教所不容，此甚不可一也。刚肠疾恶，轻肆直言，遇事便发，此甚不可二也。

（《文选》卷四十三）

多方面表示厌恶官，甚至更进一步，连圣贤也不放在眼里，对不对且不说，写自己的为人，总够得上全盘托出了。全盘托出是世故的反面，于是就引来杀身之祸。但他也有不小的获得，是给世人看的面孔是真的，不是冒牌的。

想以真面目对世人，就尤其要重视盖棺论定，因为这是最后的总结性的一次。可惜这类的论定几乎都是由别人下笔，于是，正如上面所说，执笔的人有成竹在胸，又行君子成人之美的圣道，写，印成文本，就不能不殊途同归，千篇一律了。推想有不少人是喜欢这样的，因为时风是风，草上之风必偃。这也可以谅解，甚至承认为当然。但是，人心之不同，各如其面，就算是少数吧，也总会有人，像杨王孙那样怪，时风以为然的，他偏偏不以为然。这样，他百年之后，执笔论定的人凭善意好话多说，他，如果有知，就必致引为遗憾。怎么办？最理想的办法是先下手为强，自己写，不给别人留下挥笔的机会。不幸是一般人都没有传说的禅宗和尚那样预知涅槃日期的本领，因而即使有此弘愿，也总是难于实现。自然也会有例外。如"采菊东篱下"的陶渊明，逝世前就写了《挽歌诗》三首和《自祭文》一篇。前者有这样的句子：

千秋万岁后，谁知荣与辱。

但恨在世时，饮酒不得足。

……

幽室一以闭，千年不复朝。

千年不复朝，贤达无奈何。

向来相送人，各自还其家。

亲戚或余悲，他人亦已歌。

这笔下的为人是"达"，荣辱无所谓，送葬的人回去欢欢乐乐也无所谓，与曹操的放心不下，还叮嘱分香卖履，面目迥然不同了。

《自祭文》里还有说得更露骨的，如：

> 惟此百年，夫人（人人）爱之。惧彼无成，愒日惜时。
> 存为世珍，没亦见思。嗟我独迈，曾是异兹。宠非己荣，涅
> 岂吾淄？捽兀穷庐，酣饮赋诗。

生有浮世名，死有身后名，是世人所爱，他偏偏不这样。这是他
的真面目，如果盖棺后别人挥笔，那就可能说反了。

说身后话，表明自己不同于流俗，陶渊明是温和派。还有激进
派，如明朝的遗民张宗子（名岱）就是。他的《琅嬛文集》卷五收《自
为墓志铭》一篇，是古稀的前一年所作，其中有这样的话：

> 少为纨绔子弟，极爱繁华。好精舍，好美婢，好娈童，
> 好鲜衣，好美食，好骏马，好华灯，好烟火，好梨园，好鼓
> 吹，好古董，好花鸟，兼以茶淫橘虐，书蠹诗魔。……常自
> 评之，有七不可解。向以韦布（无官位）而上拟公侯，今以
> 世家而下同乞丐，如此则贵贱紊矣，不可解一。产不及中
> 人而欲齐驱金谷，世颇多捷径而独株守于陵，如此则贫富
> 舛矣，不可解二。以书生而践戎马之场，以将军而翻文章之
> 府，如此则文武错矣，不可解三。上陪玉皇大帝而不谄，下
> 陪悲田院乞儿而不骄，如此则尊卑混矣，不可解四。弱则唾

面而肯自干，强则单骑而能赴敌，如此则宽猛背矣，不可解
五。夺利争名甘居人后，观场游戏肯（岂肯）让人先，如此
则缓急谬矣，不可解六。博弈摴蒱则不知胜负，啜茶尝水则
能辨渑淄，如此则智愚杂矣，不可解七。有此七不可解，自
且不解，安望人解？故称之以富贵人可，称之以贫贱人亦
可；称之以智慧人可，称之以愚蠢人亦可；称之以强项人
可，称之以柔弱人亦可；称之以卞急人可，称之以懒散人亦
可。学书不成，学剑不成，学节义不成，学文章不成，学仙
学佛、学农学圃俱不成。任世人呼之为败子，为废物，为顽
民，为钝秀才，为瞌睡汉，为死老魅也已矣。……铭曰：穷
石崇，斗金谷；盲卞和，献荆玉；老廉颇，战涿鹿；赝龙门，
开史局；馋东坡，饿孤竹。五羖大夫，焉肯自鬻；空学陶潜，
枉希梅福。必也寻三外野人，方晓我之衷曲。

七不可解，用现在的话说是四不像。这还是小怪，一升级就成为
败子、废物、瞌睡汉等等了。败子、废物之类，不好听，但也有优
点，是描画出来的是有血有肉的真人，不是经过改造的样板戏中的
人物。"他为"的墓志铭就不成，因为"谀墓"之文照例要好话多说，
以求合于时风，换来润笔的。

对于好话多说，正像对其他事物一样，也会出现爱憎的不同。绝
大多数人大概要站在爱的一边吧？但站在另一边的，纵使少，也总会

有一些，如陶渊明、张宗子之外，还有唐朝的王无功（名绩）、明朝的徐文长（名渭），等等。为站在憎一边的人设想，上策当然是先下手为强，自己写，不给他人留有余地。但这就一般人说，会有不少难处。没有禅师预知涅槃日期的本领，一也。也会有人，与慈禧皇太后同道，不敢说死，甚至不敢想死，于是也就没有拿笔的勇气，二也。还有其三，量可能最大，是仙逝突如其来，想拿笔已经来不及。来不及，悼词之类就只好任凭有成竹在胸的人写。其结果，本来自己是想说"多不是"（汉高祖语）的，悼词中却变为全身优点；本来自己是想说一生懒散的，悼词中却变为一贯积极。好听是好听了，遗憾的是，人生只此一次，最终不能以真面目对人，总当是无法弥补的缺陷吧？为了避免这样的憾事，还有个或应算作下策的补救之道，是弥留之际，写或说遗嘱（如果有此一举），于分香卖履诸事之后，再加一条，是：走时仓卒，来不及自己论定，但一生得失，尚有自知之明，敢请有成人之美的善意的诸君不必费神代笔；如固辞不得，仍越俎代庖，依时风而好话多说，本人决不承认云云。

献丑

大概是半年以前吧，乡友凌公枉驾询问有关写书的事，告辞时表示客气，说希望我用宣纸写点自作的什么，以便保存云云。我说不敢不从命，但有个条件，是只可留作纪念，不可示人。凌公一笑。我信为已经有了君子协定，就找纸笔写了两幅，一立幅，写五律一首，一横幅，写《清平乐》词一首，火速还了债。不想过了不很久，我应约到他家吃他夫人做的家乡饭，温幼年之梦，入室，见我写的那首词居然爬到壁上的镜框里。镜框壮观，因而显得字更难看。我宛转地提出抗议，凌公又是一笑。我无计可施，却得了个闲话的题目，曰"献丑"。

献丑，形形色色。像我的涂鸦上墙，是打鸭子上架一类，就是本不想献，却被动地献了。但这账也不好都算在打的人身上，因为人家一客气，自己就磨墨伸纸，以诛心之论推究，可以说是想献，至少是并不坚决反对献。有些人，如我知之最深的我的老伴就不同，而是终生信奉并实行退避三舍主义，除了人人必有的衣食住行，做也没有任何人注意的诸事以外，应世的办法一贯是：我不行，我不会，我没学过，等等。这退避三舍主义，就效益说未必尽善，但有一种获得是确定不移的，就是因为坚决不献，所以绝不会出丑。

永远不出丑，很好，但是想照办也大不易。即以涂涂抹抹而论，我老伴有可以不拿笔的优越性，我没有。怎么办？有的聪明人想出个补救之法，曰坦白从宽主义，就是，譬如有人赏脸，求写点什么，就从命，可以在交卷时加说一句："献丑了。"甚至写在纸尾："……献丑。"这样自己招认了，也就可以减重责五十大板为三十。这个办法像是不坏，其实不然。困难来自有些人，为了表示客气而滥用。也举例说，什么什么文宴之会，在座者有苏东坡和米元章，几杯美酒下肚，有人提议要涂涂抹抹助兴，推让之后，诗由苏东坡作，字由米元章写，两位都依旧套，拿起笔，向大家拱手，说："献丑了。"这就像是"联"字，本来是任何人都可以用的，只是因为秦皇、汉武用了，一般人就不好再用。献丑也是这样，苏东坡、米元章一流人用了，我们如果照用，那就会成为加倍的献丑。

这也不行，那也不行，怎么好呢？我的经验，万全之道是没有的。不得已，只好在"量"的方面想想办法，就是尽量求献的次数少一些；少不能等于零，不幸走入死胡同，逃不脱，就尽量求献的程度低一些。这由心情方面看还是够受的，躲躲闪闪，如临深渊，如履薄冰，总之，很难。但其反面，献，就如失足由山上滚下，却非常之易，因为不只涂涂抹抹，而是己身的一切表现，凡是成为一定的形、一定的声的，稍不检点，露出天命之谓性，送入别人的感知，都会立即成为献丑。

想在这方面说说所见，以证明不是危言耸听。先要说说界限。以人的相貌为例，天之生材不齐，世间既有西施，又有东施。与西施相比，东施不美，或说丑，但是，如果她依本分而活动，就只是丑而不是献丑，只有效颦才是献丑，因为可以不这样招摇而招摇了。其他技能也是这样，造诣必有高低，低也是本然，只要依本分而活动，不想招摇，就不是献丑，甚至也不应该说是丑。所以丑不丑，关键在于是不是有意献。献，不只有形形色色，还有大大小小。孟老夫子说："不得罪于巨室。"这个古训今天还有用，所以举所见，只说小小而不说大大，于是山呼万岁之类就可以不提；又，这是举例性质，本意就是想到什么说什么，不避挂一漏万。

先说属于涂涂抹抹一类的。字，或说书法，难说，例如在某期刊上看到过一幅影印的所谓法书，一个水旁的字，偏旁三点泼墨，成为一个葫芦，你说丑吗？有人会说这是打破传统的创新，你不懂，所以才信口雌黄。人各有见，各是其所是，只好不说。说一点关于旧诗词的，只举印象深的两个例，都见于北京某报。一个例是旧诗。何以知道是旧诗？因为标题是"七律一首"，其下又确是八行每行七个字。

可是看这八行，平仄，押韵，竟是驴唇不对马嘴。这可以算作标准的献丑，因为从其中找不到一点对，更不要说美。另一例是词。也要问何以知道是词，因为几行文字完了，加了一行，曰"调寄临江仙"。这一例后来居上，是不要说平仄、押韵驴唇不对马嘴，就是字数也是随意来来。显然，这就成为更尖端的献丑，因为读者见了，不只会齿冷，而是会齿落，盖俗语有云，笑掉大牙也。

再说不属于涂涂抹抹一类的。这太多，只好在范围方面多加些限制：一是损之又损，限于在公共车中所见；二是限于使我叹气至今还记得的。一次，是一个青壮年男士，在靠车窗处安坐，由某站上来一位龙钟老太太，颠颠簸簸走到他旁边，立住，手扶坐椅上的横棍，还是站不稳。这个青壮年见状，赶紧扭头，装作欣赏车窗外的什么。邻近立着的乘客都投以鄙夷的目光。我呢，也鄙夷，但更多的是佩服，佩服他有这样大的胆量献丑。又一次，我由动物园，照例是最后挤上332路车。车也照例，既坐满了人又站满了人。离我最近，靠窗，坐着一个中年男士，西服革履，手持公事皮包，颇有港九之风。座不让我这老朽，不稀奇，稀奇的是车开出三站，过了魏公村，他伸手买票。卖票的姑娘问哪里上的，他答"刚上的"。这位姑娘老实，没有用刚上哪里会有座位的推理法驳他，就递给他一张票。他胜利了，大概可以少出五分钱。我看看他那装作若无其事的表情，一方面为他难过，因为我还没忘光数学，觉得五分钱就卖品格，索价太低；一方面又大起佩服之心，也是佩服他有这样大的胆量献丑。再说一次不隐蔽的。也是在332路车上，几个青趋向中的男士，穿戴合于时风，如果安坐而不语，装束之内如何也就看不出来。不久，言为心声，其中一个说话了，手指着坐在远处的一个青年女子说："看那个妞，多漂亮。"声音很大，我推想，是不只想让那个女子听见，还想让不很远的乘客都听见。准上面两个例，我应该起更大的佩服之心，可是不知怎的，一阵难过，以至于难忍，只好把头扭过去，求个眼不见，心不烦。车中所见，像这样的，或超过这样的，也许一天半天说不完吧，车外就更不用说了，只好都从略。

上面举的五例献丑，可以分为三类：写旧诗词的是强不知以为知；车上的前两位是知，但大义败于小利；最后的几位有特点，是觉得这样表现是献美，不是献丑。这就引来评价行为的标准问题。这个问题，至少在理论范围内，太大，不宜于在这里谈。只好采用懒汉的办法，少讲理，投靠常识。推想由盘古氏起，到眼下为止，常识是不会判定调戏妇女为美的。以丑为美，哀莫大于心死，所以最难办。尤其可怕的，据传闻，是滔滔者天下皆是也。我，老了，充其量不过能够出门买点油盐酱醋，入门写一两篇可有可无的文章，对于心死，又有什么办法呢？只好退一步，只说说不心死的。我是希望这样的诸位都能够分辨美丑，争取尽量少献丑。如何能做到？要一，有自知之明，借用北京一句俗话，是要知道自己吃几碗干饭；二，有知耻之心，就是揽镜自照还有时候脸红。这显然也不容易。阻碍，前者来于生之谓性，人，只要气不断，向前向上的情热是不会降温的，自知之明会成为理的冷迫降情的热的力，这是颇难接受的；后者来于利的大力，抗不了，也就只好通而融之，暂且扔开镜子，以免看见自己不好意思。这样说，再退一步，自扫门前雪也就大不易，因为阻碍铁面无私，也不会放过自己。没办法中的一个办法，还是上面说过的，是在量的方面多下功夫，尽量求少。由高的标准看，这是变日攘一鸡为月攘一鸡的办法，即主观是求不献丑，客观是不得已就随大流，也献丑。照应本文的开头，我的歪词加涂鸦之爬上凌公的镜框，就是随了大流，献了丑，每念及此，就不能不感到惭愧，以及应世之不易。

脸谱

　　小孩子看戏（这里戏取广义，包括电影、电视之类），见到出场人物，常常要问坐在旁边的已非小孩子，是好人是坏人？这个问题看似简单，其实却非常复杂。人各有见，一也。见的背后必隐藏着评价的标准，而标准可以不同，二也。这两者还可合可分：标准同，见也同，是合，出现率是常常；标准同，见却各行其是，出现率虽是间或，数量却未必很少。标准问题与哲理有亲戚关系，与政理也有亲戚关系，难说而易惹麻烦，经验教训有云，多说不如少说，少说不如不说。见呢，与标准比，级别下降，却数量太大，在家，桌前灶侧，出门，摩肩踏脚，皆是也，总之，也不好说，因而也以知难而退为是。两难踢开，可以答话了，要两者之中择其一，如何择？

　　最容易的是样板戏，当然红脸的是好人，绿脸的是坏人。还有脸以外的标志，如好人是英勇磊落，聪明机智，百分之百想做好事，坏人是鬼鬼祟祟，愚蠢胡涂，百分之百想做坏事，而结果，总是好人光荣胜利，坏人耻辱失败，等等，都是。这容易分辨，也就容易答复小孩子，是样板戏的优点。似乎也有缺点，是创作气过重，很难在现实世界里找到对证。

次容易的是京戏，因为有象征性的脸谱，以及辅助的装扮。说主要的脸谱，各式各样，有人取其艺术性，不只画，而且印成《京剧脸谱大观》一类书。这里撇开艺术，只说好人坏人。分辨好坏，凭脸谱，可能是绝大部分容易。其间自然也有等级之差。如三国戏，曹操与关羽，一个大白脸，表示奸，一个全红脸，表示忠，泾渭分明。孙权、张飞之流，脸谱的颜色非一，定好坏，就要借助颜色以外的历史知识。我们无妨退一步，不严格分好坏，只满足于了解性格或为人，那脸谱就有神奇的效用。比如李逵、鲁智深之流，一看就知道会犯杀戒，时迁、朱光祖之流，一看就知道会犯盗戒，等等。这神奇的效用还可以带来另一种可贵的副产品，至少是我曾感到有此收获，即处世之难变为大易。例如择配，恕我又男本位，当然找王宝钏或柳迎春，交友，当然找关羽和鲁智深；路上遇见戴王帽的人物，花鼻梁高衙内式的人物，当然是火速逃之夭夭。总而言之，脸谱的作用可谓大矣哉。

扔掉象征性的脸谱，走写实一路的戏，如连续剧《红楼梦》，就没有这样的优越性。依照近年的权威性规定，《红楼梦》是进步或说革命的作品，其精义是反封建。那就以此为评定标准，如果有小孩子问我，上至贾母、李纨，中至秦钟、平儿，下至刘姥姥、焦大，是好人还是坏人，我只好转向红学专家请教，因为答是好人，他们像是并不反封建，答是坏人，又开列不出十大罪状，实在不好办。还不止此也，即如最突出的叛逆人物宝二爷，雅兴大到吃金钏唇上的胭脂，以致金钏投井身亡，如果也算在反封建账上，就未免太离奇了。

写实之下或之上，还有不写的实，即真的世间，就更加麻烦。来由之一是数量太大。曹雪芹大手笔，不过写了几百人，都是在纸面上活动的。由纸面上变为地面上，就不得了，以神州为范围，据说已突破十一亿，还不知道是否把所谓黑孩子也算在内，何况高喊开放、高喊旅游以来，楼中路上，还有不少华侨和老外。这是"人多力量大"高论的结果，我们无发言权者只好默默承受。来由之二，至少在本文中更为致命，是由扶杖老朽到怀抱幼小，脸上都没有谱。没有谱，推断行业，一部分不难，如官与个体户与大学教授之间，在权与钱方面就界限分明。分辨好人坏人就不那么容易。这里还是以常识为依据，降低要求说，顾自己而也给别人留有余地的是好人，只顾自己不管别人，或奉行"我的是我的，你的也是我的"主义而无所不为的是坏人。物以类聚，好人算作一群，坏人算作另一群。这样，在大街上或某场所，你遇见一位，假定不容许中间人物存在，你有什么办法能够把他或她推入某一群而保证无误？这时候，或尤其这时候，你才会深入领会，脸谱是何等重要。

然而事实是没有，怎么办？十几年前，一个年轻的晚辈，生不逢时（也许是逢时！），"文革"中的1970年大学毕业。上学时期，水=H_2O没学多少，为了革命，参加打派仗。也是至时结业，依照学习学习再学习的什么理论和规定，背负被卷，手提箱笼，下乡了，因为要向贫下中农学习，贫下中农是不住城而住乡的。在村野学了两年，转为孩子王。一次回来，谈学习心得，关于处世对人的，使我大吃一惊，是初见，要把他或她看作坏人，交往时多加小心，如果渐渐证明信得过，再变看法。我的本性又露，有所信就顽固不化，而且嗓子眼儿不严，有什么就说。就算作倚老卖老吧，我说："我则恰好相反，无论谁，初见，都看作好人，碰了壁，甚至倒了霉，再变看法。"还唯恐年轻人不重视老朽的所想，接着拿出堂皇的理论，是："把人看作好人，失败之后才有损失，损失不过是财物之类，至多不过是安全之类。把人看作坏人就不同，是一开始就坏了心术，损失是道德的，或干脆说是品格。"这个年轻人，也许是学习确有大心得吧，点头，笑了笑，没说什么。我了解，这是用不言表示，你就继续迂阔下去吧，多碰几次钉子，你就明白了。

后来怎么样呢？说不幸而言中，不对。原因不是，如不少使徒所预期，多念几遍口号，现实世界就一眨眼间变为《镜花缘》的君子国，而是我衰迟加懒，除了少数熟人之外，几乎不同生人交往。不过，说幸而未言中，也不对。原因既简单又明显，是我还活着，活者动也，动包括言和行，自然就不能不触及熟人之外。而这就会引来不怎么如意的种种，比如说，有的人，本当客客气气的，却变揎让为恶声了；有的人，本当不较锱铢的，却打起算盘来了；有的人，本当近在咫尺的，却音问渐稀了。关于这些，不只人各有见，还人各有路，我都谅解。但闭目入睡之前，或梦断张目之后，思路远游，就不能不想到处世对人究以如何为是的问题。如上面所说，我是理想主义者，所求主要是心安。那个年轻人是实际主义者，所求主要是不受害。谁应占上风？又躲不开标准问题。至少是由功利主义的角度看，那个年轻人占了上风。我呢，可告慰者是并没有服输；但还有不可告慰的一面，是对于一向坚持的理想主义，有时竟感到有些动摇。这是在理想与实际间摇摆了，或者说，正在由理想的一端向实际的一端移动。如果移动太多，甚至离实际的一端近了，那理想主义就成为失败主义。这有时使我想到我的最敬畏的老友韩君，我的老伴芝姐，以及早已作古的我的二姑母，在这几位的眼里，初见，甚至再见，是不曾有过坏人的。我也自信一向站在理想主义一边，却未能坚守，惭愧，惭愧！

折中而有挽救之力的路是借助脸谱。可惜脸谱也是理想主义，其意若曰：花花世界，最好是这样，处世对人就容易多了。可是事实不是这样，画饼不能充饥，所以我每看到京戏，望见脸谱，就联想到我的理想主义的命运，不禁为之三叹。

真龙假龙

明眼的读者看到这个题目，立刻会想到，这是想说叶公好龙的故事。说不是，怕有违读者的明眼；不如顺水推舟，就先抄这个故事：

> 汉刘向《新序·杂事》：叶公子高好龙，钩（曲形金属用具）以写（刻画）龙，凿以写龙，屋室雕文（刻画图形为装饰）以写龙。于是天龙（天上之龙）闻而下之，窥头于牖（头由窗入），施尾于堂（下身进了屋）。叶公见之，弃（不敢看）而还走，失其魂魄，五色无主（颜色全变）。是叶公非好龙也，好夫似龙而非龙者也。

故事抄完，要跟着解释一下，我由叶公那里借题，本意不是嘲讽有些人眼不明，吃假药，喝假酒，以至骑着假凤凰车去逛假大观园，而是有那么一天，发思古之幽情，想看什么不见了，因而有些感慨，语云，言者无罪，所以想说几句。

就由有那么一天说起。是不久以前，初冬的一个傍晚，我一反常规，不出城而入城。取路西直门外，步行，慢，就不免闲情难忍，想背一两首诗词消磨时光。大概是受了入城的勾引吧，首先溜到嘴边的是秦少游的《满庭芳》词。开头还熟，是"山抹微云，天连衰草，画角声断谯门"。中间记不清了，只好跳过去，背结尾，是"伤情处，高城望断，灯火已黄昏"。这就使我想到城，想到谯门，想到当年，秋末，与两三个友人，骑车游玉泉山，喝完海淀仁和号莲花白酒之后，卧在山后草丛中听蝈蝈叫，太阳偏西才上回程的路，紧走，过高粱桥不远，转向东，立即望见西直门城楼的心情。现在是城，城楼，都没有了，"画角声断谯门"的诗意，也就皮之不存，毛将焉附了。

这使我不能不想到旧物的存废问题。存废，问题不见得太大，因为旧物，有或没有，都不会影响工农业的发展，交谊舞的流行。但那会引来不同的意见。意见有斩钉截铁的，是除四旧派，可烧的烧，点不着的砸，一扫光则天下太平，万世不修。遗憾的是，烧还没有烧光，砸还没有砸完，有不少人又给四旧，或四旧中的大部分，改了名称，曰文物，于是而小之则搜购，收藏，大之则立法，宣布应重点保护。收藏，保护，为什么？理由显然不像棉花和面粉那样容易说，因为百分之九十九是寒不能衣，饥不能食。而还要收藏，保护，找理由，大概就不能不寄希望于发思古之幽情派。其次，还可以请发展旅游派发发言，是其中一部分，如长城和故宫，冠冕的一面，可以显耀祖国的文明，不怎么冠冕的一面，可以换外汇。此外是不是还有其他价值？道理，尤其微妙的道理，难讲；那就不如卑之无甚高论，只乞援于常识。且不管治国平天下，只谈齐家的家，"家有敝帚，享之千金"，是强迫汉献帝让位的那位皇帝说的，也是这样不豁达，况其下的小民，幸而还及见祖先的手泽，怎么能够断然烧之砸之呢？

其实，现在的小民以上，也常常是这样处理。大概是十几年前，我路过北京的所谓土城，即元大都健德门的遗址，看见路东侧立一块石碑，上面写这是元朝的什么什么，有什么价值，应严加保护，否则将如何如何云云。对于这样的严，我没有意见。只是连类而及，不免想到一些问题，或说疑问。

先说其一。元大都城，至少就遗迹看，只是个不很高的断烂的长满野草的土冈，比明朝的高大整齐的，内外相加六十八里的砖城，还要外加内九外七的城门和城楼（有的还有瓮城箭楼），究竟价值会高出多少？价值的事难说，人各有见，只好不说。事实是，一时觉得无用，碍事，灵机一动，除了一城楼三箭楼之外，一扫而光了。这样区别对待，为什么？一种可能的解释是，砖城是明朝的，土城是元朝的，早百八十年，存古，以年代远为贵，所以宁保护土而不保护砖。是这样吗？似乎又不尽然。有不止一件事可证。

请看其二。是1969年吧，拆西直门瓮城，先剥高厚的砖墙的皮，到西面，竟像神奇故事的鱼吞巨舟一样，发现里面还有一个门，整体的砖建筑，一考，正是元朝的和义门。因为外面有包装，整齐完好，上面还有记修建的石碑。不记得谁告诉我这件事，又因为患重病的老友李君住在其南不远，我往干校之前要去辞行，就挤时间去一趟。先看李君，心里不好过，因为当时想，他的病没有好转的希望，我的思想改造没有结业的希望，这必是永别了。后看和义门，周围转一转，想到赵孟頫，关汉卿，珠帘秀，等等，以及远客马可·波罗，大概都不止一次从这个门洞穿过，我呢，就要远去了，心里也是不好过。万没想到，这样天外飞来的稀有的宝贝，确凿是元朝的，不久也一扫而光了。

还有其三，是与《红楼梦》荣宁二府拉上关系的恭王府，据说不止保护，而且要开辟为什么点，赚外国人钱了。稍有历史常识的人都知道，曹家的官并不高，在北京是没有资格住这样的府的。非曹门所住，今天买票进去，发思秦可卿淫丧天香楼之幽情，与叶公之满墙刻画假龙何异？

还有更荒唐的其四，是西郊的所谓曹雪芹故居。其他大小破绽且不说，请问，乾隆初年的农村民居，到现在还能找到几间？轻信这个的人，大概连沧海桑田的成语也忘了。忘而信，或不忘而信，这也是典型的叶公，见假龙而爱不忍释。

近于发牢骚了，应该就此打住。但关于旧物的存废，还要说几句正面的意思。其一，是除四旧壮举的可一而不可再。一些好心人会说，形势可证，一过去了，不可能有再。我是怀疑主义派，因而有时就不免于放心不下。除，有心理根源，是过斩伐的瘾。这瘾还有根源，是唯我独好。人总是人，如果根源尚在，加上力无限的时会，一扫光的危险还是会有的。所以这里再说一次，希望大家切记。其二，宜存宜废还拿不准的时候，最好是用一动不如一静的原则来处理，因为存之后还可以废，废之后就不能存，一失足成千古恨，后悔就来不及了。这一动不如一静的说法，推想有的人，万一看到，又会皱眉。时无今古，人人有皱眉的自由，那就再皱一次吧。其三，本诸作文之道，还要照应题目，说说真龙假龙。周叔迦先生往矣，如果他还健在，会斥责我孺子真不可教，因为忘了境由心造。在这方面，我有苦衷，是欲造而心境不允许，举例说，如果万一乘阮籍之车，走到"所谓"曹雪芹故居的门口，进去看看，设想这位玉兄晚年，曾与新妇寡居表妹，在这里煮小米粥吃，于是而产生伏白首双星等等遐想，总是有点滑稽。由此推论，我们总当少大胆假设，多小心求证，以期所存，所好，是真龙而不是假龙。

代笔

80年代初，我和玄翁共住景山侧一斗室，他是诗人兼画家，我用世俗的得揩油处且揩油之法，请他画一小直幅山水，言明要临柳如是。不久画成，景如原件而布局小变，笔简淡而风致嫣然。我觉得有意思，一次到启功先生寓所串门，带着去了，想请他题几句，以实践我的陶渊明的闲情加李笠翁的贫贱行乐法的生活理想。启功先生有一种盛德，是你只要把他堵在屋里，他就勇于还账，于是提笔就写，第一句云："此晚明高士之笔也。"以下还有些话，易解，可以不管。且说这第一句，其后看到的人都认为，是推崇玄翁的笔法高，临晚明就真像晚明。我呢，怀疑主义又来了，说："很可能，这是暗示，就是原画，哪里是什么柳如是，不过代笔而已。"有的人讨厌怀疑主义，希望我再登门时候请启功先生澄清一下，我说："这一定做不到，因为得到的答复必是'我也不知道'，那就越澄清越胡涂了。不如采纳西汉吕后的高见。人生短促，何必自寻苦恼。"此事早已过去，现在想就以"代笔"为题，谈谈闲话。

柳如是究竟会画不会画，自然只有半野堂里的人能知道。可惜现在不要说半野堂里的人，连半野堂也不可问了。代笔的可能是有的，甚至不小。证据有两种。一种是很容易找人代。南明的青楼人物或出身于青楼的人物，都有相当多的所谓名士尾随着，尾随，唯命是从，甚至颐指气使，不命而从，代画几张画又算什么。即以柳如是而论，有个尾随而苦于追不上，愁苦抑郁的老头子程孟阳（名嘉燧），就是名画家，命他代，正是易如反掌的事。证据的另一种，自然也是据说，其时及其前后，许多这类的著名女士，如马湘兰、顾媚、董小宛之流，传说都能书善画，并不都靠得住，传世的作品，有些可能是交好的男士所为。这样说，后世的所见就必致有真有假。如何分辨？一笔胡涂账，算清是不容易的。

代笔是伪品，是一种特殊的伪品。一般的伪是别人偷偷作；代笔的伪是本人不但知道，而且承认是自己所作。于是辨真伪，在真与代之间就更加扑朔迷离。但扑朔迷离也有好玩之处，所以无妨说说。

先说"文"。文与书画不一样，代的绝大多数是明的，暗是极少数。皇帝以及王公大人，名义为出于己手之文，有不少或很多，依规定或惯例，是翰林学士和幕客、秘书等代作的。也就因为这是明的，所以内制、外制之类可以编入作者的文集。但这种编法只限于内制、外制之类，扩张就不成。据说沈德潜死后得罪，就是因为把代乾隆皇帝作的诗编在自己的集子里。幸而死得及时，否则就不堪设想了。这就又使我们不能不慨叹，还是古人人心古，代笔，有的还用"为"字标明，如《文选》所收陈琳《为曹洪与魏文帝书》、孙楚《为石仲容

304

与孙皓书》等就是。今人就下同，如王国维既手作又手写的《殷虚书契考释》，署名罗振玉，没有标明"为"，罗振玉却安然受之。又据说，名为张之洞作的《书目答问》，实出缪荃孙之手（有异说），这位文襄公也安然受之。代笔之文还有既可谅解又可笑的，是旧时代，农民十之九不识字，儿子在外，有时要告诉一些家里事，那就照例求塾师写。这样的信，出于老太太和冬烘先生的更有意思，大多是老太太说一句，冬烘先生照录一句，于是絮絮叨叨，连老母鸡被黄鼠狼咬死也写进去，最后落款，还要"母字"。这就会使小心求证的汉学家大为其难，根据字面，母手写，没问题，其实却是代笔。

以上是楔子，重点应该说书画。这太专，太复杂。比如这两个问题，一是这方面都有什么离奇情况，二是古往今来，都有哪些人有代笔，代笔者为何人，依理应该讲清楚，实事求是却只能不讲清楚。原因之一是我无此能力，必须乞诸其邻而与之。邻是谁？是启功先生，我敢担保，他答卷，必得100分。可是他太忙，又未必有入考场的雅兴。原因之二就更难办，1962年，他写一篇题为《董其昌书画代笔人考》（后收入中华书局出版的《启功丛稿》）的文章，只一个人就用了过万字，而结论，同书《题沈士充画卷》中说："董其昌书画多代笔，以余所考，画之代笔人有赵左、赵泂、沈士充、释珂雪、吴振、吴易、杨继鹏、叶有年等。书之代笔人有吴易、杨继鹏。此仅为已知者，其未经发现者，尚不知凡几。"董其昌是明朝晚期人，答卷要从大以前的李斯起，以胜国皇帝逊位为下限，要到翁同龢止，粗粗一算就要超过百万字，这篇闲话怎么敢问津呢。所以只能偷巧，点到为止。

先给书画的代笔分分类。由原因方面考察，书画的代笔可以分为两大类：一类是由于忙（或加少量的懒），应酬不过来，所以找可以乱真的人代；一类是由于拙，所作不能与名位相称，所以找远远高于真的人代。此外自然还会有一些特殊情况。

先说由于忙的一类。忙有多种情况，这里主要指其中的一种，登门送纸求墨宝的人太多，却之不恭，有求必应办不到。两全之道是找合适的人代。代出来的是伪品。可是想辨伪，我看顾颉刚先生也不见得有办法。一是文献未必足征，用现在的话说，未必有人举报，无人告发就不会生疑。二是辨真（代笔的）伪，先要有不很少的真品和伪品，比勘，而这种要求，想满足也大不易，尤其年代较远的。三是专就这一类说，有极少数，代笔未必比真品坏，那就更容易陷入迷魂阵。大难，只好躲开考，只就还记得的举一点点例，以助消闲之兴。先举个年代早又大名鼎鼎的，是王羲之，据翁方纲说："昔王右军尝亦倩人代书，其人姓任名静，今人罕有知之者矣。"（董其昌书札跋）清初诗人王渔洋，有些字是他的弟子林佶、陈奕禧代笔，他自己言之不讳。乾隆年间书法家成（亲王永瑆）、铁（保）、翁（方纲）、刘（墉），传说刘的小行楷，有些是他的如夫人黄氏代写的。再举个现代的例，半个世纪以前，我看见赵荫棠先生屋里挂着于右任写的一副对联，笔画圆劲，结体开扩，感到很不坏。赵先生说，这是由他的同乡任于秘书的某君求写的，交来时说，是眼看着写的，担保是真迹，不是代笔。可见于右任的字也有不少是代笔。

再说由于拙的一类。天之生人，就绝大多数说，不会给得太多，如杜工部，文不如诗，秦少游，诗不如词，妻梅子鹤的林和靖并且自己声明，只是不能着棋和担粪。有所缺可以不补，这是就一般人说；位和名渐高的人就不成，会有不少人眼往上看，求，大多是求写字，其次是求题诗，再其次是求作画，自知拿不出手，可是想到位和名，"我不成"的话说不出口，形势所迫，只好找人代。这样的代，就数量说，也许大大超过因忙而找人的代，只是因为被代者不愿说，也就较难发现。也举一点点有蛛丝马迹的。启功先生据《珊瑚帖》，推断米元章能书不能画。其子米友仁书学其父，有米家画法的山水传世。历代都传米家画法创于米元章，我想，一种可能，是子曾为父代笔，所以才成为无中生有。与此相似的，有清朝的金农，据说也是书高明画不高明，传世的有些画是他的弟子罗聘画的。还是说画，清朝晚年的慈禧老佛爷，据说也画，我在哪里见过不记得了，反正像那么回事的，都出于她的书画供奉缪素筠（名嘉蕙）等之手，就是说，都是代笔。写寿、眉寿等大字，上盖"慈禧皇太后御笔之宝"大印的当然更是这样。接着说书，乾隆年间的大名人纪晓岚，学和文都了不起，传世的意在给人看的字也不坏，据说都是代笔。还可以找到对证，文明书局影印《明清名人尺牍墨宝》第二集卷一收他写给树堂的信一件，想来是亲笔，就真是书不成字了。说到对证，我又想到一位，是康熙皇帝，《故宫》第八期影印他《谕罗马教皇专使多罗朱笔》一件，当然是亲笔，虚岁五十二时所写，字很幼稚，与传世的清劲流利的康熙御笔不类，推想好的那些也是代笔。

最后说说此外的特殊情况。这也不少，只说一点点一时想到的。一种情况，如乾隆皇帝，书法，自己很自负，也好写，但也有代笔。据说不难辨认：笔画粗细均一、有转无折的是亲笔，占绝大多数；笔画有粗细、有转有折的是代笔，为数不多。另一种情况，如溥心畬，名画家，旧王孙，花钱如流水惯了，有个时期，买画的暴发户多，就让弟子先画，成十之八九，他勾勾点点，题字署名，成交。这不是纯粹的代笔，是假中有真。还有一种情况，如传世的管仲姬（名道昇）尺牍，有一通是赵子昂代写，有意思的是署名时忘了，先写"子昂"，然后改成"道昇跪覆"（张珩《怎样鉴定书画》曾引用）。这是代笔比亲笔更好，而且一见便知。

一见便知，无论是有兴趣治汉学还是有闲心玩古董，都会欢迎。只是可惜，一见便知的情况究竟太少了。那么，寒士附庸风雅，费心或兼费钱，好容易弄到一两件，书或画，悬之壁间，想自怡悦兼示人，而碰到怀疑主义者，问："确是真迹吗？"而恰在此时想到情况复杂，岂不糟糕。理论上的好办法是考，然后断定，真，照样悬，不真，撤下，可是俟河之清，人寿几何，实际太难了。所以总而言之统而言之，还是周叔迦先生来于佛门的想法好，境由心造，自己已信为真，得怡悦之境，就够了，本原之真不真，代不代，管它作啥。

这个题目还能表现言外的一点意思，是比上不足，比下有余。上有钟山隐翁李后主，倒霉的时候是"挥泪对宫娥"。下呢，正面说，无限，大到对将离去的心上人，小到对主编大人奉还的一篇文稿，等等，都是；只好由反面说，是有不少人，家用电器齐备，却没有书，也就不会有挥泪对藏书的苦境。这篇就想说说这个夹在中间的，有关书的挥泪的苦境。为什么？所为有二。一是消极的，书之小则益智、大则传承文化的价值，能使有些书迷高高兴兴的价值，以及由大雅下降，能使印、卖有些使人皱眉的书的人发小财甚至大财的价值，已为大家所熟知，说等于不说，没意思。二是积极的，二十年以前，曾又燃秦火，大量焚书，因而不少书迷曾挥泪对藏书，这不少书迷中有我的两位好友，或者还可以加上我自己；挥泪，没完没了，不好，近来衰迟带来另一种智慧，竟偶尔发现破涕为笑的偏方，取什么什么与朋友共之义，应该尽早献出来，以期那两位好友，或扩大为广大同病，也照方试试。

偏方虽然并不奇妙，也要后说。先说我这两位好友。一位是王君，出身于定州书香世家，以在讲台上面对学生为业，喜读书，藏书不算少。身体不好，1960年左右提前退休，侍奉继母度日。继母身体更坏，渐渐不能下床，只好请一位保姆照料。"文革"的风忽然刮来，其时继母已经作古，街道上的积极人物不忘旧恶，于是大字报贴到门口，运用什么英明思想的逻辑，论定他是资产阶级，因为曾经雇用保姆。他也积极，没等下逐客令就把全部家当交与街道，背负一个装几件衣服的小包，衣褐还乡了。一晃几年过去，落实政策，通知他来京领取。他带着物归原主的喜悦来京，找到主管人，才知道物已是黄鹤一去不复返，"公平"折价，退赔三百余元。他只得挥泪对若干张钞票，又衣褐还乡了。另一位是韩君，我的勤逛书店、书摊的同道，也以在讲台上面对学生为业。原住北京，50年代转到天津某大学任教，母亲和一子还留在北京。书多，搬移不易，于是一分为二，不常用的一半留在北京。"文革"的风刮起，红卫"英雄"响应号召奋起，清除一切所谓反的，看到这批书，算反不算反闹不清，于是采用万无一失的上策，都搬上车运走了事。因为失落的只是本之秦法可焚的书，也就没有退赔的后话。上一段还说到我自己，是挥泪有份，经过则宜于从略，因为都是自己扔的，自己烧的。

应该赶快说偏方。说来很可怜，只是浏览一些旧书旧事，用由佛门偷来的一点点般若观照，于是就在"借（出）书一痴""还书一痴"之外，照见还有一痴，曰"迷书一痴"。知痴即彻悟，至少是离彻悟不远，悟的结果是解脱。苦灭，自然就不会再有挥泪之事。为了我这个发明创造能够取信于人，证明，要由旧事说起。旧事太多，只抄三件我觉得颇有意思，又可能有较大疗效的。

一、朱大韶事：

（明世宗）嘉靖中，朱吉士（号）大韶性好藏书，尤爱宋时镂板。访得吴门故家有宋椠袁宏《后汉纪》，系陆放翁、刘须溪、谢叠山三先生手评，饰以古锦玉笺，遂以一美婢易之，盖非此不能得也。婢临行，题诗于壁，曰："无端割爱出深闺，犹胜前人换马时。他日相逢莫惆怅，春风吹尽道旁枝。"吉士见诗惋惜，未几捐馆。

（叶昌炽《藏书纪事诗》引清吴翌凤《逊志堂杂钞》）

二、钱谦益事：

（元）赵文敏（孟頫）家藏前后《汉书》，为宋椠本之冠，前有文敏公小像，太仓王司寇得之吴中陆太宰家。余以千金从徽人赎出，藏弄二十余年，今年鬻之于四明谢象三。床头黄金尽，生平第一杀风景事也。此书去我之日，殊难为怀，李后主去国，听教坊杂曲，挥泪对宫娥，一段凄凉景色，约略相似。癸未（明崇祯十六年，公元1643年）中秋日书于半野堂。

（《牧斋初学集》卷八十五《跋前后汉书》）

又：

京山李维柱，字本石，本宁先生之弟也，书法樵颜鲁公，尝语余："若得赵文敏家《汉书》，每日焚香礼拜，死则当以殉葬。"余深愧其言。

（同上）

三、陈坤维事：

（清）桑弢甫（名调元）水部（即工部）买得元人百家诗，后有小笺黏陈氏坤维诗。盖故家才妇以贫鬻书者，惜不知其里居颠末尔。读之有感，次韵一首，并征好事者和焉："姓字深闺岂易知，偶传纸尾卖书诗。难追写韵仙家事，应共牵萝绝代悲。彤管更添高士传，墨卿别注有情痴。回肠似共缣缃往。惆怅令人展卷时。"附陈氏坤维原作："'典及琴书事可知，又从架上检元诗。先人手泽飘零尽，世族生涯落魄悲。此去鸡林求易得，他年邺架借应痴。亦知长别无由见，珍重寒闺伴我时。'丁巳（乾隆二年，公元1737年）又（闰）九月九日，厨下乏米，手检元人百家诗付卖，以供粥之费。手不忍释，因赋一律媵之。陈氏坤维题。"

（《藏书纪事诗》引厉鹗《樊榭山房集》）

三位，有男有女，有明有清，都是因书而挥了泪，属于我发明创造的"迷书一痴"一类。

何以谓之迷？因为与"用"有别。举例说，上者，规定应学习的书多种，不管主动还是被动失落，似乎还没见过挥泪的；中者，如《现代汉语词典》之类，失落了，可以再买一本，所费至多不过一斤鱼钱，也不至于挥泪；下者，如笑话选之类，能够助人为乐，失落了，那就让别人笑去吧，更不值得挥泪。以上这些都是有用的，因为不具备引人入迷的条件，读者就虽用或不用，而不入迷。迷就不同，如以上所抄三事，《后汉纪》，前后《汉书》，他们当然有通行本，陈氏坤维，女流之辈，而且厨下乏米，推想不会再有雅兴读元人的诗，但还是挥了泪，这是迷，不是用。迷是痴人干的事，至少其事是痴。

以下说疗法，当然应该对"痴"的症下药。平心而论，对于痴，我们首先应该敬重。如传说的古代尾生，与女子期于梁下，至时，女不至，水至，抱梁柱而死，要是现在，至多不过跑到桥上等，此之谓人心不古，或说痴难，所以可敬。求仁得仁，死而无怨，这是用孔孟的眼看的。还可以用老庄的眼看，那痴就还有可怜的一面。"可怜无定河边骨，犹是春闺梦里人"，抱着空幻发呆，或对着相片垂泪，何必！事实是，庄周梦为蝴蝶，还是蝴蝶梦为庄周，也很难分辨清楚，过于认真，就太可怜了。还可以用佛门的眼看，那痴就还有可笑的一面。长话短说，是空而以为实，以致想不开，可撒手而紧抓着不放，岂不可笑。至此，就可以说偏方之髓以及服用方法了，是由古而今，先多看别人，比如想起朱大韶、钱谦益等挥泪之事，就立刻想到迷书一痴的可怜可笑，然后顺流而下，终于想到自己的挥泪，于是就必然悟及可怜可笑。想到可笑之后是面上会破颜，心上会感到无所谓，于是苦境就摇身一变，成为乐境，至少是安境，总之，结果必是胜利大吉。

这说的是潘光旦译英国霭理士著的《性心理学》。一个译本，有什么值得大惊小怪的？说来话长。我上大学时期，受当时学风的影响，也在故纸堆里折腾了一阵。后来，像是并没有受禅宗和尚的感染，就殊途同归，忽然想起"生死事大"来。其中有大问题，怎么处理？禅宗和尚务实，不在"生死事大"上停留，跳过去，求顿悟，躲开，也就认为解决了问题。我跳不过去，于是在"生死事大"上纠缠。用家常话说，是想先了解人生究竟是怎么回事。起初还不知道这条路会很长，胡涂助长胆量，于是起步，走。当然要先听听人家的。孔孟老庄等人是旧相识，听过他们的议论不少，但感到不够，于是由中而外。地域扩大了，内容更要扩大。中心是伦理学，或称为道德哲学。由中心向四外延伸，凡是与思和行有关的，都会触及。于是诸门类之中就有了心理学。由人生是怎么回事这个角度看，心理学领域还有最敏感的，是性心理。总之，是求知的得病乱投医，也看，并搜集讲性心理的书。这方面的大家不很多，英伦三岛的，就我所知，以霭理士为最有名。他的这方面的著作，最重要的是七卷本的《性心理研究》，我东拼西凑，买到前六卷（缺第七卷补编）。这部书，正如书名所示，是研究，一般人想了解这类知识的梗概，不合用。为了适应一般人的需要，霭氏写了一本简编，名《性心理学》，于1933年出版。这本书我也有，查书前的题记，是1943年8月7日从北京西单商场买的，伦敦第一版。潘光旦译本就是根据这个本子，于1946年出版。也许是因为已经有了原本吧，译本出版时我没有买。大概是50年代中期，有一次到国子监的中国书店看看，偶然遇到这个译本，旧而不残，也就买了。回来翻翻，觉得如果谈论翻译，这个译本可以作为好一面的拔尖儿的样品，仔细讲讲。

放在书柜里约十年，"文革"的暴风雨来了。匹夫无罪，怀璧其罪，我没有份。因为我只有一些破旧的所谓"长物"，其中主要是书。但书与思想以及著书的人有关，深挖，上纲，就会比怀璧更严重。为了化险为夷，不得不检查，毁。专说讲性心理的，处理的原则是：一，外文的可宽，中文的必严，因为推想红卫"英雄"是很少通外文的。二，书名委婉的可宽，直率的必严，如《性心理研究》可存，《妇女的性生活》必毁。三，人没问题的可存，人有问题的必毁，著者霭氏非本土人，而且已经作古，大概可以算作没有问题，译者潘氏是写过《宣传不是教育》的，当然有问题。根据这三项原则，潘译《性心理学》都在必毁之列，于是它就被投入除四旧的临时炉灶内，化为灰和烟飞升了。毁，容易，恢复，难，或说不可能，这是"文革"给人们留下的惨痛经验。由此经验推论，发疯是不应该的。我，虽是出于不得已，也总是发过疯，把许多不应该丢弃的，扔的扔，烧的烧，及至事过境迁，命还在，有回忆的余裕，有时就禁不住想到，扔的，早已"人面不知何处去"，烧的更不用说，是连何处也不可问了。这不可问的种种，大部分只是家之敝帚，并不值钱，却反而使人难以忘怀。言归正传，这本潘译《性心理学》就是这样使人难以忘怀的一种。

为什么？这要由一般译文说起。就现存的文献说，用译法传不同语言的内容，大概始于东汉安世高译的《修行道地经》吧？其后直到赵宋，译事都限于佛教的三藏。译语用浅近的文言，成绩不坏。元朝入主中原，有蒙文译为汉语之举，如《元朝秘史》《元典章》之类，现在看来，用语四不像，很别扭。其后可以算作走入近代，由译佛学转而译西学。《几何原本》之类是明朝晚期译的，译语当然是用文言。一跳到了清朝晚年，译西学成为风起云涌。译语还是用文言，如林琴南和严复都是；只有《新旧约全书》等少数用官话，是例外。用白话大量译外国著作是"五四"以后的事，至于质量，那就上上下下，一言难尽。评定质量高低，要有标准，严复提出三项："译事三难，信，达，雅。"雅难说，严氏大概是指古，即有诸子味儿，可不在话下。且说信和达，确是很重要，因为不信就脱离了原著，不达就说不明白，看不明白。但做到却很不容易。先说信，不懂外文、译时另起炉灶的林琴南不用说了，就是严复，为了求雅，学诸子，所译《天演论》就把第一句第一个字的"I"译为"赫胥黎"了。达也不容易，因为要把外文的外貌和内心通通化为中文。举实例为证，多年前我读

317

康德《纯粹理性批判》，先用胡仁源译本，捏着头皮细心啃，总是越看越胡涂；幸而不久就买到德国语言学家弥勒的英译本，一看，才知道原来的难，绝大部分来于译文的不能达。信了，达了，能不能再高些？理论上可能，或者说，也可能间或有之。不记得是在哪里看到的，是农村大老粗译《论语》"莫（暮）春者，春服既成，冠者五六人，童子六七人，浴乎沂，风乎舞雩，咏而归"一段，译文是："二月过，三月三，穿上新缝的大布衫。大的大，小的小，一同到南河洗个澡。洗罢澡，乘晚凉，回来唱个《山坡羊》。"这很妙，可以称为神译。

神，非人力所能必得，只好退而求精。这，我常常想，要满足四个条件。一是精通外文。像50年代早期，有些人只学几个月俄语就抱着字典译，自然就难免错误连篇。二是精通本国语。这也不容易，达，北海东坡，对得恰好，都得靠这个。三是有足够的所译著作这一门类的学识。例如译心理学的书，译者最好也是心理学家。四是认真负责。就是意在好上加好地传授知识，不是换稿酬。用这四个条件考试，我的经验，译品，连出于林琴南、严复之手的也算在内，必有多一半不及格。可是潘译的这本《性心理学》却可以得特高的分数，即不是100，而是100多。多从哪里来？这要用打算盘的办法来解释。比如四个条件，满足一个给25分，潘氏精通英语，就第一个条件说当然要给满分；第二、第三个条件也是这样，因为他精通中文，又是这门学问的专家；这样三项一加，已经得了75分。最后看第四个条件，原文和中文对照完毕，既信又达，当然要给25分。可是各章的原文后还有译者注（如第六章后多到125个），一看，不好办了，先说总的印象，是"加倍"认真负责，依照按劳取酬的原则，分数当然也要加倍，于是四项一加，总数就成为125分。

以下要略举例，说明给125分是理所当然。总的说，译者注的作用是使读者尽可能地扩大知识范围。注总计为570个，大致可以分为四类。一类是举相关的论著，如第二章注③：

在这一点上，葛吕氏有两种文稿是值得参考的，一是它（应作他）的一本专书，叫《动物的性别的遗传学》；二是一篇论文，就叫《性》，是露士（Rose）所编《近代知识大纲》中的一篇。

一类是举印证的材料，如第四章注㊱：

晋阮孚有屐癖，也可以说是履恋的一种。《晋书》（第四十九卷）孚本传说："孚性好屐，或有诣阮。正见自蜡屐；因自叹曰，未知一生当着几量屐。"王士禛在《池北偶谈》（卷九）里认为是典午（案即司马）人不顾名教的流弊的一大表示。其实此类癖习自有其心理的根据，以至于性心理的根据。……清袁枚《续子不语》（卷一）载有履恋而兼疯狂的一个例子，题目是《几上弓鞋》："余同年储梅夫宗丞，得子晚，钟爱备至，性颇端重（案指其子），每见余执子侄礼甚恭，恂恂如也。家贫就馆京师某都统家，宾主相得；一日早起，见几上置女子绣鞋一只，大怒骂家人曰：'我在此做先生，而汝辈几上置此物，使主人见之，谓我为何如人？速即掷去！'家人视几上并无此鞋；而储犹痛詈不已……"

一类是补充原文，如第二章注㊽：

性与触觉的关系，方面很多，霭氏所论已不能说不详尽；不过有一点霭氏似乎始终没有提到，不但本书里没有，就是七大本的《研究录》里也没有，就是触觉与阳具崇拜的关系。霭氏在下文讨论《性择与视觉》及《裸恋》的时候，固然都提到阳具或其象征的崇拜，但此种崇拜和触觉有何关系，则始终没有顾到。（以下引《两般秋雨盦随笔》和《觚剩》所记以及白云观摸门圈事，说明这种现象。）

一类是修正原文，如第八章注⑳和㉑：

霭氏这句话有语病，难道对于但丁，妻子和家庭便是接受废弃的欲力的尾闾么？译者以为这在但丁自己也未必承认。

霭氏于升华的理论，虽说得相当的小心，但译者还嫌其过于肯定。译者比较更能接受的是希尔虚弗尔特的看法。

就举这一点点，也可以证明评125分并不失之过宽。

可是就是这样一本书，我竟亲手把它烧了。我不后悔，因为已然的最好设想为当然。但不后悔并不等于不怀念。有时举目看看书柜里的剩余，没有它了；如果碰到机会，想跟年轻人谈谈译文，也只能空口说白话了。就这样又过了二十二年，是1988年夏秋之际，忽然听说三联书店重印了这本书，心比烧它时候还急。立刻给在同一地上班的赵女士打电话，托她代买。她也急，第二天一早就送到我的桌上。顺从喜新厌旧的流俗，我也觉得，这一本比飞升的那一本好多了，灰纸面变为压薄膜面不说，还多了作者传略等内容。书前印了潘氏的两张照片，虽系半身，也总可以显露"一些"当年的风度（他下肢有残）。书译成后的五首七绝，想是那一本也有的，现在重读，如：

发情止礼对谁论（读阳平）? 禁遏流连两议喧；

漫向九原嗟薄命，人间遍地未招魂?（疑当作！号）

（其四）

我亦传来竺国经，不空不色唤人醒（读阴平）;

名山万卷余灰烬，何幸兹编见杀青。

（其五）

诗是1944年作，四十四年之后吟味，体会他悲天悯人的苦心，就更不能不感慨系之了。

一本书的得失，使我有时想到书生生涯的一种苦乐。同多数书生一样，我也是幻想不少而财力不多，美婢换宋版书的雅事或蠢事，即使想有也不可能有。但就是难登天一、海源之阁的小本本，只要有些须可取，失落，也总是不能轻易忘怀。即如这本潘译《性心理学》，回来了，我不见得再看，可是不看，还是想有。同样的还有一本，是我的旧同事由其译的夏目漱石《我是猫》，几年前失落，这部小说我看过两遍，当然也不见得再看，可是有时想到它，也还是愿意有朝一日回到身边。盼，不得，苦，得，乐，这类小事也许不值得写；还是写出来，是推想必有少数同病，那他或她碰巧看到，就可以感到吾道不孤，获得一些安慰吧？

前见古人

年轻时候读《唐诗三百首》，七言古诗第一首是陈子昂《登幽州台歌》，觉得前两句"前不见古人，后不见来者"说得很凄凉，使人有百年一瞬之感，为此而"涕下"不能算无病呻吟。其后，一年一年过去，旧的，有不少渐渐淡忘了，这两句诗却一直记在心里。但诗句的力量有增减的变化，是前一句的力量越来越大，后一句的力量越来越小。原因呢，我自己捉摸过，大概是：一方面，中了故纸堆的毒，说夸张一些，是觉得连圣贤也是昔日的更出色；另一方面，以表演的时装为例吧，自己缺少适应性，也说夸张一些，有时看了简直有点茫然，目前如此，"来者"也就不想看了。不想看，只好放弃"后不见来者"，单单吟味"前不见古人"。

"不见"，意思是不能见。这说得很对，不要说尧、舜、禹、汤、文、武，就是不久前的人物，比如自己生于某年某月的第一天，那位人物死于上个月的末一天，近到首尾相连，看见的可能终归是没有的。但是人，有了生，不知谁给了记忆的能力，求这求那的愿望，温习过去，主要是读各种记载，就难免发思古之幽情。狭窄范围的，男士会想到西施，女士会想到潘安，恨余生也晚，欲结识而无由。范围还会扩大，如曹操，武则天，都是一眨眼就乱杀人的人物，不管尊容怎么样，有的人大发思古之幽情，也未必不想看看。然而可惜，时间是看不见摸不着的怪东西，被它隔开，就真是一点办法也没有。

对于没有办法的事，庄子有上策，是"知其不可奈何而安之若命"。这常人苦于做不到，于是而不能不用退一步法，或望梅止渴法，以求慰情聊胜无。这就又碰到"时间"。具体说是后来居上，因为时间的后（很近的）中有了现代化的一些方法。最先进的是"录像"（电影同），虽然只是像，却同样是熊腰虎背或杏眼桃腮，而且都在动，用文言的滥调形容，是栩栩如生。其次是照相，尤其彩而扩的，虽然不动，也总可以"如"见其人。可惜这现代化的方法时间太"后"，前的，不要说清朝早年的曹雪芹没有赶上，就是晚年的珍妃也没有赶上。照相之前有画像法，是古已有之，如登上凌烟阁的诸人就是。存于今的，帝王的不少，原藏于故宫南薰殿；名人的想来会更多，如收在《清代学者象传》里的都是。画像，有的兼表现生活，名"行乐图"，都是照真人画，如果能流传，也可以算作打点折扣的如见其人了。可惜过去的人太古板，请人画的，尤其女性，为数甚少；能流传的更少。次于画像的还有绣像，印在小说戏曲书上的。仕女画也可归入这一类，那是不见真人，凭想象而画成削肩樱口，弱不禁风，有人之形而不像真人，就是能见也没有什么意思了。

画而不像，求前见古人，也许不如舍身而取心。这方面，汗牛充栋的文献库中几乎随处可得。只举两个例，都见于《史记》。一是直接写：

（秦）二世二年七月，具（李）斯五刑，论腰斩咸阳市。斯出狱，与其中子俱执，顾谓其中子曰："吾欲与若复牵黄犬，俱出上蔡东门，逐狡兔，岂可得乎！"遂父子相哭。

（《李斯列传》）

另一是间接写：

由此观之，贤人深谋于廊庙，论议朝廷，守信死节，隐居岩穴之士，设为名高者，安归乎？归于富厚也。是以廉吏久，久更富，廉贾归富。富者，人之情性，所不学而俱欲者也。……是故本富为上，末富次之，奸富最下。无岩处奇士之行，而长贫贱，好语仁义，亦足羞也。

（《货殖列传》）

前一例写李斯悔恨，舍不得死，后一例写太史公司马迁的愤世嫉俗，为"伤哉贫也"而大发牢骚，也是都能使读者如见其人。其实，放宽一些看，旧文献，如记人言行的《论语》《高士传》之类，写心的《全唐诗》《全宋词》之类，都可以作如是观。

但是无论如何，由文字记载摸索，总难免有离得太远的遗憾。如何能近？似乎还有间道的出奇制胜法，那是搜寻遗物，以求因摩挲遗物而如"亲"其人。依传说，这可以很远，如女娲炼石补天剩下的那块顽石，伏羲画卦用的那根树枝，以及嫘祖采桑用的那个什么提篮，都是，可惜时间太"前"，即使曾经有也找不到了。其后，见于记载，不同于想入非非的，如王羲之手写的《兰亭序》、遗于马嵬坡的杨妃袜、李后主用过的龙尾砚之类，时间也前而不太前，可惜也找不到了。天地不仁，以万物为刍狗，生生灭灭，可叹而非人力所能左右，只好认命。人祸更厉害，如有大力者一旦发了疯，就会大量地毁。但是无论如何，物终归还有顽强的一面，在天意人心的夹缝之间，有些，纵使少，还是会曲曲折折地溜过来，如大家都愿意看看的陆机《平复帖》、张择端《清明上河图》、叶小鸾眉子砚之类就是。这类物，稀有而不是没有，如果有幸看到，甚至得到，那就比单单念念"白头搔更短，浑欲不胜簪"，想见其为人，亲切多了。

有人会说，这就成为玩古董，好不好？需要解释几句。其一，这不同于或不完全同于玩古董，因为只是想借此而前见古人，并不想居奇，待善价而沽。其二，处现世而念及古人，确是有点多事，不过辨别多事少事，要有标准，比如判定吃饭是应有，吟诗是可无，不知道别人怎么样，我是拿不出标准来，除非已经有了颠扑不破的理论，证明"活"是第一重要。没有这样的理论，我想，对于人生的多事，就只能从宽处理，就是说，只要不违法，不损人利己，许多事都容许从心所欲。其三，即以叶小鸾的眉子砚为例，如果碰巧在手，雨夕霜晨，闲情难忍，拿出来看看，纵使会引来一些遐想，总比奔向街头，下赌注求发横财好得多吧？

我要坦白承认，费这么多话解释，少一半是为许多同道，多一半是为自己，求得为亲近古人而珍重一些遗物的心安理得。而说起这类遗物，由前见古人的要求方面衡量，还有等级之差。有些是偏下的。比如碰巧得到真品的铜雀台瓦，于是思古之幽情发而兼扩张，不久就触及分香卖履的诸位，但是瓦，终归不是香，不是履，不管想象力如何丰富，总是难于填补隔一层的缺欠。有些是中的。如买到某藏书家的藏书，可以推知某人一定翻过，上有手泽，比铜雀台瓦近了一层，但某人的身心活动，究竟不能由模糊而变为清晰，这就还是隔雾看花。有些是上的。如有些书札和诗稿之类，或嬉笑怒骂，或痛哭流涕，读其文，兼看其手书，就可以清楚地想见其为人，也可以说是真与古人相会了。本诸这样的胡思乱想，多年以来，阅市，碰到这样的残编碎简，如果再碰巧而价不高，我总是愿意买而存之。

到此，推想多数同道，少数好事者，会进一步追问存的情况。这说来可怜，因为一则少钱，二则少闲，即使没有因其是四旧而除之，也是寥若晨星。自然，也不是空空如也，为了酬答追问者的雅意，从敝箧中找出两件看看。

一件是清乾嘉时期著名藏书校刻家秦恩复（号敦夫，扬州人）写的对联。联语是"观水乐惠游山契向　临觞引毕听曲遇期"。（案这通称为"集禊帖"，即集《兰亭序》字。）字不佳，苛刻一些说是无足取。

可取的是边款，是："乾隆甲寅（五十九年，公元1794年）嘉平（十二月）八日，梦华招集葛林园。酒酣兴发，砚有余墨，梦楼先生索书长联。笔冻手僵，聊以塞责，知无当大雅一笑也。在座者有尤君水村，陈君玉几，黄君小松，李君复堂，及几谷老人云。试东坡居士断碑砚，敦甫秦恩复识于匀碧轩。"（原无标点，酌加）所记有时有地（疑在扬州），有文宴的事，有参与的人。当然是人最有意思，因为王梦楼（名文治）、尤水村（荫）、陈玉几（撰）、黄小松（易）、李复堂（鳝），都是当时的书画名家。这样的一些人集在一起，吃完腊八粥。喝酒，写，画，就算是脱离群众吧，总值得追想其音容，欣赏一阵子了。

再说另一件，是乾嘉时期大名人翁方纲（号覃溪，大兴即北京东城人，书法家，学者）的一通书札，内容是（格式依原件，直行变横行，酌加标点）：

恃吾

五兄知爱，辄敢狂言。以今嘉辰，益友时复过从，讲道谭艺，裨益身心，盖为学之方，即在于此。倘必醮黑始到，三鼓乃散，则人皆以为苦，而无复唱酬之乐矣。况每集或有书帖卷轴，题跋印记，相与鉴评，亦非午窗日色，无以佐赏。且除公饯公贺诸筵，宜酌加丰外，其余拈吟小集，简朴为宜。八簋速舅，四簋礼贤，岂可语于寻常集话哉。若人各七星（银七钱），则七八人约及五金（银五两），乃吾辈寒士十日薪水之需，而用之片晌，非以养安。且每集以佳作为主，饮馔其所轻也。若到而不有所作，则下次不敢复请，必如此相订，乃为不作无益耳。吾辈校勘官书外，岂可复将无益之谈嚼，弃此光阴？而每集似应随意自办，有豆腐则吃豆腐，有白菜则吃白菜，不可别买新肴于市，即所有者亦不得过五样。集不过未（下午二时左右），散不过冬交二鼓，夏交篝灯时，此则可以长久用之。而月初间弟即拟办一次也。是否可行，伏惟涵鉴。不备。　　　　愚弟方纲顿首

笤翁五兄大人　　文侍

信是写给朱筠（号笥河，也是大兴人，著名学者，比翁大四岁）的，事由是发起办文会。会由午饭后起，七八位集在一处，作诗，鉴赏书画碑帖，肚子空了，晚饭，"有豆腐则吃豆腐，有白菜则吃白菜"，饭后，到掌灯时分，散。凭这封信，我们可以想见二百年前（朱筠卒于乾隆四十六年，公元1781年，寿五十三）一些高级知识分子生活的一个侧面，与今对比，高低且不说，总可以算是代陈子昂吐一气，前见古人了。

有兴趣见古人，未必就是没有兴趣见今人。但是会引起这样的疑心。使人生疑总是不好的，于是不得不想想办法。可惜，一时想到的仍是乞援于古人，杜甫《戏为六绝句》中有句云："不薄今人爱古人。"员外郎尚且如此，"而况匹夫编户之民乎！"

闲话古今

一个我年轻时候教过，现在也已不年轻的女弟子，拿一些解说古诗文的稿子给我看，说看看有没有错误，以免问世后闹笑话。其中一篇是比"南无阿弥陀佛"还熟滥的《诗经·伐檀》，依新的什么传统，当然是反上层君子的，就是说，"彼君子兮，不素餐兮"是反语，本意是，所谓君子都是白吃饭的坏蛋。这使我想到三十多年前，一位比我多吃十几年饭的某公的更高的高论，是不素餐非反语，盖素餐应从今训，即素菜餐馆之义是也。这样，君子就成为非肉不饱之徒。可惜参与解说工作的人都过于崇奉马融、郑玄，某公孤掌难鸣，这种妙解遂致湮没于纸篓而不彰。其实，如果解说只许分为对错两类，反语派也只能与素菜餐馆合伙，正是半斤八两罢了。且说这故纸堆中的闲事使我想到对于古的种种应该如何认识的问题；连带地还想到进一步的两个问题，其一是评价问题，其二是取舍问题。一共三个，想依次说说。唯恐有正襟危坐气，开口前约法二章，一是想到哪里说到哪里，二是不求合于什么圣道，总之要扣紧题目，闲话。

先说第一类，对于古的种种应该如何认识。这就理论说本不成问题，当然是实事求是，是怎样就还它怎样。问题都来自实际。其中一个是文献未必足征，无法补救，只好不说。另一个，关系重大，是人人都戴着眼镜，看什么就难免变点颜色甚至变点形状。因而有的人就提倡"历史唯物"。不过，再回到理论，历史唯物也是一种眼镜，即使设想戴上它看古的种种，颜色和形状会少变一些。何况要看，我们就不能不又回到实际，于是很可能，所戴就成为"六经皆我注脚"的眼镜，其结果就必致既放弃了历史，又放弃了唯物。这样说，我们就一点办法没有吗？也不然。不管应该称作什么主义，原则总当是：移身于古，多看细看，凡有所猜想，都要合于古的情理（包括文字训诂），然后，如果还想取得更有力的保证，那合的应该是"天命之谓性"的情理，而不是时风的情理。以《伐檀》的"彼君子兮，不素餐兮"为例，理解为反语，就很难从训诂方面找到证据。这只要把《诗经》中同格调的话排在一起，体会体会就可以知道，用不着大动干戈。还可以"移身于古"看看。与其他篇什一样，《伐檀》也是乐工在某种场合唱的。听者是什么人？推想当是有录用、提级、调薪等权的"君子"，这里无妨以今度古，他们会用反语骂吗？乐工，至多是低级知识分子，可以存而不论；高级的，如屈原、李斯、贾谊等，今天视为高不可及的，又骂过几声"君子"？大讲反语的人大概忘了，那是纪元的大以前，事实早已是"劳心者治人，劳力者治于人"，就是有识之士，也不会想到还可以倒过来，或平起平坐，来掌国家之政的。也许没有忘，而还要这样讲，是因为近年有一股以今变古的风，于是陈胜、吴广一类人就成为全好人，刘邦一类人就成为半好人，因为先是起义，后是成了帝。其实，如果陈胜、吴广能够胜利，前途也是做皇帝，修建阿房宫，就不揭竿而镇压揭竿了。是之谓易地则皆然。到此，檀算是伐完了；可是独木难支，再举两个例。其一，是汉朝的王昭君，一位既美丽又有特殊经历的女士。昭君出塞，事实是一，可是对于出塞时的心情，古今有不同的认识。古是"千载琵琶作胡语，分明怨恨曲中论"，哭哭啼啼，直到死后还不死心，堆成坟，不黄而独青。近年忽然出现相反的高论，是昭君有睦邻的大志，积极申请出塞，领导批准，于是胸戴红花，群众欢送，到目的地，住蒙古包，真就完成了一番大事业云云。哭哭啼啼，积极申请，哪一种是真的？心情，不能起昭君于青冢或黄冢而问之，难说了。但我总是觉得，两千年前，一个汉族姑娘，大志如何且不说，而没有一点种族歧视，终归是难于想象的。其二，记得有那么一回，为了避免一人向隅，满座为之不欢，吾从众，也看电视。是香港拍的有关西太后的故事。看外表是很早年，大概在圆明园吧，这位少女时期的老佛爷坐在曲廊的一端，远处是穿便服的咸丰皇帝，立着。以下依才子佳人的旧套加新套，才子一眼望见佳人就魂飞魄散，不好意思往前亲近却又禁不住往前移动。佳人表示觉察不好，表示不觉察也不好，于是羞答答，既低头又偷看。移动，渐近，才子六神无主，几乎要下跪，佳人呢，当然是内火烧而外端庄。其后，尽人皆知，也就不必再说，就这样，垂帘听政的开始一幕胜利完成。幸而我的椅子还坚固，否则真就不能不绝倒了。我想，竟至有这样的荒唐描写，一种来由是无知，就是不知道，皇帝虽然也是人，因为是有无限威权的人，即使是找女人，办法和表现也必致与一般才子不一样；一种来由是只顾今而不顾古，以为只有这样才有意思。总之，都失之未移身于古，所以就不能不闭着眼瞎说。

接着说第二类，对于古的种种应该如何评价。这问题比第一类麻烦。其一，认识，对和错，是事物之内的事；评价就不同，说好坏，就不能不在事物以外加点什么。其二，眼镜的影响更大；有时强调古为今用，甚至还要鼓励戴眼镜。其三，认识，对错不必另找标准；好坏就不同，要另找标准，而标准的可用与否，常常很难断定，此外还要加上人各有见，互不相让。问题太复杂，只好大题小作。大概也要像第一类那样，先"移身于古"，然后稍加一点独立性。移身于古，表示我们不能不接受当时的时风，或说当时的评价标准；稍加一点独立性，表示我们，或只是默默地，可以承认有一种超时代的标准，即所谓"人文主义"，要时时带在身边，与当时的评价标准合作，以增强或略校正当时的标准。这又是理论上很复杂的事；付诸实用，也会遇见种种困难。为了闲话不变为说教，只好躲开抽象，说实例。最好的例是对于大成至圣先师的看法，近年也常常变。只说其中一种常见的，是他维护封建制度，为封建统治阶级服务。这一点不错，因为他明白说："天下有道，则礼乐征伐自天子出。"由此推论，他就会由没落的什么阶级堕落为阻碍进步，最终成为反什么。这样加多种现代之冠，合适吗？无妨从另一个角度想想，那是春秋末年，王纲不振，诸侯放恣，想救民于水火，他会想到，没有王，没有公侯，老百姓可以自己通过暴力或选举，来个不管什么形式的民主制度吗？我看，即使他真是至圣，也必办不到。评论，强人所不能，不要说本人，就是旁观者也难于首肯的。与这同类的是对于诗圣杜老的要求，据某识时务之士的高见，杜老之所以不如李青莲，是因为他脑子里装的是地主阶级意识。我孤陋寡闻，不知道李青莲脑子里装的是什么阶级的意识，也不知道杜老换成什么意识，他就可以白璧无瑕，与李青莲并驾齐驱。而说到换意识，至少在这件事上，我是存在决定论的信徒，所以有时想，如果杜老因此而真就降了级，他就只能自怨生不逢时，因为他不幸生在开元、天宝之际，而没有生在20世纪的六七十年代。再说一位受赞扬的，武氏则天。她为什么忽而大受赞扬，可以不问；有闲心，我们不如多看看她的业绩。最近翻阅先师孙楷第先生的《沧州后集》，看《唐章怀太子贤所生母稽疑》一篇，对于这位自造"空"上加"明"一字的伟大人物有了进一步的认识。这篇文章只及宫内事，所以周兴、来俊臣以及有关的种种都漏了网。只说这不漏网的，限于生死大事，计有：鸩死亲生子太子李弘，逼名义也是亲生子的太子李贤自杀，杀异母兄元庆、元爽，杀从兄惟良、怀运，毒死姐韩国夫人、姐女魏国夫人，绞死姐子贺兰敏之，杀宣城公主婿王勖，骆宾王为徐敬业作的《讨武曌檄》有"杀姊屠兄，弑君鸩母"之语，前一句是事实，后一句也未必是无中生有，至少要疑惑高宗和她的生母杨氏也死于她之手。这样一位举起刀连亲近也不放过的人物，一时竟受吹捧上了天，显然来由不是移身于古，更不是人文主义，而是为了某种所求，连常识也不要了。

最后说第三类，对于古的种种应该如何取舍。这比第二类还要麻烦。原因是，其一，取舍要先评论，也就要有标准，这就不能不把第二类的麻烦都包下来。其二，需要点检、衡量的事物太多，因为取舍是从大堆里挑选，就不能不先看看大堆。显然，写小文，谈闲话，就不敢碰这样的大堆。其三，第一、二类的认识、评价，有如上大街逛商店，五光十色，喜欢或不喜欢，虽然不免于动心，却还没有掏腰包，买。取舍就大进了一步，是掏腰包买，结果的合意不合意，合算不合算，等等，就由旁不相干变为伤筋动骨。伤筋动骨，关系重大，会引来，至少是一部分人的，轻则皱眉，重则声讨。谈闲话，惹的麻烦太大，不好，但又不能一概从略，怎么办？搜索枯肠，居然挤出三个原则：一是只说舍而不说取，可以化重为轻；二是少说，点到为止，可以避免言多语失；三是只说书生分内的，就算是话不投机吧，因为重在责己，也就可以化生气为微哂。原则有了，还要化虚为实，而碰巧，未费吹灰之力就想出一个，曰"八股"。关于这巧，也可以闲扯几句。是几天以前，开书柜找什么，碰到一份打印件，标题为《八股文示例》，共七页，末尾有时间，是1980年7月，距今不及十年，还记得是奉编辑室头头之命，为尚未有二毛的一些人讲的。命的用意是，吃编辑饭，嘴里常说八股，可是没见过正牌八股文，总是不应该。我讲，还想老尺加一，或学以致用，着重说说，八股文，形体之外还有精神，形体，随着清末科举考试的废八股文，死了，精神却未必然，所以应该时时警惕云云。记得那次讲，听者并不很热心；我现在无妨借用曾文正公屡败屡战的精神，旧事重提，再说一次八股应舍而不易舍，以完成本篇谈取舍问题的自寻苦恼的任务。

先说形体。百闻不如一见，不得不举例。但是估计，容貌离现在的时装太远，不会有人愿意多看，所以只抄一篇的前部：

> 记圣人之见小君，重礼也。（以上破题）夫古有见小君之礼，子亦行其礼而已，岂以其人而斥之哉！（以上承题）且古者大飨之礼，夫人与焉。春秋礼仪虽废，犹有行之者。子为四方之人，则凡小君如南子，相见亦其常也。后人疑南子非当见之人，因谓子所见南子为南蒯，而岂知当日修贽见之仪，达变通之节，固已昭然可供证者。（以上起讲）今夫吾夫子至卫之日，正南子承宠之年。（以上领题）中冓召娄猪之丑，方将搴帷窥客，徒作宫女之招摇；而赏识及于贤豪，转乐睹上国衣冠之色。（以上起比或起股上）征车兴衰凤之歌，不闻开阁招贤，重沐大君之恩宠；胡片席偶停沐土，反足动掖庭景仰之思。（以上起比或起股下）

> （清来鸿瑨《子见南子》）

336

孔子见南子是不光彩的事，因为卫灵公的夫人南子不规矩，名声不好，所以"子路不说（悦）"。孔子急得向学生起誓，说："予所否者，天厌之，天厌之。"以此为题，文章显然就很难作，因为要把臭的说成香的。可是八股有办法，办法是集冠冕的典实加雅驯的辞藻，用且夫、者也等有气势的虚字联缀起来，于是与裙带有关的不好出口的事就成为其奥义大矣哉。

这大矣哉来自精神，那就转而说精神。八股有形，破题、承题、起讲之类是也；有神，空话、大话、假话是也。空是说了等于不说，如有一篇嘲笑所谓墨派的戏作是最典型的，开头是："天地乃宇宙之乾坤，吾心实中怀之在抱。久矣夫千百年来，已非一日矣。"大是把某些鸡毛蒜皮都说成有关治平大道，如上面所举正牌八股文的破题就是。假是笔在且夫、者也，心里想的却是金榜题名，入翰林院为庶吉士，或外放充县太爷。

这样说，八股之神的不可取也显而易见，其灭绝想当很容易了吧？曰不然。原因有二。一是根深叶茂。所谓深，是挖到为什么会有。答案是：权有大小之别，大者要光彩而小者不得不言，有些事，南史的直笔行不通，只好空大假。根是如此之深；叶呢，如果文献足征，其繁荣景象，也许在周口店就能找到吧？周口店往矣，商、周的甲骨、金石以及诗书中也许能找到不少吧？可惜我既少精力又少兴趣，只能举一处时代相当早而既显著又典型的，那是《春秋》僖公二十八年所记，"天王狩于河阳"。率土之滨，莫非王臣，可是王竟受臣之迫而前往，不光彩，怎么办？只好说成出去打猎，这还有个名堂，曰"为尊者讳"。讳，为尊者，办法是大（坏）事化小，小（好）事化大，或更进一步，坏事变无，甚至坏事变好，总之，都是语言文字与事实各干各的。至于这样的叶，常言道，一部二十四史，从何说起，但可以推想，纸面上成为文字的，有不少必是这种手笔的产物。还有难于灭绝的原因之二，是能够以各种形式出现。例如体裁不拘，靠前的，可以是韩文公的《颜子不贰过论》，可以是王荆公的经义文，可以是吕东莱的史论文，靠后的，可以是什么什么认识、什么什么体会之类；长短也不拘，甚至本不值得大惊小怪的什么，照例加一顶天才、英明、重要之类的帽子，也应该算。这样，根深，难变；叶茂，也难变，形亡神存，至少在这方面，范缜的神灭高论就说不通了。

这会关系重大吗？说大就大，是为不正义张目。还是反求诸书生自己，就算是小焉者吧，"日日年年章句"（恕我引自己的歪词），而有幸爬上纸面，入识者之眼，却换来孟老夫子"尽信书则不如无书"的叹息，清夜自思，还能入睡吗？——不好，这将走近牢骚，应及时打住。

但缩小范围，变为狭义的责己，即通常所谓检讨，总当允许的吧？想到两种情况。一种拿得准，且显而易见，是有时候，有人求写点什么，谢绝的话不好出口，答应，拿笔，又没什么有分量的意思好说，于是敷衍成篇，里面就不能不掺和或多或少的空大假。另一种拿不准，因为不显而易见，是从小子曰、诗云惯了，以及受各种风的影响，拿起笔，也许曾经引经据典，或照本宣科，用自己也不明其意或不首肯的有力格言和模棱术语，当作大帽子，以壮门面，唬耳食之徒吧？如果竟真是未能免俗，现在就只能，或积极的，坚信"往者不可谏，来者犹可追"；或至少是消极的，说几声惭愧。总之，主观愿望是，有如韩文公之作《祭鳄鱼文》，希望广大的拿笔同道，共同把八股赶走。

写到此，想到最近王泗原先生惠赠的一本大著《古语文例释》，全书数十万言，只谈本篇"认识"方面中的"语文"方面的一点点。而我，不只谈到认识，还谈到"评价"和"取舍"，真可谓不自量力了。语云，人之患在好为人师。我之患是在好闲话，但既然成了篇，也就随它去吧。

难得胡涂

旧历一年五次，正月初三（拜年），清明（扫墓），七月十五（施食），十月初一（送寒衣），忌日（忆别），我老伴要祭她的先母。早饭之后，擦净遗像前的柜面，摆四碗供品，行三鞠躬礼。她幼年丧父，为什么祭母而不祭父，为什么不劝我也照此规程行事，我没问过。在这样的名义大实际小的事情上，我们是既各行其是又互相尊重。各行其是，我可以不祭；互相尊重，行三鞠躬礼的时候，我就不好旁观或旁而不观。正面说，我也要立在遗像之前，行礼如仪。这看似简单，其实不然。先说其影响之小者，是鞠躬前先要静听老伴的一番祷辞，总是这些：今天是什么什么日子，我和某某来给您上供，准备的有点心，水果，糖，……您慢慢吃吧！最后是言而兼行，一鞠躬，二鞠躬，三鞠躬。都完了，下解散令，"你愿意写就写去吧"。影响还有大的。邻居有一位刘奶奶，好说玩笑话，每次行祭礼，如果她看见，就要说："心到神知，上供人吃。"言外之意，不过就是那么回事，活人眼目，可有可无。老伴口不反驳，心里不愿意，说这是把大事看轻了。这就使我更加不好办，因为我是连"心到神知"也不信。不信而静听祷辞，行礼如仪，说轻了是演戏，说重了是自欺欺人，总之是很难堪。难堪而不得不做，所以有时，尤其行礼如仪的时候，我就常常想，如果我也真信，那会多好。

这使我想到一些说玄远就玄远说切身就切身的难以命名的问题。题目"难得胡涂"四字，是从七品芝麻官郑板桥那里借来的。他有解释，重点是"放一着，退一步，当下心安"，意思是得过且过，不必过于认真。我觉得这是以俗讲传微言，大材小用了。何以这样说？说来话长。是1988年初，母校北京大学准备纪念建校九十周年，来约我写点什么。我左思右想，不幸就找了个"怀疑与信仰"的题目，想说说30年代初在红楼混了四年，"心"的方面走了什么样的路。主脑意思是，从母校学来怀疑精神，遇事想追根问柢，可是也赞赏英国培根的话，"伟大的哲学始于怀疑，终于信仰"。但是惭愧，我只是始于怀疑，而未能终于信仰，尤其是背倚权威的一些信条，我多方勉励自己，结果还是"吾斯之未能信"。这里有什么傲慢吗？完全不是。如果说有，那有的只是无所归依的惶惑，或说烦恼。换为带有积极气氛的说法，是希望胡涂而"难得胡涂"。

因为有这样的烦恼和希望，多年以来，对于有些人，我曾多次泛起羡慕的心情。其中第一位是我的外祖母，那篇文章也曾提到。她坚信一种道门，以为她的善言善行必得善报。报大概有多种，我记得的只是，死后魂灵走往土地庙，小鬼和土地老爷都要客气，并起身让座云云。她活过古稀，作古了，其时我在外，推想瞑目之前一定是心安理得的。这就可证，坚信真就使她得了善报。我呢，一失足念了些哲学的科学的乱七八糟的东西，以致不能信小鬼和土地老爷让座，更以致——，显然就不能不慨叹"难得胡涂"了。

再说一位，是一个同学的同事楚君，当年也相当熟。有那么一次，来看我，不知怎么话题一转，就陷入形而上。他充满善意地开导我，处世，对人，要记住五行的道理，"譬如你吧，一看就知道是木命，走路格登格登响。金克木，所以一定要躲金命的人，否则会吃大亏"。他的话使我很惊讶，但看他那既坚决又善意的表情，想说不信，没有勇气；顺情说好话，当面欺人，更难。我又一次感到"难得胡涂"。

再说一位，是邻居，女性，年岁比我大。推想是出自开明的高门，民国初年就走出家门到教会学校上学。我开始认识她是70年代中期，某某高位女士一手遮天的时候。有一天，这位女士到我们住的学校来，说了表示慰问的话，她见着我就赞叹，今天听见谁说了什么，感到太光荣了，太幸福了。我只好说"是"。不巧，过了不久，那位女士不能遮天了，她像是忘了过去，慷慨激昂地说："天下竟有这样坏的，真该杀！"我只好再说一次"是"。其后，有时我想到她的有高度适应性的正义感，颇疑惑她有个或者只是心理上的神龛，龛长在而神可以顺应时势更易，所以获得的福报是永远身安和心安。我呢，比她吃粮食不少，竟不能置备这样一个神龛，以致即使想顶礼而不能得。烦恼，自怨自艾，无用，只好又慨叹"难得胡涂"。

再说一位，就信说也许是更值得赞叹的。比如相信天堂尽善尽美，不难建造，因而望见天颜就是最大的幸福，把己身放在天平上必重如泰山，等等。我呢，因为一直不知道有没有天堂，就不能获得望见天颜的幸福，放在天平上就轻于鸿毛。这有时使我想到利害和荣辱，因而又不能不慨叹"难得胡涂"。

羡慕别人的话说得太多了，应该转到正面，说说在哪类大事或小事上，自己苦于求胡涂而不得。想由道而器，说三个方面。

一是关于"天"。记得北欧哲学家斯宾挪莎有这么个想法，人的最高享受是知天（他多用上帝，这里以意会）。他写了一些很值得钦仰的书，推想他会自信，他知了，所以已经获得最高的享受。许多人，国产的，如汉人的阴阳五行，宋人的太极图，等等，进口的，如旧约的上帝创造一切。柏拉图的概念世界，等等，都是斯宾挪莎一路，幻想自己已经独得天地之奥秘。对比之下，康德就退让一些，他知道以我们的理性为武器，还有攻不下的堡垒。根据越无知越武断、越有知越谦虚的什么规律，现代人有了看远大的种种镜子，看近小的种种镜子，以及各种学和各种论，几乎是欲不谦虚而不能了。以爱因斯坦为例，自然的奥秘，他探得不少，可是常常慨叹，我们这个世界有规律，但何以会有规律，终归是个谜。他希望能明白，这值得同情；他承认他不明白，这值得钦佩。钦佩，赞叹三句两句，或三句五句，也就罢了。至于同情，就会引来麻烦。什么麻烦？这也许是我私有的，也许是一些人共有的。为了避免越俎，姑且算作自己私有的。且不说以什么为根据，就"自己"或"我"说，人生，夭折也好，百年甚至更多也好，总是只能一次。生，不能无所求（为解说的减少头绪，限定合理的）；因为种种条件的制约，求不能尽得。但也可能尽得；即使不能，还可以用祖传的秘方"知足常乐"来补救。只是有一点，是一点办法也没有，就是：我们活了一生，生确是"有"，生不能不向外延伸，这外也确是"有"，这总的"有"究竟是怎么回事？这大概是中了相信因果规律的毒，既然已经是"有"，为什么会"有"，总当有个原因，可是我们不知道。过去的多种猜测，我们不能信，能不能拿出个有确凿证据可以使人信服的什么来，以解望梅之渴？看来，至少是相当长的一段时间内，办不到。那么，奔波劳碌一生，自己忝为"有"的一部分，对于"有"是怎么回事，终于不能知道，撒手而去，想起来就不能不感到"太遗憾了"。说遗憾也许还太轻，应该说"苦闷"，或"苦"，即使只是知识方面的。由利害的角度看，上策显然是不求知；但那要走回头路，又是不可能的。这就使我有时候深深地慨叹："难得胡涂！"

二是关于"人"。我是常人，跟一切常人一样，胡里胡涂地有了"生"。生之前，以至可推想为已有而尚未凝聚为"我"的时候，情况不好说，只好不说。专说有了"我"之后，既已接受（假定有此一着）了生，其他随着来的种种就只好顺受。《礼记·中庸》开头说了几句重要的话。"天命之谓性"，我们只好饮食男女；"率性之谓道"，我们只好柴米油盐，并以余力而琴棋书画，等等。这其间，循不知从何而来，以及应如何正名的什么什么规律，我们不得不由少而壮，由壮而老，最终是医治无效，享年若干云云。由"有了生"到"享年若干"，中间这段路，至少戴着主观的眼镜看，是不短的，或颇长的，或很长的。长，比如是个空的长廊，其中要放一些或很多乱七八糟的，由即位加冕到偶然低头拾得一分钱是一类，由挤车丢个纽扣到走向刑场是另一类。为了这里的问题容易说清楚，扔开不可意的后一类。那就只剩下可意的，古人有三多九如之说，今人更多，因为古人虽能化蝶而不会贴胸跳舞，可卧游而没有家用电器。太多，只好减缩，说一般有群众基础的，那就是，饮食，吃过红烧肉和烤白薯，男女，生了也许不只一个，都教养成人，此外还可以有立德、立功、立言等等，可谓懿欤盛哉。问题是，一旦将撒手而去，如果不能如莲社诸公的相信即将往生净土，就不免要反躬自问：这些究竟有什么意义？答复可以因人而异。我的认识，满意的答复是没有的，唯一的上策是"不问"。我不幸，常常想问问。这就有如不慎陷入泥塘，既已陷入，挣扎上来就大不易了。不得已，可以自制一种安慰药，曰"自欺"，其疗效是把不见得有什么意思的看作有意思，或大有意思。但这很不容易，不能像"不识不知，顺帝之则"那样轻易而有把握。可惜的是，不识不知已经离我很远，但又不能不顺帝之则，其结果就成为既大吃羊肉串又大喊没味儿，可笑亦复可怜。这也是苦恼，而且是长期伴随的，所以每一想到，就不能不慨叹"难得胡涂"。

三是关于"时"。时的所指不是时间，是苏东坡一肚子不合时宜的"时宜"。这就根柢说没有前两种那么深，却表现得更加尖锐而鲜明。因为尖锐，明说多说就不合适。只好由感受方面略加点染，是我感到惭愧，而且很深重，所以痛心。惭愧什么？是孟老夫子说的，"生，亦我所欲也，义，亦我所欲也，二者不可得兼，舍生而取义者也"。我知之而未能行。具体说，是为了能活，我说过顺应时风的假话。由这引来的痛心有等级之差。依不成文法的规定，面对众人，背诵制艺，不动心，听者半数得意，半数谅解，根据吾乡某小学生"惯了一样"的生活哲学，自己也可以不求甚解。但情况并不都是这样，比如有一次，我就先则很狼狈，继则很痛心。是70年代中期，一位老友，由于关心我的德业和安危，敦劝我应该如何如何。我表示谨受教并述感激之意。他看看我，说："看你的表情，话不是出自本心。"我只得用更假的话应付过去。其实不能说是"过去"，只是心照不宣罢了。其时是在江南。以后我们没再见面，来往信有一些，当然不便提这类事。1988年炎夏，他作古了，接到讣告，我想到终于没有告诉他那次正如他所推断，是假话，心里立即泛起双重的悲哀。人往矣，我有时想到他的善意，就不禁慨叹，当时如果能够信他之所信，皆大欢喜，那该多好。可惜已然的不能变为未然，现在，除了默念几句"难得胡涂"之外，是一点办法也没有了。

到此，有的人也许会想，我是悔恨受了读书的毒害，所以变闲话为诉苦了。也不尽然，因为书上的话，也有增益另一种智慧的，如下面两则就是。抄出，供同病参考。依时风，先外后中。

（1）女人对蛇说："园中树上的果子我们可以吃。唯有园当中那棵树上的果子，神曾说，你们不可吃，也不可摸，免得你们死。"蛇对女人说："你们不一定死，因为神知道，你们吃的日子，眼睛就明亮了，你们便如神，能知道善恶。"于是女人见那棵树的果子好作食物，也悦人的眼目，且是可喜爱的，能使人有智慧，就摘下果子来吃了。又给她丈夫，她丈夫也吃了。他们二人的眼睛就明亮了，才知道自己是赤身露体。……（神）又对女人说："我必多多加增你怀胎的苦楚。你生产儿女必多受苦楚。你必恋慕你丈夫，你丈夫必管辖你。"又对亚当说："你既听从妻子的话，吃了我所吩咐你不可吃的那树上的果子，地必为你的缘故受诅咒，你必终身劳苦，才能从地里得吃的。"

（《旧约·创世记》）

（2）南海之帝为儵，北海之帝为忽，中央之帝为浑沌。儵与忽时相与遇于浑沌之地，浑沌待之甚善。儵与忽谋报浑沌之德，曰："人皆有七窍，以视听食息，此独无有，尝试凿之。"日凿一窍，七日而浑沌死。

（《庄子·应帝王》）

这两则，我不只看过，而且深有同感，牢记在心。那么，良药为什么没有利于病呢？我想，坏就坏在"知"是个淘气鬼，你有七窍，任它钻进来，它就会胡闹，不听话，并且不计利害，到你有"知"，计利害，想逐客的时候，已经做不到了。做不到，而又忘不掉，除了慨叹"难得胡涂"之外，还有什么其他的路呢？

多年以前，我读《史记·吴起传》，对下面这段记事大有兴趣：

> 起之为将，与士卒最下者同衣食，卧不设席，行不骑乘，亲裹赢粮，与士卒分劳苦。卒有病疽者，起为吮之。卒母闻而哭之。人曰："子，卒也，而将军自吮其疽。何哭为？"母曰："非然也。往年吴公吮其父，其父战，不旋踵，遂死于敌。吴公今又吮其子，妾不知其死所矣，是以哭之。"

兴趣来于对这位卒之母的见识的钦佩。她足不出户，而能洞察这位吴公的居心，比战不旋踵因而丧命的丈夫高明多了。当时还想到一句俗语，曰"妇人之见"，很想学某有大名的文人，也写一篇翻案文章，题目就用"妇人之见"。文意大致是，妇人之见也可以很高明，远非须眉男子所能及。拿起笔，忽然想到妇人中还有武则天之流，有如一盆冷水泼来，于是兴尽而罢。

文没写，这位吴公的面貌却常在我头脑中盘旋，因为他的会使人皱眉的行事，除吮疽之外，还有以下三件：

> 起之为人，猜忍人也。其少时，家累千金，游仕不遂，
> 遂破其家。乡党笑之，吴起杀其谤己者三十余人。
> 齐人攻鲁，鲁欲将吴起，吴起取齐女为妻，而鲁疑之。
> 吴起于是欲就名，遂杀其妻，以明不与齐也。
> 东出卫国门，与其母诀……居顷之，其母死，起终不归。

人家说了不爱听的话，就杀，是一件。与英国温莎公爵的不爱江山爱美人相反，不爱美人爱官，是另一件。为腾达，连母丧也不管了，是又一件。总起来成为处世的一个原则，是只顾自己不顾别人，并且为达目的不择手段。

就是这样一位，不很久以前，竟借了"法家"的头衔，地位由豹隐于《史记》卷六十五而一跃升到天上。他上了天，那位卒之母呢？有幸和不幸两种可能：幸，是借无名（取双关义，社会上的和户口本上的）的光，漏了网；不幸，是竟至没有漏网，于是就不免于被批倒批臭。究竟是幸还是不幸呢？可惜我缺少读这类批文的兴趣，不能知道。但一切事都要多从不如意处设想，因而就不能不为这位卒之母的处境而心不安，进一步还心不平。不平则鸣，是韩文公的高论。对于这位文公，我赞许的不多，但这一项高论却无妨利用，直截了当地说，我想为这位卒之母说几句申辩的话。

说，要面对其大者，或面对其根本者，即有些人说的儒法斗争。儒，法，意见不同，行事有别，不错。斗争，如果道不同不相为谋也算，有，也不错。这斗争大概也是由吴起起，他的传中说：

> 尝学于曾子。……遂事曾子。居顷之，其母死，起终不
> 归。曾子薄之，而与起绝。

这是在孝亲方面儒和法走了两条路：曾子是管，吴起是不管。但无论如何，这是家门之内的事，小节，可不在话下。

应该说大的，那是治国平天下。说到国，叫喊儒法斗争的声音中还出现过最高的高论，是儒家都是卖国的，法家都是爱国的。遗憾的是发这种高论的人似乎也不敢批臭逻辑，于是而有时碰巧想到文天祥一类人，就只好视而装作不见，听而装作不闻。这是"一不做贼、二你管不着"的战术，可笑中兼有可怜的成分，因而就不宜于再深追下去。

还是说最常见的。批的高论是：儒家讲仁义，法家讲法治；仁义是欺骗，只为上层人服务，是落后的，法治则既利于国又利于民，是进步的。这方面的问题太大，又太严肃，只好大题小之又小地作。分辨真伪过于麻烦，也只好不说而存疑。专说治。法治对在家看电视、出门坐汽车的现代人有诱惑力。但也要知道，同名可以异实。何以言之？有各种冒牌货如假药、假酒等为证。法也是这样，现代的，指实

质上或名义上能代表全体人民的一些人，为了维护社会安定，保障人民权益，通过某种复杂程序制定的种种限定人人必须遵守的规则；古代所谓法家的法不然，是为了富国强兵（其更深远的目的是吞并邻国，君主成为天下之主）而制定的一些规则，其中重点是刑，所以又称刑名。儒家宣扬王道，王道是仁义的渗入政治，不是法治；法家讲刑名，也不是法治。两家都是人治，儒家的理想是"贤人"政治，法家的实际是"权人"政治。这分别必致更明显地表现在三个方面。一是目的方面：儒家是人人"养生丧死无憾"；法家是君主的地位和权力至高无上。二是手段方面，儒家很惨，除了劝说掌政者发善心之外，几乎拿不出什么具体办法来，勉强说，"以德服人者，中心悦而诚服也"，对想笼络民心的掌政者还会产生一些诱惑力，但那力是来自揭竿而起的陈涉之流，不是来自结缨而死的子路之流；法家，举集大成的韩非为例，是兼用吴起、商鞅的刑名（严赏罚，重点是严罚），申不害的术（即耍手腕，可以说东做西），慎到的势（即大权在握，指手画脚，人民不敢不听）。三是成效方面，显然，儒家必是周游列国，没有掌政者肯听，只得退而著书；法家呢，如秦国，用之，不久就统一了天下。

但人类的历史是长的，故事并不能到此为止。大者，设想会万世不绝的秦始皇，沙丘道上见上帝之后，阿房宫还没修建完就天下大乱。结果呢，至少贾谊认为："身死人手，为天下笑者何也？仁义不施，攻守之势异也。"小的也可以说说。吴起死于射刺，商鞅死于车裂，对手都是道不同的。韩非死于李斯的诬陷，连毒药也是李斯给的，这对手是道同的。害韩非的李斯也未能善终，受赵高诬陷，死于腰斩，临刑时还跟也将受刑的中子说："吾欲与若（你）复牵黄犬，俱出上蔡东门，逐狡兔，岂可得乎！"对于这没有好下场的几位，太史公马迁从"仁义不施"的另一面评论，吴起是"刻暴少恩"，商鞅是"天资刻薄"，韩非是"惨礉少恩"，李斯是"严威酷刑"，总之都是太狠毒了。仁义与狠毒比高下，说来话长，为了偷懒，想借用上学时期听到、现在还记得的钱宾四（穆）一次在课堂上说的话，是："法家的办法可以收速效于一时；但要长治久安，就不能不用儒家。"他没有详说为什么，我可以凭推想补充一句，是：就整个社会说，如果人人都不给别人留点活路，那就自己也终于会没有活路（商鞅倒霉时候客店不留即其明证）。如果这个补充的意思不错，那，谈到人际关系，我们就只好站在曾子一边，不站在吴起一边了。我想，纵观中国历史，由西汉的罢黜百家、独尊儒术起，到末代皇帝的推位让国止，至少是口头上，雅则半部《论语》治天下（宋赵普语），俗则爱民如子，就不是完全偶然的了。

话扯得太远了，或太大了，有正襟危坐气。要赶紧回到篱下，说近事小事。近是己身，小是有关己身的小算盘。我加减乘除，三七二十一的结果，竟也是刚说过的选择，站在曾子一边，不站在吴起一边。这是在所谓儒法斗争中，坚决取儒而舍法。在取法而舍儒的人看来，当然是大错。我行我素，可以不管。难的是在街头巷尾，怎样辨认曾子和吴起。人间是复杂的，纯粹的曾子和纯粹的吴起大概不是多数。儒法斗争的呼喊声沉寂之后，公开说自己是吴起、李斯的信奉者的人不多了。但事实胜于雄辩，有的人也许理想为儒，偶尔不慎，来一下法，或儒法各半，或再等而下之，言儒行法，甚至希望别人都是儒，自己偷偷地法。对此千差万别，怎么办？也只能说个原则，是：如果对手是儒，就无妨拍拍肩膀，叫声"哥们"，甚至请到家里喝两杯；如果对手是法，那就要当机立断，畏而远之。

所难者还是上面说过的，是怎样辨认。至少在这一点上，我非常欣赏，或说拥护，京剧的脸谱。比如《捉放曹》吧，曹操是大白脸，表示奸诈狠毒，当然不可交；陈宫和吕伯奢都是本色脸，表示正派甚至忠厚，所以可交。然而可惜，街头巷尾都是不入角色的人，脸上没有谱，以貌取人这条路就行不通了。剩下的一条路，也见于俗语，是日久见人心。这办法原则上不错，但实施的时候也会遇到困难。其一是要久，短期内就难于保险，因为还没有看清。其二还是来于久，是人会变，即本来是儒或近于儒的，由于种种内因加种种外因，也会成为法或近于法的。两难之中，后一种更加难办，因为前一种失误可以说是意内，后一种失误是意外，所以更值得痛心。

痛心，可怕，但那有时会像被讥为寻猫的诗所说："竟日寻不得，有时还自来。"而且来者不善，于是昔日的樽俎揖让就变为今日的明枪暗箭。只顾自己不顾别人，并且为达目的的不择手段，是法家的本色。如何对待？大难。如果"以眼还眼，以牙还牙"，那就自己也成

354

为法家。"打你的右脸，连左脸也转过来，由他打"，不能入《使徒行传》的人苦于做不到。唯一的出路大概只有两者之间的，曰：开门沉默，闭门慨叹而已。

写到此，忽然想到上文，是为那位卒之母说几句申辩的话，而一走笔却滑到像是有些牢骚的慨叹。但这也不能说是文不对题，因为题目中早已交代，不过是东拉西扯罢了。

安苦为道

已故老友齐君的儿子，行敬父执的古道，由天津来看我。第一次来，进屋坐定之后四处看，见所坐是数十年前通行的木椅，没有沙发，所卧是数十年前通行的铺板，没有席梦思，大概觉得太清苦了吧，有慨叹之意。他忙，要赶火车，我应该用我的也许含有哲理的怪论安慰他而没有时间说，但有话不吐不快，只好于他走后写在这里。

记得是"文革"中在干校接受改造时期，在排长姜君的怒目恶声之下，搬砖，和泥，挑水，打更，等等，身无一分一秒之暇，心却闲得要命。谢天命，人，只要有一口气，总会创造出各种招数以适应环境。我的招数之一是冥想（只有天知、地知、己知）一些有关人生的种种。其时我的思路似乎还不太迟钝，于是东拼西凑，化零为整，终于想出个总的退避之道，曰：即心是佛，安苦为道。即心，闭门寻得清净的自性，过于渺茫，难于证验，也就不好讲。这里只说安苦为道。

现在看来，安苦为道的"苦"，在我的心中，意义因今昔环境不同而有不小的变化。先说那时候的，是来于《吕氏春秋》"贵生"和

356

佛门"境由心造"的夹缝，或者说，挤出来的。贵生好讲，而且推想会人人理解并同情，即舍不得死是也。但是活，大不易，繁重的劳动，没完没了，还要以眼接受怒目，以耳接受恶声；就是这样，有时面对众人，还要"笑介"，然后"吉甫作诵"。苦不如乐，这是天命之谓性规定的。如何能变苦为乐，或退一步，变大苦为小乐，或再退一步，变难忍之苦为可忍之苦？乞怜于干校之门或排长之门，行不通；只好向无数前辈老太太学习，念"南无大悲观世音菩萨"，即乞怜于佛门，领取"境由心造"的妙药。这药经过再炮制，西法中料，就成为安苦为道。而这样的道，说高可高，那是由《庄子·大宗师》来；说低可低，不过是，默然受之，居然也过去，悟得生涯不过这么回事，亦一得也，撇嘴微笑，胜利了，纵使有人会说这是阿Q式的。——其实这真是道，不是阿Q，理由是，在境已定、苦必来又无力抗的时候，安苦为道的办法是不哭哭啼啼，尽量求面直对之而心不动。与心不动比，心动是赔了夫人又折兵。

大地震的龙年之后，"文革"的风停了，我早已离开干校，又可以或说不得不拿笔了。环境有变，依情由景生之理，我的这个应付干校生活的发明创造应该放弃了。但是舍不得。原因的小半是"家有敝帚，享之千金"，大半是还可用，甚至还有大用。这要把苦的意义改动一下，或说放宽，包括"享受方面的节制，以至于淡泊"。淡泊，鼎鼎大名有陶渊明，又是道家思想！还是少说家，就事论事。由小事，与我的怪想法有关的小事，说起。我乡居时候有个近邻，五十上下岁的农民，身高力壮，农忙时节，我见他总是穿一件蓝布短衣，背后布满大白斑，是汗湿的痕迹。他很少洗，也很少换。我"能近取譬"，感到身上不好过。看看他，说说笑笑，处之泰然。回到多有浴室、洗衣机的凤城，我多次宣扬我的安苦为道的人生哲学，都举这位近邻为例，说他能安，我不能，这是我本领不够，修养不够。有人说，我的想法即使不完全违理，也总是失之太偏；在条件允许的情况下，求多改善一些，乃人之常情。我在这类事上仍如孟老夫子，好辩，于是顺着常情说下去，是常情有顺流而下之性，任其流。也会偏。举例，俯拾即是。一位，也如我之不出国门，有了勤洗的条件，养成内衣一日一换的习惯，说不这样就受不了。另一位，原来也在国门之内，得个"好"机会，东渡太平洋，据说那里热水管与冷水管并行，入其国则随其俗，养成上席梦思前必洗澡的习惯，不久前想回国门之内看看，曾为洗澡设备不完善而大发其愁。与这两位相比，我坚持己见，总认为我的不关心换内衣、不关心洗澡（原因主要是信奉一动不如一静）有优越性，因为既不会感到受不了，又不会大发其愁。有人说，这是消极的；由积极方面看，我的享受所得必少得多。我还得辩，理由是，享受所得，只有寸心知，很难用数字表示，也就很难比。即以睡铺板而论，半个多世纪，我始终没有感到不舒服，像是也没有因此而所入之梦多恶，睡席梦思有什么快感和好梦，我不知道，如果比高下，也许实验心理学家有妙法，但我大胆预言，让我甘拜下风是很难的。

我承认以上的自我陶醉是消极的，即要求低就容易满足。但利益也许不小。也举个实例，一位西化快的老友，几年前改穿了西装，一次劝我也照办，理由如何我没问，总是较为冠冕吧，我谢绝了。我的理由藏在心里，可以补写在这里。一是旧衣服还没穿烂，应该废物利用。二是可以少跑几次王府井，还可以省百八十块钱。三是换装，要学系领带，我拙笨，怕学不会。四是外新了，怕内跟不上。总之，仍旧贯，虽然未能冠冕，却没感到有什么不安然。本诸这样的淡泊之道，我和老伴看电视，看见着时装的模特扭而旋转，串门，看见人家家用电器全而进口，旧箱柜变为新组合，地下软绵绵，是地毯，项上手上黄澄澄，是金首饰，我们都不羡慕，心里还是很安然。这就带来，怎么说呢，就算作"反经济效益"吧，是我们就不必既要跟"钱"亲近，又要为它少而发愁。

有人会说，这还是消极的，能不能拿出点积极的看看？这不好说，因为难免妄自尊大，或吹牛之嫌。那就算作人各有见吧，也闲扯几句。我的经验，是不羡慕那些，就可以少事多暇，多念点什么，多想点什么。念，想，也会引来不安然，是另一类的，比如说，所知太少，德业太差，来日大难，还要努力等等。努力要有所向，向哪里？多得很，但都是与钱无关或关系很小的，如我的老师熊十力先生常说的大《易》，孔子未能朝闻的道，等而下之，陶诗杜诗，直到沉思朝代的兴亡，人性的善恶，由中而外的什么论，什么理，等等，都可以。可惜这些都是形体不明显的，不像组合柜那样亮堂堂，地毯那样软绵绵，金首饰那样黄澄澄，就只可自怡悦，或充其量，为知者道了。——应该就此打住，不然，再说下去，溜了嘴，就会兜出超越的精神价值来，就真成为吹牛了。

不过，不说不等于没有，那就再胆大些，说说精神。为了避免指名道姓之嫌，说宏观。我的私见，出门看看，或不出门往电视机上看看，总感到精神方面的太少，物质方面的太多。不妨夸大一些说，亮堂堂、软绵绵、黄澄澄这类时风，几乎把绝大多数人刮得东倒西歪。又如果容许总而言之，是"钱"和"享受"统辖了一切，以至于连明天也不顾了，更不要说后天。不信，有事实为证。报载，高级宾馆每人每日平均用水两吨，长城饭店一昼夜用电量，等于前若干年北京一年的用电量；而同是报载，我们既缺水又缺电。更可怕的是这里面还藏有"意识"，是唯有这样豪华，才能显示高贵。又这种意识还无孔不入，一个通时风的人告诉我，有些小青年，喜欢在人面前吸纸烟，掏出来，要是进口，一盒十元以上的，抽出一支，插在两唇之间，用打火机点燃，机当然也是进口，五百元以上的，说只有这样，才能表示身分。什么身分？有钱，并有办法弄钱。什么办法？五花八门，自然只有个中人能知道。这成为时风，会引来什么问题，大家都看见，都清楚，也就不必费辞。我胆小，总是怕问题有流动性或扩张性，其结果是天塌砸众人。其中有些人受害还是三重的，因为不只没参加掘天柱，还有悲天悯人之怀。

杀风景的话说得太多了，应该来几句悦耳的。也就只好不避吹牛之嫌，说，是我的安苦为道的怪想法也许可以看作救时风病的一个偏方。但京剧《当铜卖马》中有云，"货卖识家"，那就只能希望感到有病并而忧的人，包括微观的和宏观的，试试了。写到这里，应该掷笔，忽然又想到时风力量之大，想到我的偏方的无人肯试的命运。孟德斯鸠有云，"帝力之大，如吾力之为微"。又有什么办法！自己力所能及的，不过是仍珍惜家之敝帚，不扔进废品筐送往废品站而已。

梦的杂想

我老伴老了，说话更惯于重复，其中在我耳边响得最勤的是：又梦见什么人在什么地方，清清楚楚，真怕醒。对于我老伴的所说，正如她所抱怨，我完全接受的不多，可是关于梦却例外，不只完全接受，而且继以赞叹，因为我也是怕梦断派，同病就不能不相怜。严冬无事，篱下太冷，只好在屋里写，——不是写梦，是写关于梦的胡思乱想。

古人人心古，相信梦与现实有密切关系。如孔子所说，"久矣吾不复梦见周公"，那就不只有密切关系，而且有治国平天下的重大密切关系。因为相信有关系，所以有占梦之举，并进而有占梦的行业，以及专家。不过文献所记，梦，占，而真就应验的，大都出于梦与现实密切相关的信徒之手，如果以此为依据，以要求自己之梦，比如夜梦下水或缘木而得鱼，就以为白天会中奖，是百分之百要失望的。

也许就因为真应验的太少或没有，人不能不务实，把梦看作空无的渐渐占了上风。苏东坡的慨叹可为代表，是："人生如梦，一尊还酹江月。"如梦，意思是终归是一场空。不知由谁发明，一场空还有教育意义，于是唐人就以梦的故事表人生哲学，写《枕中记》之不足，还继以《南柯太守传》，反复说明，荣华富贵是梦，到头来不过一场空而已。显然，这是酸葡萄心理的产物，就是说，是渴望荣华富贵而终于不能得的人写的，如果能得、已得，那就要白天忙于鸣锣开道，夜里安享红袖添香，连写的事也想不到了。蒲公留仙可以出来为这种看法做证，他如果有幸，棘闱连捷，金榜题名，进而连升三级，出入于左右掖门，那就即使还有写《续黄粱》之暇，也没有之心了。所以穷也不是毫无好处，如他，写了《续黄粱》，纵使不能有经济效益（因为其时还没有稿酬制度），总可以有，而且是大的社会效益。再说这位蒲公，坐在聊斋，写《志异》，得梦的助益不少，《凤阳士人》的梦以奇胜，《王桂庵》的梦以巧胜，《画壁》的梦级别更高，同于《牡丹亭》，是既迷离又实在，能使读者慨叹之余还会生或多或少的羡慕之心。

人生如梦派有大影响。专说梦之内，是一般人，即使照样背诵"久矣吾不复梦见周公"，相信梦见就可以恢复文、武之治的，几乎没有了。但梦之为梦，终归是事实，怎么回事？常人的对付办法是习以为常，不管它。自然，管，问来由，答，使人人满意，很不容易。还是洋鬼子多事，据我所知，弗洛伊德学派就在这方面费了很多力量，写了不少这方面的文章。以我的孤陋寡闻，也买到过一本书，名《论梦》（*On Dream*）。书的大意是，人有欲求，白日不能满足，憋着不好受，不得已，开辟这样一个退一步的路，在脑子里如此这般动一番，像是满足了，以求放出去。这种看法也许不免片面，因为梦中所遇，也间或有不适意的，且不管它；如果可以成一家之言，那就不能不引出这样一个结论：梦不只是空，而且是苦，因为起因是求之不得。

这也许竟是事实。但察见渊鱼者不祥，为实利，我以为，还是换上另一种眼镜看的好。这另一种眼镜，就是我老伴经常戴的，姑且信（适意的）以为真，或不管真假，且吟味一番。她经历简单，所谓适意的，不过是与已故的姑姨姐妹等相聚，谈当年的家常。这也好，因为也是有所愿，白日不得，梦中得了，结果当然是一厢欢喜。我不懂以生理为基础的心理学，譬如梦中见姑姨姐妹的欣喜，神经系统自然也会有所动，与白日欣喜的有所动，质和量，究竟有什么不同？如果竟有一些甚至不很少的相似，那我老伴就胜利了，因为她确是有所得。我在这方面也有所得，甚至比她更多，因为我还有个区别对待的理论，是适意的梦，保留享用，不适意的，判定其为空无，可以不怕。

但是可惜，能使自己有所得的梦，我们只能等，不能求。比如渴望见面的是某一位朱颜的，迷离恍惚，却来了某一位白发的，或竟至无梦。补救之道，或敝帚化为千金之道，是移梦之理于白日，即视"某种"适意的现实，尤其想望，为梦，享受其迷离恍惚。这奥秘也是古人早已发现。先说已然的"现实"。青春浪漫，白首无成，回首当年，不能不有幻灭之感，于是就想到"过去"的适意的某一种现实如梦。如杜牧的"十年一觉扬州梦",周邦彦的"沉思前事,似梦里,泪暗滴",就是这样。其后如张宗子,是明朝遗民,有商女不知之恨,这样的感慨更多,以至集成书,名《陶庵梦忆》和《西湖梦寻》。再说"想望"。这虽然一般不称为梦,却更多。为了避免破坏梦的诗情画意,柴米油盐以至升官发财等与"利"直接相关的都赶出去。剩下的是什么呢?想借用彭泽令陶公的命名,是有之大好、没有也能活下去的"闲情"。且说,这位陶公渊明,归去来兮之后,喝酒不少,躬耕,有时还到东篱下看看南山,也相当忙,可是还有闲情,写《闲情赋》,说"愿在衣而为领,承华首之余芳",等等,这就是在做想望的白日梦。

某些已然的适意的现实,往者已矣,不如多说说想望的白日梦。这最有群众基础,几乎是人人有,时时有,分别只在于量有多少,清晰的程度有深浅。想望,不能不与"实现"拉上关系,为了"必也正名",我们称所想为"梦思",所得为"梦境"。这两者的关系相当奇特,简而明地说,是前者总是非常多而后者总是非常少。原因,省事的说法是,此梦之所以为梦。也可以费点事说明。其一,白日梦可以很小,很渺茫,而且突如其来,如忽而念及"雨打梨花深闭门",禁不住眼泪汪汪,就是这样。但就是眼泪汪汪,一会儿听到钟声还是要去上班或上工,因为吃饭问题究竟比不知在哪里的深闭门,既质实又迫切。这就表示,白日梦虽然多,常常是乍生乍灭,还没接近实现就一笔勾销了。其二,还有更重要的原因,是实现了,如有那么一天或一时，现实之境确是使人心醉，简直可以说是梦境，不幸现实有独揽性，它霸占了经历者的身和心，使他想不到此时的自己已经入梦，于是这宝贵的梦境就虽有如无了。在这种地方，杜老究竟不愧为诗圣，他能够不错过机会，及时抓住这样的梦境，如"夜阑更秉烛，相对如梦寐"所写，所得真是太多了。

在现实中抓住梦境，很难。还有补救之道。是古人早已发明、近时始明其理的《苦闷的象征》法，即用笔写想望的梦思兼实现的梦境。文学作品，散文，诗，尤其小说、戏剧，常常在耍这样的把戏，希望弄假成真，以期作者和读者都能过入梦之瘾。这是妄想吗？也不然，即如到现代化的今日，不是还不难找到陪着林黛玉落泪的人吗？依影子内阁命名之例，我们可以称这样的梦为"影子梦"。

歌颂的话说得太多了，应该转转身，看看有没有反对派。古今都有。古可以举庄子，他说："至人无梦。"由此推论，有梦就是修养不够。但这说法，恐怕弗洛伊德学派不同意，因为那等于说，世上还有无欲或有而皆得满足因而就不再有求的人。少梦是可能的，如比我年长很多、今已作古的倪表兄，只是关于睡就有两事高不可及，一是能够头向枕而尚未触及的一瞬间入睡，二是常常终夜无梦。可是也没有高到永远无梦。就是庄子也没有高到这程度，因为他曾梦为蝴蝶。但他究竟是哲人，没有因梦而想到诗意的飘飘然，却想到："不知周之梦为蝴蝶与？蝴蝶之梦为周与？"跑到形而上，去追问实虚了。道不同不相为谋，我们只好不管这些。

今的反对派务实，说"梦境"常常靠不住，因而也就最好不"梦思"。靠不住包括两种情况：一是"当下"，实质未必如想象的那么好；二是"过后"，诗情画意可能不久就烟消云散。这大概是真的，我自己也不乏这样的经验。不过话又说回来，水至清则无鱼，至清也是一种梦断。人生，大道多歧，如绿窗灯影，小院疏篱，是"梦"的歧路，人去楼空，葬花焚稿，是"梦断"的歧路，如果还容许选择，就我们常人说，有几个人会甘心走梦断的歧路呢？

蓬山远近

　　人生有多种境，其中一种，像是可人之意，缥缈而并不无力，情况颇为难说。但知难而退，心里难免有些慊然。所以决定知其不可而为，试着说说。

　　早的记不清了，由李义山说起。他写了不很少的"无题"诗，其中一首七律尾联云："蓬山此去无多路，青鸟殷勤为探看（读阴平）。"这是他落网之后的一种想望呢，还是欲入网而不得时的一种想望呢？他写而不愿标题，是不想明说，我们也就不能确知。但有一点是可以推知的，是他不安于户牖之内，渴想蓬山，"身无彩凤双飞翼"，所以才呼天唤地，希望青鸟有助人的雅兴，成人之美。也许青鸟终于没来吧，于是在另一首《无题》中禁不住涕泣了，也是尾联云："刘郎已恨蓬山远，更隔蓬山一万重。"看来是"道之不行，已知之矣"。（有人以为这都是表现求官不得的心情，似大杀风景。）

　　但是人，只要还有一口气，心是不会冷却的。又，人与人，尤其"民吾同胞"的，血脉相通，放大了说，所谓"天地与我并生，万物与我为一"。李义山写完无题，掷笔而去，而幽思也未尝不可由异代的同病以心传心。说起这同病，也许真有缘，或有幸，于是就出现了这样的故事：

> 宋子京（北宋宋祁）尝过繁台街，遇内家（宫里）车子数两（辆），适不及避。忽有褰帘者曰："小宋（有兄为宋庠）也。"子京惊讶不已，归赋《鹧鸪天》云："画毂雕鞍狭路逢，一声肠断绣帘中。身无彩凤双飞翼，心有灵犀一点通。金作屋，玉为椽，车如流水马如龙。刘郎已恨蓬山远，更隔蓬山几万重。"词传，达于禁中，仁宗知之，因问第几车子何人呼小宋。有内人（宫内服侍之女子）自陈云："顷因内宴，见宣翰林学士，左右内臣皆曰'小宋'，时在车中偶见之，呼一声尔。"上召子京，从容语及。子京惶悚无地。上笑曰："蓬山不远。"即以内人赐之。
>
> （《本事词》卷上）

如果这故事不是"创作的"故事，这位撰《新唐书》的宋学士就真是有缘：先是"法外"想到蓬山，后是"意外"走入蓬山。总之，如金口玉言所说，世间真就有了蓬山，而且能够一霎时移到眼前。

但是，内人褰帘呼名，皇帝移天外蓬山于眼前，终归是可想象而难遇因而也就不可求的。至晚是中古时期，有经验之士就明察及此。但人总是人。蓬山的想望不会因明察而断灭。对应之道有退和进两种。道和释，至少是理想中或口头上，走退一条路，安于蓬山之远，甚至唯恐其移近。在世间，我们朝夕见到的是凡人，就难于做到。但望而不见，怎么补救？于是如佛门之设想彼岸，——那太远，或太渺茫，不如就近用土生土长的，曰"神仙"。神仙变幻不测，可以远，但也可以倏忽移到眼前。这样的神仙倏忽移到眼前的故事，我们的文献库中很多，只举两个时间较早、不少男士念念不忘的。其一，抄原文：

> 汉明帝永平五年，剡县刘晨、阮肇共入天台山取谷皮（一种药材），迷不得返，经十三日，粮食乏尽，饥馁殆死。遥望山上有一桃树，大有子实，而绝岩邃涧，永无登路。攀援藤葛，乃得至上，各啖数枚，而饥止体充。复下山，持杯取水，欲盥漱。见芜菁叶从山腹流出，甚鲜新，复一杯流出，有胡麻饭糁，相谓曰："此知去人径不远。"便共没水，逆流二三里，得度山出一大溪。溪边有二女子，姿质妙绝，见二人持杯出，便笑曰："刘、阮二郎捉向所失流杯来。"晨、肇既不识之，缘二女便呼其姓，如似有旧，乃相见忻喜。问："来何晚邪？"因邀还家。其家铜（筒）瓦屋，南壁及东壁下各有一大床，皆施绛罗帐，帐角悬铃，金银交错。床头各有十侍婢，敕云："刘、阮二郎经涉山岨，向虽得琼实，犹尚虚弊，可速作食。"食胡麻饭、山羊脯、牛肉，甚甘美。食毕行酒，有一群女来，各持五三桃子，笑而言："贺汝婿

来。"酒酣作乐，刘、阮忻怖交并。至暮，令各就一帐宿，女往就之，言声清婉，令人忘忧。

（鲁迅《古小说钩沉》辑刘义庆《幽明录》）

其二是唐朝裴铏所写裴航遇仙的故事（见《太平广记》卷五十），原文过长，只好转述：

唐穆宗长庆年间，有个秀才名裴航，由武昌回长安。坐船，同船有个樊夫人，很美。裴有爱慕之心，写一首诗，烦婢女送去。夫人不理会。又送珍贵食品，才得相见。夫人说她丈夫想弃官修道，她来此诀别，心灰意冷。其后给裴一首诗，是："一饮琼浆百感生，玄霜捣尽见云英。蓝桥便是神仙窟，何必崎岖上玉清。"裴不解其意。船到襄阳，夫人没辞别，下船走了。裴各处寻访，没有踪迹，只好回长安。路过蓝桥驿，口渴，想找点水喝。路旁有几间茅屋，一个老妇人在里面缉麻，裴去求。妇人喊："云英，拿碗浆来。"裴听到云英二字，想到樊夫人的诗，很惊讶。接着看见个年轻女子，美极了。裴舍不得走，要求暂住，并表示愿意娶云英之意。妇人说有神仙赠给她仙药，吃了可以长生，但要用玉杵臼捣一百天才可以服用，谁能找来玉杵臼，就把云英嫁给他。裴请妇人等他一百天。于是回长安，费很大力，花很多

371

钱，终于得到玉杵白。赶回蓝桥，帮助捣药一百天，妇人吃了仙药，才为他们准备婚事。其后是入山成婚，又见到樊夫人，才知道她是云英的姐姐云翘夫人，也是仙女。再其后当然是裴航如愿以偿，并得内助，也成了仙。

成了仙，要住仙山。仙山在哪里？白乐天说，"在虚无缥缈间"，纵使在其中可以如鱼得水，终是太远了。

远之外，还有个更大的问题，是神话的仙山与想望的蓬山大概性质有别，主要是，蓬山有人间味；仙山远离人世，可能没有吧？人要人间味；请青鸟探看，就为的是这人间味。专就这一点说，仙就不如有血有肉的人。而人，容易蓬山远，所谓"盈盈一水间，脉脉不得语"。怎么办？有的多幻想之士又想出遇仙之外的路，曰白日梦。于是而汤若士写了《牡丹亭·惊梦》，人出现了，一个唱：

没乱里春情难遣，蓦地里怀人幽怨。则为俺生小婵娟，拣名门一例、一例里神仙眷。甚良缘，把青春抛的远！俺的睡情谁见？则索因循腼腆。想幽梦谁边，和春光暗流转？迁延，这衷怀那处言！淹煎，泼残生，除问天！

另一个唱：

则为你如花美眷，似水流年，是答儿闲寻遍。在幽闺自怜。

也于是而蒲留仙写了《聊斋志异·画壁》，其中说：

> 朱孝廉客都中，偶涉一兰若，殿宇……东壁画散花天女，内一垂髫者拈花微笑，樱唇欲动，眼波将流。朱注目久，不觉神摇意夺。恍然凝思，身忽飘飘，如驾云雾，已到壁上。……遂飘忽自壁而下。

这是梦，优点是易得，缺点是易断，断就顷刻成为一场空，照应题目说，是蓬山似近而实远，可有而常无。

在似水流年中，蓬山能不能"真"近？如果不能，那仙和梦也就成为无源之水。幸而世间是既质实又神秘，有时神秘到实和梦混在一起，成为梦的实，实的梦。东坡词有句云："天涯何处无芳草？"这是设想实的梦并不难遇。于是，就真可能，有那么一天，在某一个地方，出乎意料，有缘的，就走入实的梦，也就是蓬山倏忽移到眼前。这移近，由霎时看是大易，由毕生看是至难。还有更大的难，是"逝者如斯夫"。逝，可以来于实的变，也可以来于梦的淡。总之，常常是，以为蓬山还在眼前，它却已经远了。这或者也是定命，花开花谢的定命。定命不可抗，但任其逝者如斯也未免可惜。所以还要尽人力，求虽远而换个方式移近。这是指心造的只可自怡悦的诗境，举例说，可以有两种：一是追想蓬山之近，曰"解释春风无限恨"；另一是遥望蓬山之远，曰"此恨绵绵无绝期"。虽然都不免于"恨"，总的精神却是珍重。珍重来于"有"，也能产生"有"。这是自慰呢，还是自欺呢？可以不管。重要的是，既然有生，有时就不能不想想一生。而说起一生，日日，月月，年年，身家禄位，柴米油盐，也许不异于在沙漠中跋涉吧？但这些也是"逝者如斯夫"，到朱颜变为白发，回首当年，失多于得，悲多于喜，很可能，只有蓬山，近也罢，远也罢，如果曾经闪现，是最值得怀念的吧？如果竟是这样，那就怀念，连远近也不必问了。

无题

　　一位比我年岁大的朋友来信，说今冬身体不好，有时卧床，想到与"老"有关的一些问题，觉得佛家列老为四苦之一，还未免把情况看得太简单了，即如他，所感到的常常不是苦，而是难，至于怎么难，也很难说。我复信，说也有此种无着落之感，对付的办法只能是祖先留在俗语里的，"耳不听，心不烦"，换个全面而精确的说法是：尽力求不见，不闻，不思，顺日常生活习惯之流而下。信发了，静坐一会儿，"思"不听话，硬找上门，才发现复信所云，即使不好说是自欺欺人，也总是站不住脚了。想得很多，于是旧病复发，也想说说。拿起笔，先要标题，为了难。浮到心头的有一些，如"老者安之"，近于吉祥话，不合适，"关于老年的想望和实行的两歧"，过于缠夹，又字数太多，也不合适，"大红牌楼之梦"，离诗太近，离实际太远，又点不能代面，更不合适，总之，难于找到个合意的。正在此时，灵机一动，忽然想到玉溪生，于是学他以无题表难说的妙法，也以"无题"为题。不过题虽无，内容却有个大致的轮廓，是围绕着老的难而胡思乱想。能够想出一些道道，当然好；不能，摸摸底，甚至知难而退，也好。

关于老，也和其他许多事物一样，在想想、说说、写写的范围内是一回事，在现实范围内是另一回事，前者容易而后者难。容易的也可以说说。《庄子·大宗师》说："大块载我以形，劳我以生，佚我以老，息我以死。"其中说到老，认为可以换来"佚"，很乐观。真是这样吗？这要看所谓佚是指什么。庄子把佚放在劳之后，可见所谓佚是指"不劳累"，其意是子孙成了人，把生产重担接过去，自己就可以闲散享清福了。佚还有"安"义，性质或所求就高多了。安有身心之别：身安是没有被动的劳累，没有病苦；心安难说，不得已，只好用一句废话形容，是感到这样正好，不再希求什么。但身心紧密相连，身不安必致成为或表现为心不安，所以昔人说所求，常常不提身而只说心安理得。为了化复杂为简单，我们无妨把佚的二义分开，说不劳累义主要指身，安义主要指心。这样，用现实来衡量佚我以老说法的对错，显然，用不劳累义，对的可能性就大一些，但也不能完全对，因为世间很复杂，就是有了退休（高级的曰离休）制度的现在，也总会有老了还不能不靠劳动挣饭吃的；用安义，对的可能性就小多了，因为，上上人物如曹公孟德，还不能忘怀于分香卖履，等而下之的凡人就更不用说了。这其间还有个情况，也要说一下，是老与死关系近，于是随着老而来的就常常不是佚，而是怕，怕一旦撒手而去，黄金屋，颜如玉，都成为一场空。不过，依我们神州的传统，死是必须忌讳的，这里也就只好说与死无关的老。可以不劳累了，或说有了佚的条件，而心偏偏不能佚，如我那位朋友，我，以及无数的同道那样，怎么办？或至少是，怎么解释？

理论上或想象中，心安可以有两种状态，虚和实：虚是无所想，比喻说，寂然不动，所得自然是安然；实是有所想，而且是专注于什么，这就成为不游移的定，所得是另一种安然。昔日的圣哲，有不少是推重前一种安的，《诗经》说的"不识不知，顺帝之则"，老子设想的"虚其心，实其腹"，禅宗设想的"自性清净"，都可以归入这一类。但这种心理状态，近于无梦的睡，可能吗？证验，很难。例如十几年前，我在张家口，秋阳以曝之的时候，多次看到，五六位男老人坐在街头商店的檐下，不视不语，安静如参禅，我曾想，这大概就是老子所向往的虚其心吧？但继而一想，也可能不是这样，因为人不可貌相，比如其中的某一位，也许正在为儿媳的发脾气而烦恼，那就是身似安而心很不安了。总之，至少就得天不独厚的人说，求心安，走虚的这条路是既大难又没有把握的。

实的路呢？有多种。想分为两类，曰进取，曰保守。先说进取型的，可以名为"老骥伏枥"。孔孟所代表的儒家走这一条路，不服老，所以说"不知老之将至"，要"知其不可而为"。为，心有所注，有时还会想到有志竟成之后的所得，总可以心安了吧？儒门之外，走这条路的也是无限之多。廉颇流亡到魏国，"一饭斗米，肉十斤，被甲上马，以示尚可用"。这英风使千年后的辛稼轩还不禁感慨系之，写词发问："廉颇老矣，尚能饭否？"书呆子不能金戈铁马，至死眼不离书，手不离笔，走的也是这一条路。再说保守型的，是为可有可无之事，以遣退休之生。这也是古已有之，但今日成为遍地皆是。花样有多种：守旧派可以坐着下棋，走着摇画眉鸟笼，或者兴之所至，哼几句京戏；维新派可以穿上老年时装，排入什么队，跳老年迪斯克，甚至唱几句流行歌曲。语云，无癖不可以为人，又云，好者为乐，得其乐，也就可以心安了吧？但是情况并不这样简单。如廉颇，辛稼轩，虽然志在千里，实际却是壮志未酬，未酬，显然心就不能安。退一步讲，就是壮志酬了，如汉高祖，回首当年，也不是事事如意，可见仍是心不能安。养鸟、跳迪斯克等等也是这样，尤其意在借此以淡化心烦的，常常是，表面看，不愁衣食，福寿双全，实际却是"家家有一本难念的经"。

这样，虚，实，当作治疗心不安的药，就都不能有特效。原因何在？形而上的，难说。只说形而下的，再缩小，只说寸心知的。病源可能不只一种。俗语说，好汉不提当年勇。但是很遗憾，常常是难忘当年勇。"众芳芜秽，美人迟暮之感"，重则会引来眼泪，轻也会引来心不安。当年，舍不得，还是消极一面，力之小者。还有力之大者，积极一面的，那就厉害多了，是一种缥缈而又粘着的难以名言的想望，在心头，甚至在梦里，徘徊，寻，不得，逐，不去，于是迫压反而成为一种空虚感。感是收，紧接着是放，成为情，也许就是爱菊的陶公之所谓"闲情"吧？其性质，难言，表现于外却不难把捉，是重则为悲伤，轻则为怅惘，总之是表现为心不安。

怎么办？我的私见，是不宜于用大禹王的尊人鲧的办法，堵而塞之。要疏导，也就是容许这种想望存在，甚至驰骋。想望是有所求，即使是缥缈的，这在老年，合适吗？孔子说："君子有三戒：少之时，血气未定，戒之在色；及其壮也，血气方刚，戒之在斗；及其老也，血气既衰，戒之在得。"这是提倡谦受益，反对有所求。其实又不尽然。理由有释义的，是他所谓"得"的对象，指与"利"有关的，闲情的所求与利无关，或关系很小。理由还有举事的，是他夫子自道，说"吾与点也"，所与是"莫（暮）春者，春服既成，冠者五六人，童子六七人，浴乎沂，风乎舞雩，咏而归"，这也是缥缈的想望，他不只容忍，而且深愿成为事实，可见是不在戒之内的。

但是可惜，成为事实却大不易。原因都可以归诸缥缈。其一，因为缥缈，就不像想买一件长城风雨衣，吃一顿全聚德烤鸭，那样容易实现。其二，也因为缥缈，它就容易来去无踪而且无定，具体说是，有时以为它一晃之后消失了，蓦然回首，它却在灯火阑珊处，正是驱之不去，有时还自来。只得再问一次，怎么办？我的办法是借用蔡元培校长的发明创造，"兼容并包"，就是：想望任它想望，不能成为现实任它不能成为现实。随世风，话还无妨说得吓人一些，那就成为"心在天上、脚在地上主义"。

此话怎讲？可以现身说法，用许多实例来说明。但是闲话不宜于过长，只好化多为一，只说一种显著的。时间说不准，总是花甲之后，应该写《归田录》而没有条件写的时候吧，常常兴起一种"结庐在人境，而无车马喧"的愿望。狐死首丘，做白日梦，想在自己住过的一些地方选取其一。生地，残败，山林，孤寂，不多计算就选了第二故乡的通县，学校西边不远的"大红牌楼"。我在通县住了六年，未曾骑马倚斜桥，满楼红袖招，可是回顾，可怀念的地方还是不少，如东门外的运河滨，北门内的西海子和燃灯塔，新城南墙外的复兴庄，西门外的闸桥，都是。而最系心并曾入梦的却是大红牌楼。通县有旧新两城，旧在东，由西面展出一个东西长、南北短的城。推想是用以保护东仓、西仓两个粮仓的，名为新城。粮仓靠南，运粮的路在西仓的西墙外，南北直直的一条石路，路的近北端有个红色的牌楼，于是我们称西仓以西这一带为大红牌楼。石路北口外是新城的贯通东西的大街，东通旧城，西通西门。我们学校在街北，校门在石路北端以东的一两箭之远。石路北口外有几家小商店，印象深的是两家小饭馆，路南的Woman馆和路北的张家小铺。张家小铺师徒二人，卖的肉饼和炸酱面，我们一直觉得很好吃。西仓早已无粮，成为大空场，我们可以自由进入踢足球。顺石路南行到城根，有门洞通潞河中学，那里有护城小河，草地，西式小楼，风景很美。因此，无论我们是去踢球还是往潞河中学去玩，都要经过大红牌楼。石路以西是一片树林，由小径望过去，有稀疏的人家，柴门小院，鸟语花香，间或可以看见晾衣服的人影，以及一点点炊烟。什么样的人家呢？竟至没有进去看看。30年代初我离开通县，一晃四十年过去，还是没有结庐的条件。可是有了结庐的幻想，于是就闭目画梦，常常想到大红牌楼。

想，有一次还入了梦，好像那里还是那么幽静，树林里，竟有了我自己的一个小院，窗下一棵海棠树正开花，窗内有轻轻的语声。

以上说的是心在天上的一半。还有脚在地上的一半，也要说说。60年代前期和80年代早期，我两次到通县。后一次是专为访旧，连母校也进去了。室内院内都空空，据说是西仓盖了新房，迁了。当然要想到大红牌楼，可是沉吟一下，没有敢去，怕的是仅存的梦也随着人烟稠密而幻灭。不看，旧日的柴门小院和鸟语花香永在，于是心就可以长在天上。但脚是不能到天上的，我就还可以靠它们二位，居家上下楼，出门挤公共车。重复一遍，此之谓"心在天上、脚在地上主义"。

同病的读者会问，这样就可以获得心安吗？不得已，再加一味药，曰尽人力，听天命。天命降，成为现实；如果现实竟是没有绝对心安，老了，就更应该承认现实。这承认的心理表现也许是"安于不安"，所谓烦恼即是菩提，或阿Q式的胜利，虽然也是接受定命，却尽人力而苦中作乐，总比终日愁眉苦脸，赔了夫人又折兵好得多吧？

后记

几年以前，我忙里偷闲，写了几十篇记旧知见的文章，集为《负暄琐话》。1986年出版以后，有些相识的，有些不相识的，大概也是有时候难于消磨长日吧，说看了并没有感到厌烦，其中有几位并且说，如果写续话，他还想看看。这意外的奖掖使我忘其所以，去年秋天，面前有纸笔，想不好选个什么题材再涂涂抹抹的时候，忽然想到二十年前在朱洪武故乡看彗星的事，觉得有意思，唯恐交臂失之，就拿起笔写，写完一看，又是琐话一类，于是一不做，二不休，决定不负奖掖诸公的盛意，写续话。由去年九月起，到今年五月止，断断续续，写了五十多篇，算算字数，已经超过琐话不少，该打住了。涂抹的用意，当然是萧规曹随，但也有需要向读者交代一下的，所以加写这篇后记。

先说说书之前，即书名。有不少人不知道"负暄"是什么意思，问我。我说，这仍是书呆子言必称尧舜的陋习，来自《列子》，《杨朱》篇云："宋国有田夫，常衣缊黂，仅以过冬，暨春东作，自曝于日，不知天下之有广夏（大屋）隩室，绵纩狐貉，顾谓其妻曰：'负

382

日之煊（同暄），人莫知者，以献吾君，将有重赏。'"原意是嘲笑宋国的乡下佬，没有供暖的房子和羽绒衣服，只能靠晒太阳取暖。后来断章取义，成为寒士的一种享受，如韦应物诗，"负暄衡门下"，金圣叹冒充施耐庵的诗，"负曝奇温胜若裘"，都是。我用负暄为书名，断章之外还加点新义，是不只"寒"，而且"闲"，因为不闲，今事还自顾不暇，又哪里能想到旧事。这样，有闲，想想旧事，而且是在晒太阳感到暖烘烘的情况下，就大可以"躲进小楼成一统，管他冬夏与春秋"了。但是也有不以我的得意忘形为然的，说书名不明朗，会影响销路。建议有上、中二策。上策是改书名。怎么改呢？名者，实之宾也，内容乱杂，求名实相副，总得用《杂纂》《杂事秘辛》之类，也好不了多少。中策是加个副题，比如"奇书"，"一看就发财，不看不发财"之类，也不可行，因为是妄语，犯了佛门大戒。幸而出版社有雅量，说赔点钱，关系不大，所以左思右想，还是取下策，仍旧贯了。

再说说书之内，即内容。本来是想也仍旧贯的，也许受了开放之声频频传来的影响吧，常常是说着说着就走了嘴。我自己观照，这表现在两个方面。一方面，《琐话》大致是以外寓内，写人，写地，写事，由字里行间透露一点点思绪和情绪。《续话》不完全那样，有些篇像是外减少，内增多，甚至喧宾夺了主。另一方面，因为《琐话》大致是以外寓内，所以思绪和情绪的显露，也大致是怨而不怒，哀而不伤。《续话》在这方面就常常出了圈，思绪和情绪直接出面，有时甚至像是动了肝火。当然，还希望本源不离开悲天悯人之怀。不过就文论文，温柔敦厚的诗教，总是退步了。说起来，这也是想写而不再写的一个小来由，因为想到，这已是道一变，至于鲁，再不收场，将成为鲁一变，至于齐，那就糟了。这退步会有些影响，影响之一是，以前来篱下听琐话，也许多半能带着微笑回去，听续话，大概不行了吧？如果竟是这样，我只好在这里向仍有雅兴来篱下听的诸公道歉。

启功先生是表示仍想看看《续话》的诸公之一。他是有大名的人，我说看不能白看，要写序捧场，于是他写了序。我谨在此表示深深的谢意。又，《琐话》重印，周汝昌先生写一篇长跋，早已出马捧场，我借这篇后记的一点地盘，也表示深深的谢意。

1989年夏日　作者于北京燕园

图书在版编目 (CIP) 数据

负暄续话 / 张中行著. — 北京：北京十月文艺出
版社，2024.1
　ISBN 978-7-5302-2273-7

　Ⅰ. ①负… Ⅱ. ①张… Ⅲ. ①散文集—中国—当代
Ⅳ. ① I267

　中国版本图书馆 CIP 数据核字 (2022) 第 185288 号

负暄续话
FUXUAN XÙHUA
张中行　著

出　　版	北京出版集团	
	北京十月文艺出版社	
地　　址	北京北三环中路 6 号	
邮　　编	100120	
网　　址	www.bph.com.cn	
发　　行	新经典发行有限公司	
	电话 010-68423599	
经　　销	新华书店	
印　　刷	河北鹏润印刷有限公司	
版　　次	2024 年 1 月第 1 版	
印　　次	2024 年 1 月第 1 次印刷	
开　　本	890 毫米 ×1270 毫米　1/32	
印　　张	12.25	
字　　数	242 千字	
书　　号	ISBN 978-7-5302-2273-7	
定　　价	52.00 元	

如有印装质量问题，由本社负责调换
质量监督电话　010-58572393